EPISCOPO et Cie

Droits de reproduction et de traduction

réservés pour tous les pays.

Paris. — Imp. L. Pochy, 52, rue du Château. — 28-13.

GABRIELE D'ANNUNZIO

Episcopo et Cie

Traduction de GEORGES HÉRELLE

Calmann-Lévy, éditeurs.

GABRIELE D'ANNUNZIO

Episcopo et Cie

Traduit de l'Italien par G. HÉRELLE

ILLUSTRATIONS

DE

LOUIS STRIMPL

PARIS

CALMANN-LÉVY, ÉDITEURS

3, RUE AUBER, 3

EPISCOPO ET CIE [1]

Vous voulez donc savoir... Que voulez-vous savoir, monsieur? Que faut-il vous dire? Quoi?... Tout!... Eh bien, je vais vous raconter tout, depuis le commencement.

Tout, depuis le commencement! Comment faire? Je ne sais plus rien; je vous assure que je ne me souviens plus de rien. Comment faire, monsieur? Comment faire?

Ah! mon Dieu! Voici... Attendez, s'il vous plaît. Un peu de patience. Ayez, je vous prie, un peu de patience, parce que je ne sais pas parler. Quand même je me rappellerais quelque chose, je ne saurais pas vous le dire. Au temps où je vivais parmi les hommes, j'étais taciturne; j'étais taciturne même après avoir bu, toujours.

Non, non, pas toujours. Avec *lui* je parlais, mais avec *lui* seulement. Certains soirs d'été, dans le faubourg, ou bien sur les places, dans les jardins publics... Il mettait son bras sous le mien, son pauvre bras maigre, si frêle que je le sentais à peine. Et nous nous promenions ensemble, en raisonnant.

Onze ans, — pensez, monsieur! — il n'avait que onze ans; et il raisonnait comme un homme, il était triste comme un homme. On aurait dit qu'il savait déjà la vie, toute la vie, et qu'il souffrait toutes les souffrances. Déjà sa bouche connaissait les mots amers, ceux qui font tant de mal et qui ne s'oublient pas!

Mais y a-t-il des gens qui oublient jamais quelque chose? Y en a-t-il?

Je vous disais : je ne sais plus rien, je ne me souviens plus de rien... Oh! cela n'est pas vrai.

Je me souviens de tout, de tout, de tout! Vous entendez? Je me rappelle ses paroles, ses gestes, ses regards, ses larmes, ses soupirs, ses cris, les moindres particularités de son existence : tout, depuis l'heure où il est né, jusqu'à l'heure où il est mort.

Il est mort. Voilà seize jours déjà qu'il est mort. Et moi, je suis encore vivant. Mais je dois mourir; et plus tôt je mourrai, mieux cela vaudra. Mon enfant veut que j'aille le

1. Écrit en janvier 1891; publié sous le titre de *Giosanni Episcopo*, Luigi Pierro, éditeur, Naples, 1892.

rejoindre. Chaque nuit, il vient, s'assoit, me regarde. Il est nu-pieds, le pauvre Ciro, et j'ai besoin de tendre l'oreille pour distinguer ses pas. Dès que la nuit tombe, je me tiens continuellement, continuellement aux écoutes; et, lorsqu'il met le pied sur le seuil, c'est comme s'il le mettait sur mon cœur, mais d'une façon si douce, si douce, sans me faire mal, léger comme une plume... Pauvre âme !

Toutes les nuits, maintenant, il est nu-pieds. Mais croyez-moi : jamais, de son vivant, jamais il n'a marché pieds nus; non, jamais, je vous le jure.

Je vais vous dire une chose. Faites bien attention. S'il vous mourait une personne chère, prenez soin qu'il ne lui manque rien dans son cercueil. Habillez-la, si vous pouvez, de vos propres mains ; habillez-la complètement, minutieusement, comme si elle devait revivre, se lever, sortir. Rien ne doit manquer à celui qui s'en va du monde. Rien, souvenez-vous-en.

Eh bien, regardez ces petits souliers... Vous avez des enfants?... Non. Alors, vous ne pouvez pas savoir, vous ne pouvez pas comprendre ce qu'est pour moi cette mauvaise paire de petits souliers qui ont contenu *ses* pieds, qui ont conservé la forme de *ses* pieds. Je ne saurai jamais vous le dire ; jamais aucun père ne saura vous le dire; aucun.

Au moment où ils entrèrent dans la chambre et où ils voulurent m'emmener, est-ce que tous *ses* vêtements n'étaient point là, sur la chaise, à côté du lit? Pourquoi donc ne me préoccupai-je que des souliers? Pourquoi les cherchai-je sous le lit, anxieusement, avec la sensation que mon cœur se fendrait si je ne les trouvais pas? Pourquoi les cachai-je, comme s'il y était resté un peu de *sa* vie? Oh ! vous ne pouvez pas comprendre.

Certains matins, en hiver, à l'heure de l'école... Le pauvre enfant souffrait des engelures. L'hiver, ses pieds n'étaient qu'une plaie, tout saignants. C'est moi qui lui mettais ses souliers, qui les lui mettais moi-même. Je *savais* si bien ! Puis, pour les lacer, je me baissais, et je sentais s'appuyer sur mes épaules ses mains déjà tremblantes de froid ; et je m'attardais... Mais vous ne pouvez pas comprendre.

Quand il est mort, il n'en avait qu'une paire, celle que vous voyez. Et je la lui ai prise. Et sûrement on l'a enseveli tel quel, comme un petit pauvre. Est-ce que personne l'aimait, excepté son père?

Maintenant, tous les soirs, je prends ces deux souliers et je les pose l'un près de l'autre, sur le seuil, à son intention. S'il les voyait en passant? Peut-être les voit-il, mais il n'y touche pas. Il sait peut-être que je

deviendrais fou, si, au matin, je ne les retrouvais plus à leur place, l'un près de l'autre...

Vous me croyez fou?... Non? Il me semblait lire dans vos yeux... Mais non, monsieur, je ne suis pas fou encore. Ce que je vous raconte, c'est la vérité. *Tout est vrai.* Les morts reviennent.

Il revient aussi, *l'autre,* quelquefois. Quelle horreur ! Oh ! oh ! quelle horreur !

Vous voyez : pendant les nuits entières, j'ai tremblé comme à présent, j'ai claqué des dents sans pouvoir m'en défendre, j'ai cru que la terreur allait me disloquer les os aux jointures, j'ai senti sur mon front, jusqu'au matin, mes cheveux pareils à des aiguilles, raides, dressés. N'ai-je pas les cheveux tout blancs? Ils sont blancs, n'est-ce pas, monsieur?

Merci, monsieur. Vous voyez, je ne tremble plus. Je suis malade, très malade. Combien de jours de vie me donneriez-vous encore, à en juger sur ma mine ? Vous savez : je dois mourir, et le plus tôt sera le mieux.

Mais oui, oui; je suis calme, parfaitement calme. Je vous raconterai tout, depuis l'origine, selon votre désir ; tout, par ordre. La raison ne m'a pas encore abandonné, croyez-moi.

Donc, voici l'affaire. C'était dans une maison des quartiers neufs, dans une espèce de pension bourgeoise, il y a douze ou treize ans. Nous étions une vingtaine d'employés, tant jeunes que vieux. Nous y allions dîner, le soir, ensemble, à la même heure, à la même table. Nous nous connaissions tous plus ou moins, quoique nous ne fussions pas tous du même bureau. C'est là que j'ai connu Wanzer, Giulio Wanzer, il y a douze ou treize ans.

Vous... vous avez vu... le cadavre?... Ne vous a-t-il point paru qu'il y avait quelque chose d'extraordinaire dans ce visage, dans ces yeux?... Ah ! j'oublie, les yeux étaient fermés... Pas tous les deux, cependant, pas tous les deux. Cela, je le sais bien. Il faut que je meure, ne serait-ce que pour m'ôter des doigts l'impression de cette paupière qui résistait... Je la sens, je la sens ici, toujours, comme si dans cet endroit s'était attaché un peu de cette peau. Regardez ma main. N'est-ce pas une main qui a déjà commencé de mourir? Regardez-la.

Oui, c'est vrai. Il ne faut plus y penser. Je vous demande pardon. Je vais maintenant tout droit au but. Où en étions-nous? Le commencement allait si bien ! Et puis, tout d'un coup, je me suis perdu. C'est sans doute parce que je suis à jeun, rien autre chose ; non, rien autre chose. Depuis bientôt deux jours, je n'ai pas mangé.

Je me souviens qu'autrefois, quand j'avais

l'estomac vide, il me venait une espèce de délire léger, si étrange ! Il me semblait que je m'évanouissais : je voyais des choses...

Ah ! j'y suis. Vous avez raison. Je disais donc : c'est là que j'ai fait connaissance avec Wanzer.

Il dominait tout le monde, là dedans, opprimait tout le monde, ne tolérait pas la contradiction. Toujours le verbe haut, et, parfois aussi, la main haute. Une soirée ne se passait pas sans qu'il eût quelque dispute. On le haïssait et on le redoutait comme un tyran. Tout le monde parlait mal de lui, murmurait, complotait ; mais à peine paraissait-il, les plus enragés eux-mêmes faisaient silence. Les plus timides lui souriaient, le cajolaient. Qu'est-ce qu'il avait donc, cet homme-là ?

Je ne sais pas, moi. A table, j'étais presque en face de lui. Involontairement, mes yeux le regardaient sans cesse. J'éprouvais une sensation bizarre, que je suis incapable d'exprimer : un mélange de répulsion et d'attraction, quelque chose d'indéfinissable. Cela ressemblait à un magnétisme malfaisant, très malfaisant, que cet homme robuste, sanguin et brutal projetait sur moi, si faible dès lors, et maladif, et sans volonté, et, pour tout dire, un peu lâche.

Un soir, vers la fin du repas, une discussion s'éleva entre Wanzer et un certain Ingletti, dont la place était à côté de la mienne. Selon son habitude, Wanzer haussait le ton et s'irritait. Ingletti, à qui sans doute le vin donnait de la hardiesse, lui tenait tête. Moi, je restais presque immobile, les yeux sur mon assiette, n'osant pas les relever ; et je sentais à l'estomac une horrible contraction. Soudain Wanzer saisit un verre et le lança contre son antagoniste. Le coup faillit et le verre vint se briser sur mon front, là où vous voyez une balafre.

Aussitôt que je sentis la chaleur du sang sur ma face, je perdis connaissance. Lorsque je revins à moi, j'avais déjà la tête bandée. Wanzer était à mon côté, l'air dolent ; il m'adressa quelques paroles d'excuse. Il me reconduisit à la maison avec le médecin ; il assista au second pansement et voulut rester dans ma chambre jusqu'à une heure avancée. Il revint la matinée d'après ; il revint souvent. Et ce fut le commencement de mon esclavage.

Il m'était impossible d'avoir à son égard une autre attitude que celle d'un chien qui a peur. Quand il entrait chez moi, il prenait des airs de maître. Il ouvrait mes tiroirs, se peignait avec mon peigne, se lavait les mains dans ma cuvette, fumait ma pipe, fouillait dans mes papiers, lisait mes lettres, emportait les objets à sa convenance. Chaque

jour, son despotisme devenait plus insupportable, et, chaque jour, mon âme s'avilissait, se rapetissait davantage. Je n'eus plus ombre de volonté ; je me soumis à la minute, sans protestation. Il m'enleva tout sentiment de dignité humaine, comme ceci, d'un seul coup, avec autant de facilité qu'il m'aurait arraché un cheveu.

Et pourtant je n'étais pas devenu stupide. Non. J'avais conscience de tout ce que je faisais, une très claire conscience de tout : de ma faiblesse, de mon abjection, et, spécialement, de l'*impossibilité absolue* où j'étais de me soustraire à l'ascendant de cet homme.

Je ne saurais vous définir, par exemple, le sentiment profond et obscur que ma cicatrice éveillait en moi. Et je ne saurais vous expliquer le trouble extrême qui m'envahit, un jour que mon bourreau me prit la tête dans ses mains pour examiner cette cicatrice encore fraîche et enflammée. Il passa le doigt dessus à plusieurs reprises, et il dit :

— Elle est parfaitement fermée. Dans un mois il n'y paraîtra plus. Tu peux remercier Dieu.

Il me sembla au contraire, à partir de cet instant, que je portais au front, non pas une cicatrice, mais un sceau de servitude, une marque infamante qui sautait aux yeux et que je garderais toute ma vie.

Je le suivis partout où il voulut ; je l'attendis des heures entières dans la rue, devant une porte ; je veillai, la nuit, pour lui recopier les papiers de son bureau ; j'allai porter ses lettres d'un bout de Rome à l'autre ; cent fois je gravis les escaliers du Mont-de-Piété, et je courus d'usurier en usurier, hors d'haleine, pour lui trouver l'argent dont il attendait son salut ; cent fois, dans un tripot, je restai derrière sa chaise jusqu'à l'aube, mourant de fatigue et de dégoût, tenu éveillé par l'explosion de ses blasphèmes et par l'âcre fumée qui me mordait la gorge ; et ma toux l'impatientait, et il m'accusait de sa déveine ; et puis, quand nous sortions, s'il avait perdu, il me traînait avec lui, comme une guenille, dans les rues désertes, sous le brouillard, jurant et gesticulant, jusqu'au moment où, à un détour, surgissait une ombre qui nous offrait le petit verre d'eau-de-vie.

Ah ! monsieur, qui me dévoilera ce mystère avant que je meure ? Il y a donc sur terre des hommes qui, rencontrant d'autres hommes, peuvent en faire ce qu'ils veulent, peuvent en faire des esclaves ? Il y a donc moyen d'ôter à quelqu'un sa volonté, comme on lui retirerait d'entre les doigts un fétu de paille ? Cela est donc possible, monsieur ? Mais pourquoi ?

Devant mon bourreau, *je n'ai jamais pu vouloir*. Et pourtant j'avais mon intelligence ;

pourtant j'avais le cerveau plein de pensées ; j'avais lu beaucoup de livres, je savais beaucoup de choses, je comprenais beaucoup de choses. Il y en avait une, une surtout, que je comprenais bien : c'est que j'étais irrémissiblement perdu. Au fond de moi-même, sans trêve, j'avais un effroi, une épouvante ; et, depuis le soir de ma blessure, il m'était resté la peur du sang, la vision du sang. Les faits divers des journaux me troublaient, m'ôtaient le sommeil. Certaines nuits, lorsque, rentrant avec Wanzer, je passais par un couloir sombre, par un escalier obscur, si les allumettes tardaient à s'enflammer, je me sentais un frisson dans l'échine, et mes cheveux commençaient à devenir sensibles. Mon idée fixe était qu'une nuit ou l'autre cet homme m'assassinerait.

Cela n'arriva point. Ce qui arriva, c'est au contraire *ce qui ne pouvait pas arriver*. Je pensais : mourir de ces mains-là, une nuit, atrocement, voilà ma destinée, à coup sûr. Et au contraire...

Mais écoutez. Si, ce soir-là, Wanzer n'était pas venu chercher dans la chambre de Ciro, si je n'avais pas aperçu le couteau sur la table, si *quelqu'un* n'était pas entré en moi, à l'improviste, pour me donner la terrible poussée, si...

Ah ! c'est vrai. Vous avez raison. Nous n'en sommes qu'au commencement, et je vous parle de la fin. Vous ne pourriez pas comprendre, si je ne vous racontais pas d'abord toute l'histoire. Et pourtant je suis déjà fatigué ; je m'embrouille. Je n'ai plus rien à vous dire, monsieur. J'ai la tête légère, légère ; on dirait une vessie pleine de vent. Je n'ai plus rien à vous dire. Amen ! Amen !...

Allons, c'est passé. Merci. Vous êtes bien bon ; vous avez pitié de moi. Personne sur terre n'a eu pitié de moi, jamais.

Je me sens mieux ; je puis continuer. Je vais vous parler d'*elle*, de Ginevra.

Après l'accident du verre, quelques-uns de nos camarades quittèrent la pension ; d'autres déclarèrent qu'ils resteraient, si Giulio Wanzer était exclu. Cela fit que Wanzer reçut de la patronne une espèce de congé. Après avoir, selon son habitude, tempêté contre tout le monde, il partit. Et, lorsque je fus en état de sortir, il voulut m'emmener avec lui, exigea que je le suivisse.

Nous errâmes longtemps de restaurant en restaurant, sans nous décider. Et il n'y avait rien de plus triste pour moi que l'heure des repas, qui, pour les gens fatigués, est une heure de soulagement et quelquefois d'oubli. Je mangeais à peine, en me forçant ; j'étais de plus en plus dégoûté par le bruit que faisaient les mâchoires de mes commensaux : formidables mâchoires de bouledogues, qui auraient broyé de l'acier. Et petit à petit commençait à s'allumer en moi *la soif*, cette soif qui, une fois allumée, dure jusqu'à la mort.

Mais, un soir, Wanzer me laissa libre. Et, le jour d'après, il m'annonça qu'il avait découvert un endroit très agréable, où il voulait me conduire immédiatement.

— J'ai trouvé. Tu vas voir. Cela te plaira.

En effet, la nouvelle pension était peut-être meilleure que l'ancienne. Les conditions me convenaient. Il y avait là quelques-uns de mes camarades de bureau ; plusieurs autres habitués ne m'étaient pas inconnus. Je restai donc. D'ailleurs, vous le savez bien : il m'aurait été impossible de ne pas rester.

Le premier soir, lorsqu'on apporta le potage sur la table, deux ou trois pensionnaires demandèrent en même temps, avec une vivacité singulière :

— Et Ginevra ? Où est Ginevra ?

On répondit que Ginevra était malade. Alors tous s'informèrent de la maladie, tous manifestèrent beaucoup d'inquiétude. Mais il ne s'agissait que d'une légère indisposition. Dans la conversation, le nom de l'absente vint sur toutes les lèvres, prononcé au milieu de phrases ambiguës qui trahissaient le désir sensuel dont tous ces hommes, vieux et jeunes, étaient troublés. Moi, je tâchais de saisir les mots au vol, d'un bout de la table à l'autre. Vis-à-vis de moi, un jeune libertin parla de la bouche de Ginevra, longuement, avec chaleur ; et, en parlant, il me regardait, parce que je l'écoutais avec une attention extraordinaire. Je me souviens qu'alors mon imagination se forma de l'absente une idée peu différente de la figure réelle que je vis plus tard. Je me souviens toujours du geste significatif que fit Wanzer et de la moue gourmande de ses lèvres, lorsqu'il prononça en dialecte une obscénité. Je me souviens aussi que, quand je sortis, je sentais déjà sur moi la contagion d'un désir pour cette femme inconnue, et en même temps une légère inquiétude, une certaine exaltation très étrange, presque prophétique.

Nous sortîmes ensemble, moi, Wanzer et un ami de Wanzer, un nommé Doberti, celui-là précisément qui avait parlé de la bouche. Chemin faisant, ils continuèrent à causer entre eux de grossières voluptés, et ils s'arrêtaient de temps à autre pour rire à leur aise. Moi, je restais un peu en arrière. Une mélancolie semblable à un chagrin, une surabondance de choses obscures et confuses gonflait mon cœur déjà si oppressé, si humilié.

Cette soirée, après douze ans, je me la rappelle encore. Je n'en ai rien oublié, pas même les plus insignifiants détails. Et je sais maintenant, comme alors *je sentis*, que cette soirée décida de mon sort. Qui donc m'envoyait cet avertissement?

Est-ce possible ? Est-ce possible ? Un simple nom de femme, trois syllabes sonores, ouvrent devant vous un abîme inévitable ; et vous avez beau l'apercevoir, vous le savez inévitable. Est-ce possible, cela?

Pressentiment, clairvoyance, vue intérieure... Des mots, rien que des mots ! J'ai lu dans les livres, moi. Non, non, ce n'est pas ainsi que les choses se passent. Vous êtes-vous jamais regardé en dedans? Avez-vous jamais surveillé votre âme ?

Vous souffrez, et votre souffrance vous paraît nouvelle, *jamais éprouvée*. Vous jouissez, et votre jouissance vous paraît nouvelle, *jamais éprouvée*. Erreur, illusion. Tout a été éprouvé, tout est arrivé. Votre âme se compose de mille, de cent mille fragments d'âmes qui ont vécu la vie tout entière, qui ont produit tous les phénomènes, qui ont assisté à tous les phénomènes. Comprenez-vous à quoi je veux en venir? Écoutez-moi bien : car ce que je vous dis, c'est la vérité, la vérité découverte par quelqu'un qui a passé des années et des années à regarder continuellement en lui-même, seul au milieu des hommes, toujours seul. Écoutez-moi bien : car c'est une vérité beaucoup plus importante que les faits que vous voulez connaître. Lorsque...

Une autre fois? Demain? Pourquoi demain? Vous ne voulez donc pas que je vous explique ma pensée?

Ah ! les faits, les faits, toujours les faits ! Mais les faits ne sont rien, ne signifient rien. Il y a au monde, monsieur, quelque chose qui vaut beaucoup plus.

Eh bien ! voici encore une autre énigme. Pourquoi la vraie Ginevra ressemblait-elle presque trait pour trait à l'image qui avait flamboyé dans mon esprit? Mais laissons cela. Après trois ou quatre jours d'absence, elle réapparut dans la salle, portant une soupière dont la vapeur lui voilait le visage.

Oui, monsieur, c'était une servante, et elle servait une table d'employés.

L'avez-vous vue? L'avez-vous connue? Lui avez-vous parlé? Vous a-t-elle parlé ? Alors, il n'y a pas de doute : vous avez, vous aussi, ressenti un trouble subit et inexplicable, s'il lui est arrivé de vous toucher la main.

Tous les hommes l'ont désirée ; tous la désirent, la convoitent ; ils la convoiteront toujours. Wanzer est mort ; mais elle aura un autre amant, elle aura cent autres amants, jusqu'à l'heure de la vieillesse, jusqu'à l'heure où les dents lui tomberont de la bouche. Quand elle passait dans la rue, le prince se retournait dans son carrosse, le loqueteux s'arrêtait pour la regarder. Dans tous les yeux

j'ai surpris le même éclair, j'ai lu la même obsession.

Elle est changée maintenant, très changée. Alors elle avait vingt ans. J'ai souvent essayé, sans y réussir, de la *revoir* en moi-même telle qu'elle était quand je la vis pour la première fois. Il y a là un secret. N'avez-vous jamais fait cette remarque? Un homme, un animal, une plante, un objet quelconque ne vous livre son aspect véritable qu'une seule fois, au moment fugitif de la première perception. C'est comme s'il vous donnait sa virginité. Aussitôt après, ce n'est plus cela, c'est autre chose. Votre esprit, vos nerfs lui ont fait subir une transformation, une falsification, un obscurcissement. Et au diable la vérité !

Eh bien, j'ai toujours porté envie à l'homme qui *pour la première fois* voyait cette créature. Me comprenez-vous? Non, sans doute, vous ne me comprenez pas. Vous croyez que je radote, que je m'embrouille, que je me contredis. Cela ne fait rien. Passons ; revenons aux faits...

Une chambre éclairée au gaz, surchauffée, d'une chaleur aride qui dessèche la peau ; une odeur et une fumée de viandes ; un bruit confus de voix, et, par-dessus toutes les autres, la voix âpre de Wanzer, qui donne à chaque mot un accent brutal. Puis, de temps en temps, une interruption, un silence qui me semble effroyable. Et une main m'effleure, enlève l'assiette devant moi, en pose une autre, me communique le frisson que me donnerait une caresse. Ce frisson, chacun, autour de la table, l'éprouve à son tour : c'est visible. Et la chaleur devient étouffante, les oreilles s'échauffent, les yeux luisent. Une expression basse, presque bestiale, paraît sur les visages de ces hommes qui ont bu et mangé, qui ont atteint le but unique de leur existence journalière. L'étalage de leur impureté me donne un coup si cruel que je me sens près de défaillir. Je me ramasse sur ma chaise, je ramène mes coudes pour élargir l'intervalle entre mes voisins et moi. Une voix crie dans le vacarme :

— Episcopo a la colique !

Une autre :

— Non ! Episcopo fait du sentiment. N'avez-vous pas vu la mine qu'il prend lorsque Ginevra lui change son assiette?

J'essaye de rire. Je lève les yeux, et je rencontre ceux de Ginevra, fixés sur moi avec une expression ambiguë.

Elle sort de la salle. Alors Filippo Doberti fait une proposition bouffonne :

— Mes amis, il n'y a pas d'autre solution. Il faut que l'un de nous l'épouse... pour le compte des autres.

Ce ne sont pas exactement les termes qu'il

emploie; il prononce le mot cru ; il nomme la chose et le rôle que les autres joueront.

— Aux votes ! Aux votes ! Il faut élire le mari.

Wanzer hurle :

— Episcopo !

— Maison Episcopo et Cie !

Le vacarme augmente. Retour de Ginevra, qui peut-être a tout entendu. Et elle sourit, d'un sourire calme et tranquille qui la fait paraître intangible.

Wanzer clame :

— Episcopo, fais ta demande !

Deux pensionnaires, avec une gravité feinte, s'avancent pour demander en mon nom la main de Ginevra.

Elle répond avec son sourire habituel :

— J'y penserai.

Et de nouveau je rencontre son regard. Et j'ignore vraiment si c'est de moi qu'il s'agit, si c'est de moi qu'on parle, si je suis cet Episcopo qu'on bafoue. Et je ne parviens pas à imaginer la physionomie que j'ai en ce moment-là...

Un rêve, un rêve. Toute cette période de ma vie ressemble à un rêve. Vous ne pourrez jamais comprendre ou vous figurer quel sentiment j'avais alors de mon être, quelle conscience j'avais des actes que j'étais sur le point d'accomplir. Je revivais en rêve une phase de vie déjà vécue; j'assistais à l'inévitable répétiton d'une série d'événements déjà arrivés. Quand? Nul n'en sait rien. Au surplus, je n'étais pas bien sûr d'être *moi-même*. Souvent, il me semblait que j'avais perdu ma personnalité; parfois, que j'en avais une artificielle. Que de mystère il y a dans les nerfs de l'homme !

J'abrège. Un soir, Ginevra prit congé de nous. Elle annonça qu'elle ne voulait plus servir et qu'elle nous quittait ; elle dit qu'elle ne se sentait pas bien, qu'elle s'en allait à Tivoli, qu'elle y resterait quelques mois chez sa sœur. A l'instant des adieux, tout le monde lui tendit la main. Et, souriante, elle répétait à tout le monde :

— Au revoir, au revoir !

A moi, elle me dit en riant :

— Nous sommes *promis*, monsieur Episcopo. Ne l'oubliez pas.

Ce fut la première fois que je la touchai, la première fois que je la regardai dans les yeux, avec l'intention de pénétrer son cœur. Mais elle demeura pour moi une énigme.

Le soir suivant, le souper fut presque lugubre. Tout le monde avait l'air déçu.

Wanzer dit :

— Pourtant, l'idée de Doberti n'était pas mauvaise.

Sur quoi, quelques pensionnaires se tournèrent de mon côté et prolongèrent stupidement les railleries.

La société de ces imbéciles me devenait insupportable; néanmoins, je ne cherchai pas à m'éloigner. Je continuai à fréquenter cette maison où, parmi les bavardages et les rires, je trouvais un aliment à mes obscures et douces imaginations. Durant des semaines et des semaines, malgré les pires embarras matériels, malgré les humiliations, les inquiétudes et les terreurs de ma vie d'esclave, je goûtai tout ce qu'il y a de plus délicat et de plus violent dans les angoisses d'amour. A vingt-huit ans s'épanouissait dans mon âme une sorte d'adolescence inopinée et tardive, avec toutes les langueurs, toutes les tendresses, toutes les larmes de l'adolescence...

Ah ! monsieur, figurez-vous ce miracle dans un être tel que moi, déjà vieilli, flétri, desséché jusqu'au fond. Figurez-vous une fleur qui poindrait, soudain au sommet d'une branche morte.

Un autre événement, extraordinaire, inattendu, vint me stupéfier et me bouleverser. Depuis plusieurs jours déjà, Wanzer me faisait l'effet d'être plus dur, plus irritable que d'habitude. Il avait passé les cinq ou six dernières nuits dans un tripot. Un matin, il était monté dans ma chambre, livide comme un cadavre, s'était jeté sur une chaise, avait à deux ou trois reprises fait celui qui va parler ; puis, renonçant brusquement à rien dire, il était sorti sans m'adresser un mot, sans me répondre, sans me regarder.

Je ne le revis plus, ce jour-là. Je ne le revis pas au dîner. Je ne le revis pas le jour suivant.

Comme nous étions à table, Questori entra. C'était un collègue de Wanzer.

— Vous savez, dit-il, la nouvelle? Wanzer est en fuite.

D'abord je ne compris pas bien, ou plutôt je fus incrédule ; mais le cœur me sauta à la gorge.

Des voix demandèrent :

— Que dis-tu? Qui est en fuite?

— Wanzer, Giulio Wanzer.

Je ne sais vraiment pas ce que j'éprouvai ; mais ce qui est sûr, c'est que ma première émotion fut surtout de la joie. Je fis un effort pour la contenir. Et alors j'entendis éclater tous les ressentiments, toutes les rancunes, toutes les haines accumulées contre cet homme qui avait été mon maître.

— Et toi? me cria l'un des plus acharnés. Tu ne dis rien, toi? Wanzer n'avait-il pas fait de toi son domestique? C'est toi, sans doute, qui lui as porté ses valises à la gare ?

Un autre me dit :

— Tu as été marqué au front par un voleur. Tu feras du chemin.

Et un autre :

— Au service de qui te mets-tu, maintenant? Tu entres à la Questure?

Voilà comme ils m'insultaient, pour le plaisir de me faire du mal, parce qu'ils me savaient poltron.

Je me levai, je sortis. J'allai par les rues, vagabondant à l'aventure. Libre, libre ! J'étais libre enfin !

C'était une nuit de mars, toute sereine, presque tiède. Je montai par les Quatre-Fontaines, je tournai vers le Quirinal. Je cherchais les larges espaces ; je voulais boire d'un trait une immensité d'air, contempler les étoiles, écouter le murmure de l'eau, faire quelque chose de poétique, rêver à l'avenir. Je me répétais sans cesse à moi-même : « Libre, libre ! Je suis un homme libre !… » J'étais pris d'une sorte d'ivresse. Je ne pouvais pas encore réfléchir, recueillir mes pensées, examiner ma situation. Il me venait des envies puériles. J'aurais voulu accomplir mille actions à la fois, pour constater ma liberté. En passant devant un café, je reçus une bouffée de musique qui me remua profondément. J'entrai, la tête haute. Il me semblait que j'avais l'air brave. Je commandai un cognac ; je fis laisser la bouteille sur la table ; j'en bus deux ou trois petits verres.

On étouffait dans ce café. Le geste que je fis pour ôter mon chapeau me rappela ma cicatrice, réveilla dans ma mémoire la phrase cruelle : « Tu as été marqué au front par un voleur. » Comme je m'imaginais que tout le monde me regardait au front et remarquait ma balafre, je pensai : « Que vont-ils croire? Ils croiront peut-être que c'est une blessure reçue en duel? » Et moi, qui n'aurais jamais eu le courage de me battre, je me complus dans cette pensée. Si quelqu'un était venu s'asseoir auprès de moi et avait engagé la conversation, j'aurais certainement trouvé un moyen de lui raconter mon duel. Mais personne ne vint. Un quart d'heure après, il entra un monsieur qui prit une chaise placée en face de moi, de l'autre côté de la table. Il ne me regarda point, ne me demanda point la permission, ne prit point garde que j'y posais les pieds. Ce fut une impolitesse, n'est-ce pas?

Je partis ; je me remis à marcher dans les rues, à l'aventure. Mon ivresse tomba tout d'un coup. Je me sentis infiniment malheureux, sans trop savoir pourquoi. Petit à petit, une vague inquiétude émergea de mon étourdissement ; et cette inquiétude grandit, devint poignante, me suggéra une pensée : « *S'il* était encore à Rome, en cachette? S'il parcourait les rues sous un travestissement? S'il m'attendait devant ma porte, pour me parler? S'*il* m'attendait dans les ténèbres de mon escalier? » J'eus peur ; je me retournai deux ou trois fois, pour m'assurer que je n'étais pas suivi ; je rentrai dans un autre café, comme dans un refuge.

Tard, très tard, je me décidai à reprendre le chemin de mon domicile. Toutes les apparences, tous les bruits me faisaient tressaillir d'effroi. Un homme étendu sur le trottoir, dans l'ombre, me donna une vision de cadavre. « Oh ! pourquoi ne s'est-*il* pas suicidé? pensai-je. Pourquoi n'a-t-*il* pas eu le courage de se suicider? C'était cependant la seule chose qu'*il* eût à faire. » Et alors je m'aperçus que la nouvelle de sa mort m'aurait mieux tranquillisé que celle de sa fuite.

Je dormis peu, et d'un sommeil agité. Mais, au matin, dès que les croisées furent ouvertes, une sensation de soulagement commença de nouveau à se répandre par tout mon être : une sensation singulière, que vous ne pouvez pas comprendre, parce que vous n'avez jamais été esclave.

Au bureau, j'eus des informations détaillées sur la fuite de Wanzer. Il s'agissait d'irrégularités très graves et d'une soustraction de valeurs à la Trésorerie centrale, où il était employé depuis un an environ. Un mandat d'arrêt avait été lancé contre lui, mais sans résultat. Quelques-uns croyaient savoir qu'il avait déjà réussi à se mettre en lieu sûr.

Dès lors, certain d'être libre, je ne vécus plus que pour mon amour, pour mon secret. Il me semblait que j'étais comme en convalescence ; j'avais de mon propre corps une sensation plus légère, moins déplaisante ; je pleurais avec autant de facilité qu'un enfant. Les derniers jours de mars, les premiers jours d'avril eurent pour moi des douceurs et des tristesses dont le souvenir, maintenant que je meurs, me console d'être né.

Ce seul souvenir, monsieur, suffit pour que je pardonne à la mère de Ciro, à la femme qui m'a fait tant de mal. Vous, monsieur, vous ne pouvez pas comprendre ce qu'est, pour un homme endurci et perverti par la souffrance et par l'injustice, la révélation de sa propre bonté latente, la découverte d'une source de tendresse dans l'intimité de sa propre nature. Vous ne pouvez pas comprendre ; peut-être même ne pouvez-vous pas croire ce que je dis. Eh bien, je le dis quand même. Il y a des moments où, Dieu me pardonne ! je sens en moi quelque chose de Jésus. J'ai été le plus vil et j'ai été le meilleur des hommes.

Allons, laissez-moi pleurer un peu. Vous voyez comment mes larmes coulent? Tant d'années de martyre m'ont appris à pleurer ainsi, sans sanglots, sans soupirs, pour n'être pas entendu, pour ne pas affliger l'être qui m'aimait, pour ne pas ennuyer l'être qui me faisait souffrir. Peu de gens au monde savent pleurer comme je pleure. Eh bien, monsieur, cela du moins est une chose dont je vous prie de vous souvenir et de me tenir compte. Après ma mort, vous direz que toute sa vie le pauvre Giovanni Episcopo sut du moins pleurer en silence.

Comment se fait-il qu'un dimanche — le dimanche des Rameaux — je me trouvai en tramway sur la route de Tivoli? En vérité, je n'en ai qu'un souvenir indistinct. Fut-ce un accès de démence? Fut-ce un acte de somnambulisme ? En vérité, je ne sais pas.

J'allais vers l'inconnu, je me laissais attirer par l'inconnu. Encore une fois, j'avais perdu le sens du réel. Il me semblait que j'étais enveloppé d'une sorte d'atmosphère étrange, qui m'isolait du monde extérieur. Cette sensation, je ne l'avais pas seulement dans les yeux, je l'avais aussi sur la peau. Je ne sais comment expliquer cela. La campagne, par exemple, cette campagne que je traversais, me paraissait indéfiniment lointaine, séparée de moi par un intervalle incalculable...

Comment pourriez-vous concevoir un état mental aussi extraordinaire? Tout ce que je vous décris doit nécessairement vous paraître absurde, inadmissible, contraire à la nature. Eh bien, songez que, jusqu'à ce jour, ma vie s'est passée dans ce désordre dans ce désarroi, dans ces anomalies, presque sans interruption. Paresthésies, dysesthésies... On m'a bien dit le nom de mes maux ; mais personne n'a su les guérir. Pendant toute ma vie, je suis resté au bord de la démence, conscient de mon état, semblable à un homme qui, penché sur un abîme, attendrait d'une minute à l'autre le vertige suprême, la grande obscurité.

Que vous en semble? Perdrai-je la raison avant de fermer les yeux? Y en a-t-il des symptômes sur mon visage, dans mes paroles? Répondez-moi sincèrement, cher monsieur ; répondez-moi.

Et si je ne devais pas mourir? Si je devais survivre longtemps encore, perdu d'esprit, dans un asile d'aliénés?

Non, je vous le confesse, telle n'est pas ma crainte véritable. Vous savez... qu'*ils* reviennent tous les deux, la nuit. Une nuit, c'est sûr, Ciro se rencontrera avec l'*autre* ; je le sais, je le prévois. Et... et alors? L'explosion de la fureur, la folie furieuse dans les ténèbres... Mon Dieu, mon Dieu ! Est-ce ainsi que je dois finir?

Hallucinations, oui ; pas autre chose. Vous dites bien. Oh ! oui, oui, vous dites bien. Il suffira d'allumer une bougie pour que je reste tranquille, pour que je dorme profondément. Oui, oui, une bougie, une simple bougie. Merci, cher monsieur.

Où en étions-nous? Ah, oui, à Tivoli.

... Une puanteur pénétrante d'eau sulfureuse ; et puis, tout à l'entour, des oliviers, des oliviers, des bois d'oliviers ; et, en moi-même, l'étrange sensation primitive, qui se dissipe peu à peu comme dans le vent du trajet. Je descends. Les gens sont dans les rues ; les rameaux luisent au soleil ; les cloches carillonnent. Je sais que *je la rencontrerai*.

— Ah ! monsieur Episcopo ! Vous ici?

C'est la voix de Ginevra ; c'est Ginevra devant moi, les mains tendues ; et j'en suis bouleversé.

Elle me regarde et elle sourit, en attendant que je réussisse à dire quelque chose. Est-ce la même femme qui tournait autour de la table, dans la salle pleine de fumée, sous la lumière du gaz? Est-il possible que ce soit elle?

Je finis par balbutier une phrase.

Elle insiste :

— Mais comment êtes-vous ici? Quelle surprise !

— Je viens pour vous voir.

— Vous vous souvenez donc que nous sommes *promis?*

Elle ajoute en riant :

— Voici ma sœur. Accompagnez-nous à l'église. Vous passerez la journée avec nous, n'est-ce pas? Vous jouerez votre rôle de fiancé. Dites oui.

Elle est gaie, causeuse, pleine de grâces imprévues, pleine de séductions que je ne lui connaissais pas. Elle porte un vêtement simple, sans prétention, mais non sans grâce, presque avec élégance. Elle me demande des nouvelles des camarades.

— Et ce Wanzer?

Un journal, par hasard, lui a tout appris.

— Vous étie. grands amis, n'est-ce pas ? Non?

Je ne réponds rien. Il y a un court intervalle de silence, et elle paraît songeuse. Nous entrons dans l'église toute fleurie de rameaux bénits. Elle s'agenouille à côté de sa sœur et elle ouvre un livre de prières. Moi, debout derrière elle, je regarde son cou, et la découverte d'un petit signe brun me donne un frisson indicible. Au même instant, elle se retourne un peu, et, du coin de l'œil, elle m'envoie une étincelle.

La mémoire du passé s'abolit, l'inquiétude de l'avenir s'endort. Il n'y a plus que l'heure présente ; sur terre, il n'y a plus pour moi que cette femme. Sans elle, il ne me resterait qu'à mourir.

A la sortie, sans rien dire, elle m'offre un rameau. Et moi, sans rien dire, je la regarde; et il me semble que ce regard lui a tout fait comprendre. Nous nous acheminons chez la sœur. On m'invite à monter. Ginevra s'approche du balcon en me disant :

— Venez un peu. Venez prendre un air de soleil.

Nous voici sur le balcon, l'un près de l'autre.

sous la nappe, et je crois que je vais défaillir, tant cette volupté me semble poignante. De temps à autre, le beau-frère, la sœur, les parents me regardent avec une curiosité mêlée de stupeur.

— AH ! MONSIEUR EPISCOPO ! VOUS ICI ?

Le soleil nous inonde ; le bourdonnement des cloches passe sur nos têtes. Elle dit, tout bas, comme se parlant à elle-même :

— Qui l'aurait jamais pensé?

Mon cœur se gonfle d'une tendresse sans limites. Je ne me soutiens plus. Je lui demande, d'une voix méconnaissable :

— Nous sommes donc *promis*?

Pendant une seconde, elle se tait. Puis, tout bas, avec une imperceptible rougeur, en baissant les yeux, elle me répond :

— Vous voulez? Eh bien, oui. Soit !

On nous rappelle, de l'intérieur. C'est le beau-frère, ce sont d'autres parents, ce sont les fillettes. Et je prends au sérieux mon rôle de fiancé ! A table, je suis placé près de Ginevra. Un moment, nous nous serrons la main

— Mais comment se peut-il que personne n'en ait rien su?

— Mais comment ne nous en avais-tu point parlé, Ginevra?

Nous sourions, embarrassés, confus, stupéfaits tout les premiers de l'événement qui s'accomplit avec la facilité et l'absurdité d'un rêve.

Oui, absurde, incroyable, ridicule ; ridicule, surtout. Et pourtant cela s'est accompli en ce monde, entre moi, Giovanni Episcopo, et la nommée Ginevra Canale, comme je vous le dis, exactement comme je vous le conte.

Ah ! monsieur, vous pouvez rire, si vous voulez. Je ne m'en offenserai pas.

La *farce tragique*... Où donc ai-je lu ce mot-là ? C'est bien vrai : il n'y a rien de plus ridicule, rien de plus ignoble et rien de plus atroce.

J'allai faire visite à la mère, dans une vieille maison de la rue Montanara ; je grim-

LA MÈRE DE GINEVRA.

pai un escalier étroit, humide, glissant comme celui d'une citerne, et où s'infiltrait par une lucarne une lumière douteuse, verdâtre, presque sépulcrale : quelque chose qu'on n'oublie pas. J'ai tout dans la mémoire !

En montant, je m'arrêtais presque à chaque marche, parce qu'il me semblait toujours que je perdais l'équilibre, comme si j'eusse posé le pied sur de la glace mouvante. Plus je montais et plus, dans cette lumière, l'escalier me faisait l'effet d'être fantastique, plein de mystère, plein d'un profond silence où venaient mourir des voix très lointaines, incompréhensibles. Tout à coup, sur le palier supérieur, j'entendis une porte s'ouvrir avec violence, et une explosion d'injures, vociférées par une voix de femme, retentit dans l'escalier ; puis la porte se referma, par une poussée

brusque qui fit trembler la maison du haut en bas. Je tremblai aussi de frayeur et je restai sur place, ne sachant que faire. Un homme descendait, lentement, lentement ; on aurait dit qu'il glissait le long du mur comme une chose flasque. Il grognait et geignait, sous un chapeau blanchâtre aux larges bords. Mais, en se heurtant à moi, il releva la tête. Et j'entrevis une paire de lunettes fumées, de celles qu'entoure un treillis vert : des lunettes énormes qui faisaient saillie sur une face rouge comme un morceau de viande crue.

L'homme, me prenant pour quelqu'un de sa connaissance, s'écria :

— Pietro !

Et il me saisit par le bras en m'envoyant au visage son haleine vineuse. Mais il s'aperçut de sa méprise et recommença de descendre. Alors je me remis à monter machinalement ; et, sans savoir pourquoi, j'étais sûr d'avoir rencontré quelqu'un *de la famille*. Je me trouvai devant une porte où je lus : « Emilia Canale, courtière au Mont-de-Piété, avec autorisation de la Questure Royale. » Pour mettre fin au malaise de l'incertitude, je fis un effort et je tirai le cordon de la sonnette ; mais, sans le vouloir, je tirai si fort que la sonnette se mit à carillonner furieusement. Une voix irritée me répondit de l'intérieur, la même voix qui avait proféré les injures ; la porte s'ouvrit ; et moi, en proie à une sorte de panique, sans rien voir, sans rien attendre, hors d'haleine, je dis en mangeant les mots :

— Je suis Episcopo, Giovanni Episcopo, l'employé... Je suis venu, vous savez... pour votre fille... vous savez... Pardon, pardon. J'ai tiré trop fort.

J'étais devant la mère de Ginevra, — une femme encore belle et fleurie, — devant la courtière parée d'un collier d'or, de deux grosses boucles d'or, d'anneaux d'or à tous les doigts. Et je faisais timidement une demande en mariage, — vous vous souvenez ? — la fameuse demande proposée par Filippo Doberti !

Ah ! monsieur, vous pouvez rire si vous voulez. Je ne m'en offenserai pas.

Dois-je vous conter tout, minutieusement, jour par jour, heure par heure ? Voulez-vous toutes les petites scènes, tous les menus faits, toute ma vie de ce temps-là, si bizarre, si extravagante, si comique et si misérable, tout, jusqu'au *grand événement* ? Voulez-vous rire ? Voulez-vous pleurer ? Rien de plus facile que de vous dire tout. Je lis dans mon passé comme dans un livre ouvert. C'est une grande clarté qui vient à ceux dont la fin est proche.

Mais je suis las, je suis faible. Et, vous aussi, vous devez être un peu fatigué. Il vaut mieux que j'abrège.

J'abrège. J'obtins sans peine le consentement. La courtière paraissait déjà renseignée sur mon emploi, sur mes appointements, sur ma situation. Elle avait la voix sonore, le geste résolu, un regard méchant et presque rapace, qui, par instants, se faisait enjôleur et presque lascif, un peu semblable à celui de Ginevra. Quand elle me parlait debout, elle m'approchait de trop près, me touchait sans cesse : tantôt elle me donnait une petite bourrade, tantôt elle me tirait par un bouton de mon habit, tantôt elle secouait de mon épaule un grain de poussière, tantôt elle ôtait de mon vêtement un fil, un cheveu. Et c'était pour moi une inquiétude de tous les nerfs, une torture, l'incessante mainmise de cette femme que j'avais vu plus d'une fois lever le poing au visage de son mari.

Le mari, c'était justement l'homme de l'escalier, l'homme aux lunettes vertes, un pauvre idiot.

Il avait été typographe. Mais maintenant une maladie des yeux l'empêchait de travailler. Et il vivait à la charge de sa femme, de son fils et de sa belle-fille, maltraité par tout le monde, martyrisé, considéré comme un intrus. Il avait le vice de la boisson, l'habitude de l'ivresse, *la soif*, la terrible soif. Personne, chez lui, ne lui donnait un sou pour boire ; mais certainement, afin de gagner un peu de monnaie, il devait faire en cachette, dans on ne sait quelle rue, dans on ne sait quelle boutique, pour on ne sait quelles gens, un ignoble petit métier, une besogne basse et facile au jour le jour. Quand l'occasion s'en présentait, il agrippait à la maison ce qui lui tombait sous la main et il courait le vendre pour boire, pour se procurer le moyen de satisfaire son indomptable passion : la peur des injures et des coups était impuissante à le retenir. Une fois au moins par semaine, sa femme le chassait sans pitié. Pendant deux ou trois jours, il n'avait pas le courage de revenir, de frapper à la porte. Où allait-il ? Où dormait-il ? Comment vivait-il ?

Dès le premier jour, dès le jour où je fis sa connaissance, je lui plus. Tandis que j'étais assis et que j'endurais le bavardage de ma future belle-mère, il se tournait vers moi en souriant, d'un sourire continuel qui faisait trembler sa lèvre inférieure, un peu pendante, mais qui ne transparaissait pas sous les espèces de cages où ses pauvres yeux malades étaient emprisonnés. Lorsque je me levai pour partir, il me dit à voix basse, avec une crainte manifeste :

— Je sors aussi.

Nous sortîmes ensemble. Il était mal d'aplomb sur ses jambes. En descendant l'escalier, je vis qu'il hésitait, qu'il chancelait ; et je lui dis :

— Voulez-vous vous appuyer sur moi ?

Il accepta, s'appuya. Quand nous fûmes dans la rue, il ne retira point son bras de dessous le mien, malgré le mouvement que je fis pour me dégager. D'abord il se tut ; mais, de temps à autre, il se tournait vers moi et approchait si près son visage qu'il me touchait du rebord de son chapeau. Il continuait de sourire, et, pour rompre le silence, il accompagnait ce sourire d'un bruit guttural singulier.

Je me souviens : c'était à la brune, par une soirée très douce. Les gens étaient dans la rue. Deux musiciens, flûte et guitare, jouaient un air de *Norma* à la terrasse d'un café. Je me souviens : une voiture passa, qui emportait un blessé accompagné par deux sergents de ville.

Il finit par dire, en me serrant le bras :

— Je suis content, tu sais. Vrai, je suis content. Quel bon fils tu dois être ! J'ai déjà de la sympathie pour toi, tu sais...

Il dit cela presque convulsivement, absorbé par une idée unique, par un désir unique, mais qu'il avait honte d'exprimer. Et il se mit à rire comme un idiot. Le silence recommença. Puis il répéta encore :

— Je suis content.

Il se remit à rire, mais d'un rire spasmodique. Je m'aperçus qu'une crise nerveuse l'agitait, le faisait souffrir. Lorsque nous arrivâmes devant un vitrage garni de rideaux rouges, que faisait flamboyer une lumière intérieure, il dit à l'improviste, d'une voix rapide :

— Buvons-nous un verre ensemble ?

Et il s'arrêta, me retint devant la porte, dans le reflet rougeâtre qui teignait le dallage. Je sentis qu'il tremblait, et la lumière me permit d'apercevoir, à travers les lunettes, ses pauvres yeux enflammés.

Je répondis :

— Entrons.

Nous entrâmes dans le cabaret. Le peu de buveurs qu'il y avait là, réunis en groupe, jouaient aux cartes. Nous prîmes place dans un coin. Canale commanda :

— Un litre, rouge.

On aurait cru qu'il avait été pris d'un enrouement subit. Il versa le vin dans les deux verres, d'une main qui tremblait comme celle d'un paralytique ; il but d'un trait, et, tout en se passant la langue sur les lèvres, il se versa un second verre. Puis il posa la bouteille sur la table, se mit à rire et déclara naïvement :

— Voilà trois jours que je n'avais bu.

— Trois jours ?

— Oui, trois jours. Je n'ai pas le sou, moi. A la maison, personne ne me donne un centime. Tu comprends ? Tu comprends ? Et je ne puis plus travailler, avec ces yeux-là. Regarde, mon fils.

Il souleva ses lunettes ; et ce fut comme s'il avait soulevé un masque, tant l'expression de son visage changea. Les paupières étaient ulcérées, bouffies, sans cils, chargées de pus, horribles ; et, sur ce fond rouge, dans cette enflure, s'ouvraient avec peine deux yeux larmoyants, infiniment tristes, de cette tristesse profonde et incompréhensible qu'ont les regards des bêtes qui souffrent. Devant cette révélation, une répugnance mêlée de pitié m'émut. Je demandai :

— Cela vous fait mal? beaucoup de mal?

lunettes et vida le second verre, d'un trait. Je bus aussi. Il toucha la bouteille et dit :

— Mon fils, il n'y a que cela au monde.

Je l'observais. Véritablement, rien en lui ne rappelait Ginevra : pas une ligne, pas une expression, pas un geste; rien ! Je pensai :

— Ce n'est pas lui le père.

Il but encore. Il commanda un autre litre ; puis il recommença à dire, sur un ton de fausset :

— Je suis content que tu épouses Ginevra. Et tu peux être content, toi aussi... Une

— Oh ! mon fils, figure-toi ! Des aiguilles, des aiguilles, des échardes de bois, des morceaux de verre, des épines venimeuses... Si on me piquait tout cela dans les yeux, mon fils, ce ne serait rien en comparaison.

Peut-être exagérait-il sa souffrance parce qu'il se voyait l'objet de ma pitié, de la pitié d'une créature humaine, après si longtemps ! Depuis si longtemps il ne lui avait pas été donné d'entendre une voix compatissante ! Il exagéra peut-être pour accroître ma commisération, pour entendre une fois au moins les consolations d'un homme.

— Cela vous fait tant de mal?

— Oui, tant de mal !

Il passa sur ses paupières, doucement, doucement, une espèce de haillon qui n'avait plus ni forme ni couleur. Puis il rabaissa ses

honnête famille, les Canale ! Si nous n'avions pas été honnêtes... à l'heure qu'il est...

Et, en levant son verre, il eut un sourire ambigu, qui m'inquiéta. Il reprit :

— Eh ! eh ! Ginevra... Ginevra aurait pu faire notre fortune, si nous avions voulu... Tu comprends? Ce sont des choses qu'on peut te dire, à toi. Non pas une, ni deux, mais dix, mais vingt propositions... Et quelles propositions, mon fils !

Je me sentais verdir.

— Le prince Altini, par exemple... Depuis une éternité il me persécute. De guerre lasse, il m'a fait venir dans son palais, un soir, l'autre mois, avant le départ de Ginevra pour Tivoli. Tu comprends? Il donnait trois mille francs comptant, lui ouvrait une boutique, etc., etc. Mais non, non. Emilia a toujours répété : « Ce n'est pas ce qu'il nous faut, ce n'est pas ce qu'il nous faut. Nous avons marié l'aînée, nous marierons aussi la cadette. Un employé, avec un bel avenir, avec des appointements fixes... Nous le trouverons. » Et tu vois, tu vois ! C'est toi qui est venu. Tu t'appelles Episcopo, n'est-ce pas? Quel nom ! Madame Episcopo, alors ; madame Episcopo...

Il était devenu loquace. Il se mit a rire.

— Où l'as-tu donc vue? Comment as-tu fait sa connaissance? Là-bas, n'est-ce pas? à la pension. Raconte, raconte. Je t'écoute.

En ce moment un homme entra, d'aspect équivoque, répulsif, moitié valet de chambre et moitié coiffeur, pâle, avec la face semée de pustules sanguinolentes. Il salua Canale.

— Bonjour, Battista !

Battista l'appela, lui offrit un verre de vin.

— Buvez à notre santé, Teodoro. Je vous présente mon futur gendre, le fiancé de Ginevra.

L'inconnu, surpris, me regarda avec des yeux blanchâtres, qui me firent frissonner comme si j'avais senti sur ma peau un contact froid et visqueux ; et il murmura :

— Monsieur est donc...

— Oui, oui, répliqua le bavard en lui coupant la parole ; c'est monsieur Episcopo.

— Ah ! monsieur Episcopo ! Enchanté... Mes félicitations...

Je n'ouvris pas la bouche. Mais Battista riait, le menton sur la poitrine, en se donnant un air malin. L'autre ne tarda pas à prendre congé.

— Adieu, Battista. Au plaisir de vous revoir, monsieur Episcopo.

Et il me tendit la main. Et je lui donnai la mienne.

Aussitôt qu'il se fut éloigné, Battista me dit tout bas :

— Tu sais qui c'est? C'est Teodoro... le... *l'homme de confiance* du marquis Aguti, ce vieux qui est propriétaire du palais d'à côté. Depuis un an, il tourne autour de moi pour Ginevra. Tu comprends? Le vieux la veut, la veut et la veut ; il pleure, il crie, il trépigne comme un bambin, parce qu'il la veut... Le marquis Aguti, celui qui se faisait lier au fer de son lit et fouetter jusqu'au sang par ses femmes. Même, nous entendions les hurlements de chez nous... Plus tard, la questure s'en est mêlée... Ah ! ah ! ah ! le pauvre Teodoro ! Quelle mine ! As-tu vu la mine qu'il a faite? Il ne s'y attendait guère, à cette affaire-là, le pauvre Teodoro ; il ne s'y attendait guère !

Il continuait à rire stupidement, tandis que je mourais d'angoisse. Tout à coup il s'arrêta et poussa une imprécation. De dessous le treillis de ses lunettes, coulaient sur ses joues deux ruisseaux de larmes impures.

— Oh ! ces yeux ! Quand je bois, quel supplice !

Et de nouveau il souleva les terribles lunettes ; et de nouveau je vis en plein cette face difforme qui avait l'apparence d'un écorché, rouge comme le derrière de certains singes, vous savez, dans les ménageries. Et je revis ces yeux douloureux au milieu de ces deux plaies. Et je revis le geste dont il pressait ce haillon sur ses paupières.

— Il faut que je parte, dis-je ; je n'ai plus que le temps.

— Bien. Partons. Attends un peu.

Et il se mit à fouiller dans ses poches comme

DE NOUVEAU IL SOULEVA LES TERRIBLES LUNETTES.

pour en tirer de la monnaie, grotesquement. Je payai. Nous nous levâmes et nous sortîmes. Il mit encore son bras sous le mien. On aurait dit qu'il ne voulait plus me lâcher de toute la soirée. A chaque instant il riait comme un idiot. Et je sentis renaître en lui la crise de tout à l'heure, l'agitation, l'affolement intérieur d'un homme qui veut dire quelque chose, et qui n'ose pas, et qui a honte.

— La belle soirée ! dit-il.

Et il eut le même rire convulsif que la fois précédente.

Tout à coup, avec un effort pareil à celui du bègue qui demeure court, il ajouta, la tête basse, en se cachant sous le rebord de son chapeau :

— Prête-moi cinq francs. Je te les rendrai. Nous nous arrêtâmes. Je mis les cinq francs dans sa main tremblante. Et brusquement il me tourna le dos, s'enfuit, se perdit dans l'ombre.

Ah ! monsieur, quelle pitié ! L'homme que dévore le vice, l'homme qui se débat dans les griffes du vice, et qui se sent dévorer, et qui se voit perdu, et qui ne veut pas, qui ne peut pas se sauver... Quelle pitié, monsieur, quelle pitié ! Connaissez-vous quelque chose de plus inconcevable, de plus fascinant, de plus obscur? Dites, dites : entre toutes les choses humaines, y en a-t-il une plus triste que l'effarement qui saisit un homme devant l'objet de sa passion désespérée ! Y en a-t-il une plus triste que ces mains qui tremblent, ces genoux qui vacillent, ces lèvres qui se crispent, tout cet être que torture l'implacable besoin d'une sensation unique? Dites, dites : y a-t-il rien de plus triste sur la terre? Y a-t-il rien?...

Eh bien, monsieur, depuis ce soir-là, je me suis senti lié à ce misérable, je suis devenu son ami. Pourquoi? par quelle affinité mystérieuse? par quelle prévision instinctive? Peut-être par l'attraction de son vice, qui commençait à me dominer irrésistiblement, moi aussi. Ou encore par l'attraction de son infortune inévitable et sans espérance, comme la mienne?

Depuis ce soir-là, je le revis presque tous les soirs. Il venait me chercher n'importe où ; il m'attendait à la porte de mon bureau ; il m'attendait chez moi, la nuit, dans l'escalier. Il ne me demandait rien ; il n'avait pas même la ressource de faire parler ses yeux, puisqu'ils étaient couverts. Mais il me suffisait de le regarder pour comprendre. Il souriait de son sourire habituel, de son sourire hébété et convulsif ; et il attendait, sans demander rien. Je n'avais pas la force de lui résister, de le congédier, de l'humilier, de lui montrer un visage sévère, de lui adresser une parole dure. M'étais-je donc soumis à un nouveau tyran? Giulio Wanzer avait donc un successeur? Souvent sa présence m'était pénible, horriblement pénible ; et cependant je ne faisais rien pour m'en délivrer. Il avait parfois des effusions de tendresse ridicules et affligeantes, qui me serraient le cœur. Un jour, il me dit, en faisant la grimace que fait un bambin qui va se mettre à pleurer :

— Pourquoi ne m'appelles-tu point *papa?*

Je savais qu'il n'était pas le père de Ginevra ; je savais que les enfants de sa femme n'étaient pas ses enfants. Lui-même, sans doute, il ne l'ignorait pas non plus. Mais je l'appelais *papa*, lorsque personne ne nous entendait, lorsque nous étions seuls, lorsqu'il avait besoin de consolation. Pour m'émouvoir, il lui arrivait souvent de me montrer une meurtrissure, la marque d'un coup, avec le geste des mendiants qui étalent leur difformité ou leur plaie pour arracher une aumône.

Le hasard me fit découvrir que, certains soirs, il se postait dans la rue, aux endroits les plus sombres, et demandait l'aumône à voix basse, adroitement, sans se faire remarquer, en marchant à côté des passants un bout de chemin. A l'angle du Forum de Trajan, je me vis un soir accosté par un homme qui marmottait :

— Je suis un ouvrier sans travail. Je suis presque aveugle. J'ai cinq enfants qui n'ont pas mangé depuis quarante-huit heures. Faites-moi une petite charité, pour que j'achète un morceau de pain à ces pauvres créatures du bon Dieu...

Tout de suite je reconnus sa voix. Mais lui, qui en effet était presque aveugle, il ne me reconnut pas dans l'ombre. Et je m'éloignai à la hâte, je m'enfuis, par crainte d'être reconnu.

Il ne reculait devant aucune bassesse, pourvu qu'il eût de quoi satisfaire sa soif atroce. Une fois, il se trouvait dans ma chambre et ne tenait pas en place. Je venais de rentrer de mon bureau ; j'étais en train de me laver ; j'avais ôté ma jaquette et mon gilet, et j'avais laissé dans le gousset du gilet ma montre, une petite montre d'argent, un souvenir de mon père, de mon père mort. Je me lavais donc derrière un paravent. Et j'entendais Battista remuer dans la chambre, d'une manière insolite, comme s'il eût été inquiet. Je demandai :

— Que faites-vous?

Il répondit avec trop de hâte, d'une voix un peu altérée :

— Rien. Pourquoi?

Et vite il accourut derrière le paravent, avec un empressement excessif.

Je me rhabillai. Nous sortîmes. Au bas de l'escalier, je cherchai ma montre dans mon gousset pour regarder l'heure. Je ne la trouvai pas.

— Diable ! fis-je. J'ai laissé ma montre en haut, dans la chambre. Il faut que je remonte. Attendez-moi ici. Je reviens dans un instant.

Je remontai ; j'allumai une bougie ; je cherchai la montre partout, sans réussir à la trouver. Après quelques minutes de recherche inutile, j'entendis la voix de Battista qui demandait :

— Eh bien, l'as-tu retrouvée?

Il m'avait suivi jusqu'en haut et s'était arrêté à la porte ; il chancelait un peu.

— Non. C'est étrange. Il me semblait pourtant que je l'avais laissée dans mon gousset. Vous ne l'avez pas vue?

— Non.

— Vraiment?

— Non.

JE ME VIS ACCOSTÉ PAR UN HOMME QUI MARMOTTAIT.

Déjà un soupçon m'avait frappé. Battista se tenait sur le seuil, debout, les mains dans ses poches. Je recommençai à chercher avec impatience, presque avec colère.

— Il est impossible que je l'aie perdue. Tout à l'heure, avant de me déshabiller, je l'avais ; je suis certain que je l'avais. Elle est sûrement ici ; il faut qu'elle se retrouve.

Battista avait fini par s'approcher. Je me retournai à l'improviste, et je lus le péché sur son visage. Le cœur me faillit. Tout honteux, il balbutia :

— Elle est sûrement ici ; il faut qu'elle se retrouve.

Et il prit la bougie, se pencha pour chercher autour du lit, s'agenouilla en trébuchant, souleva les couvertures, regarda sous la couchette. Il se tourmentait, haletait ; et la bougie dégouttait sur sa main mal assurée.

Cette comédie m'exaspéra. Je lui criai rudement :

— Assez ! Levez-vous. Ne vous donnez pas tant de peine. Je sais bien, moi, où il faudrait chercher...

Il posa la bougie sur le parquet, resta un moment à genoux, tout courbé, craintif comme quelqu'un qui est sur le point de confesser une faute. Mais il ne confessa rien. Il se releva péniblement, sans mot dire. Pour la seconde fois je lus le péché sur son visage, et j'eus un accès de dépit. « Certainement, pensai-je, il a la montre dans sa poche. Il faut que je le contraigne à avouer, à rendre l'objet volé, à se repentir. Il faut que je le voie pleurer de repentir. » Mais le courage me manqua. Je dis :

— Partons.

Nous sortîmes. Le coupable descendait l'escalier derrière moi, lentement, lentement, appuyé à la rampe. Quelle pitié ! Quelle tristesse !

Lorsque nous fûmes dans la rue, il me demanda, d'une voix qui n'était qu'un souffle :

— Ainsi, tu crois que c'est moi qui l'ai prise ?

— Non, non, répondis je. N'en parlons plus.

J'ajoutai, un instant après :

— Cela m'ennuie, parce que c'était un souvenir de mon père mort.

Je remarquai qu'il réprimait un petit mouvement, comme s'il avait eu l'intention de tirer quelque chose de sa poche. Mais il n'en fit rien. Nous poursuivîmes notre route.

Un peu plus tard, il me dit presque brusquement :

— Veux-tu me fouiller ?

— Non, non. N'en parlons plus. Adieu. Je vous laisse. J'ai à faire, ce soir.

Et je lui tournai le dos, sans le regarder. Quelle tristesse !

Les jours suivants, je ne le revis point. Mais, le soir du cinquième jour, il se présenta dans ma chambre. Je dis, d'un air sérieux :

— Ah ! c'est vous ?

Et je me remis à mes écritures, sans plus. Après un silence, il osa me demander :

— L'as-tu retrouvée ?

Je feignis de rire, et je continuai mes écritures.

Après un autre long silence, il dit encore :

— Ce n'est pas moi qui l'ai prise.

— Oui, oui ; c'est bien. Je sais. Vous y pensez donc toujours ?

Lorsqu'il vit que je restais assis à ma table, il me dit, après un troisième silence :

— Bonsoir !

— Bonsoir ! Bonsoir !

Je le laissai partir comme cela, sans le retenir. Puis j'en eus regret. Je voulus le rappeler, mais trop tard : il était déjà loin.

Pendant trois ou quatre jours, il demeura encore invisible. Mais enfin, un soir, au moment où je rentrais à la maison, un peu avant minuit, je le rencontrai sous un bec de gaz. Il pluvinait.

— Comment, c'est vous ? A cette heure !

Il ne tenait pas debout et je le crus ivre. Mais, en l'examinant mieux, je m'aperçus qu'il était dans un état pitoyable : couvert de boue comme s'il se fût roulé dans une ornière, amaigri, défait, avec une face presque violette.

— Que vous est-il arrivé ? Dites.

Il éclata en sanglots et se rapprocha comme pour tomber dans mes bras ; et, de tout près, en sanglotant, il essaya de me conter la chose, suffoqué par les hoquets, par les larmes qui lui coulaient dans la bouche.

Ah ! monsieur, sous ce bec de gaz, sous cette pluie, quelle terrible chose ! Quelle terrible chose que les sanglots de cet homme qui n'avait pas mangé depuis trois jours !

Connaissez-vous la faim ? Avez-vous jamais regardé un homme à moitié mort de faim, qui s'assoit à une table, qui porte à sa bouche un morceau de pain, un morceau de viande, et qui mâche la première bouchée avec ses pauvres dents, affaiblies, branlantes dans les gencives ? L'avez-vous jamais regardé ? Et votre cœur ne s'est-il pas fendu de tristesse et de tendresse ?

C'est vrai, je ne voulais pas vous entretenir si longtemps de ce pauvre diable. Je me suis laissé entraîner ; j'ai oublié tout le reste, je ne sais pourquoi. Mais, en réalité, ce pauvre diable a été mon unique ami et j'ai été son unique ami, au cours de notre existence. Je l'ai vu pleurer et il m'a vu pleurer plus d'une fois. Dans son vice, j'ai contemplé le reflet du mien. Nous avons aussi partagé des douleurs, nous avons souffert la même injure, nous avons porté la même honte.

Il n'était pas le père de Ginevra, non. Dans les veines de la créature qui m'a fait tant de mal, ce n'était pas son sang qui coulait.

Que de fois j'ai songé, avec une curiosité inquiète et insatiable, au *véritable* père, à l'inconnu, à l'anonyme ! Qui pouvait-il être ? Ce n'était assurément pas un homme du peuple. Certaines finesses physiques, certaines allures d'une élégance native, certaines cruautés, certaines perfidies trop compliquées ; et puis, l'instinct du luxe, le dégoût facile, une manière très particulière de blesser et de déchirer en riant : toutes ces choses, et d'autres encore, révélaient quelques gouttes de sang aristocratique. Qui était donc le père ? Peut-être un vieillard obscène comme le marquis Aguti ? Peut-être un ecclésiastique, un de ces cardinaux galants qui semaient des enfants dans toutes les maisons de Rome ?

Que de fois j'y ai songé ! Et parfois aussi mon imagination m'a représenté une figure d'homme, non plus vague et changeante, mais nettement dessinée, avec une physionomie spéciale, avec une expression spéciale, et qui semblait vivre d'une vie extraordinairement intense.

Sans aucun doute, Ginevra devait savoir, ou du moins *sentir*, qu'elle n'avait pas la moindre communauté de sang avec le mari de sa mère. Le fait est que je n'ai jamais réussi à surprendre dans ses yeux, quand ils se tournaient vers cet infortuné, un éclair d'affection ou au moins de compassion.

C'était, au contraire, l'indifférence, c'était souvent la répugnance, le mépris, l'aversion, c'était même la haine qui se montrait dans ses yeux, quand ils se tournaient vers cet infortuné.

Oh ! ces yeux ! Ils disaient tout ; ils disaient trop de choses en un moment, trop de choses différentes, et je m'y perdais. Il leur arrivait de rencontrer les miens, par hasard, et ils avaient un reflet d'acier, d'acier luisant et impénétrable. Et puis, soudain, ils se couvraient comme d'un voile pâle, perdaient leur dureté. Figurez-vous, monsieur, une lame ternie par une haleine.

Mais non, il m'est impossible de vous parler de mon amour. Jamais personne ne saura combien je l'ai aimée, personne. Elle-même ne l'a jamais su ; elle ne le sait pas. Mais ce que je sais moi, c'est qu'elle ne m'a jamais aimé ! Non, pas un seul jour, pas une seule heure, pas même un seul instant.

Je le savais dès le début ; je le savais alors même qu'elle me regardait de ses yeux voilés. Je ne me faisais pas d'illusion. Jamais mes lèvres n'ont osé prononcer la question tendre, la question que répètent tous les amants : « M'aimes-tu ? » Et je me souviens que, quand j'étais à côté d'elle et que je sentais en moi l'invasion du désir, cent fois je me suis dit : « Oh ! si je pouvais lui baiser le visage, et qu'elle ne s'aperçût point de mon baiser ! »

Non, non, je ne peux pas vous parler de mon amour. Je vais vous raconter encore des faits, de petits faits ridicules, de petites misères, de petites hontes.

Le mariage fu décidé. Ginevra demeura quelques semaines encore à Tivoli ; et moi, j'allais souvent à Tivoli, en tramway, j'y passais une demi-journée, j'y passais une heure ou deux. J'étais content de la savoir loin de Rome. Ma constante appréhension était qu'un de mes collègues du bureau n'arrivât à découvrir mon secret. J'usais d'une quantité de précautions, de subterfuges, de prétextes, de menteries, pour dissimuler ce que j'avais fait, ce que je faisais, ce que j'allais faire. J'avais déserté les lieux où nous nous retrouvions d'habitude ; je répondais évasivement à toutes les questions ; je me cachais dans une boutique ou sous une porte cochère, je me dérobais par une rue transversale, dès que je reconnaissais de loin quelqu'un de mes anciens commensaux.

Mais, un jour, je ne pus esquiver Filippo Doberti. Il me rattrapa, m'empoigna par le bras, m'arrêta de force.

— Hé ! comme il y a longtemps qu'on ne t'a vu, Episcopo ! Qu'as-tu fait ? Tu as été malade ?

Je ne parvenais pas à vaincre mon agitation involontaire. Je répondis, sans réfléchir :

— Oui, j'ai été malade.

— Cela se voit : tu es vert. Mais quelle vie mènes-tu à présent ? Où manges-tu ? Où passes-tu tes soirées ?

Je répondis par un second mensonge, en évitant de le regarder au visage.

— On causait de toi, l'autre nuit, reprit-il. C'était Efrati qui racontait t'avoir vu dans la rue Alessandrina, bras dessus bras dessous avec un ivrogne.

— Avec un ivrogne ? fis-je. Efrati rêve !

Doberti clata de rire.

— Ah ! ah ! ah ! Voilà que tu rougis ! Décidément, tu as toujours du goût pour a belle compagnie, toi. Et, à propos, as-tu des nouvelles de Wanzer ?

— Non, je ne sais rien.

— Comment ? Tu ne sais pas qu'il est à Buenos-Ayres ?

— Je ne sais rien.

— Mon pauvre Episcopo ! Adieu ; je te quitte. Soigne-toi, soigne-toi, tu sais. Je te vois très bas, extrêmement bas. Adieu.

Il tourna par une autre rue, me laissant

dans une agitation que je ne parvenais pas à maîtriser. Toutes les paroles de la soirée lointaine où il avait parlé de la bouche de Ginevra me revinrent à la mémoire, toutes, précises, vibrantes. Et il me revint aussi à la mémoire d'autres paroles, plus crues, plus brutales. Et je revis, dans la salle éclairée au gaz, la longue table autour de laquelle étaient assis ces hommes repus, allumés par le vin, un peu engourdis, tous d'accord dans une même préoccupation obscène. Et j'entendis encore les rires, le vacarme, mon nom hurlé par Wanzer, acclamé par les autres ; et enfin le mot atroce, « Maison Episcopo et Cie ». Et je pensai que cette horrible chose aurait pu devenir une réalité!

Une réalité, une réalité ! Mais une telle ignominie est donc possible? Mais il est donc possible qu'un homme qui, du moins en apparence, n'est ni un fou, ni un idiot, ni un insensé, se laisse entraîner à une telle ignominie?

Ginevra revint à Rome. Le jour du mariage fut fixé.

Dans un fiacre, avec la courtière, nous fîmes le tour de Rome, pour chercher un petit appartement pour acheter le lit nuptial, pour acheter les meubles indispensables, pour faire, en un mot, tous les préparatifs ordinaires. J'avais retiré de la banque un dépôt d'une quinzaine de mille francs, qui constituait toute ma fortune d'orphelin.

Donc, dans un fiacre, nous fîmes triomphalement le tour de Rome, moi anéanti sur le strapontin, et les deux femmes assises en face de moi, les genoux contre mes genoux. Qui ne rencontrâmes-nous pas ? Tout le monde nous reconnut. Vingt fois, malgré ma tête baissée, j'aperçus du coin de l'œil quelqu'un qui, sur le trottoir, faisait des gestes vers nous. Ginevra s'égayait, se penchait, se retournait, disait chaque fois :

— Regarde Questori ! Regarde Micheli ! Regarde Palumbo avec Doberti !

Ce fiacre était un pilori pour moi.

Et la nouvelle courut. Et ce fut, pour mes collègues du bureau, pour mes anciens commensaux, pour toutes mes connaissances, un sujet d'allégresse sans fin. Je lisais dans tous les regards l'ironie, la dérision, l'hilarité maligne, parfois aussi une sorte de compassion insultante. Personne ne m'épargna son offense ; et moi, pour faire quelque chose, je souriais à chaque offense, avec une contraction toujours la même comme un impeccable automate. Avais-je autre chose à faire? Devais-je me fâcher? me mettre en colère? devenir menaçant? me livrer à la violence? donner un soufflet? lancer un encrier? brandir une chaise? me battre en duel? Mais tout cela, monsieur, n'aurait-il pas encore été ridicule?

Un jour, au bureau, deux « garçons d'esprit » contrefirent un interrogatoire. Le dialogue s'engageait entre un juge et Giovanni Episcopo. A la question du juge : « Votre profession? » Giovanni Episcopo répondait : « Homme à qui l'on manque de respect. »

Un autre jour, mon oreille surprit ces mots :

— Il n'a pas de sang dans les veines, pas une goutte de sang. Le peu qu'il en avait, Giulio Wanzer le lui a tiré par le front. Positivement, il est visible qu'il ne lui en reste plus une goutte...

C'était la vérité, c'était la vérité.

Comment advint-il que, tout d'un coup, je pris la résolution d'écrire à Ginevra, pour me dégager de ma promesse? Oui, j'écrivis à Ginevra pour rompre le mariage ; j'écrivis moi-même, de la main que voici. Je portai moi-même la lettre à la poste.

C'était le soir, je m'en souviens. Je passai et repassai devant a poste, ému comme un homme qui est sur le point de se résoudre au suicide. Enfin je m'arrêtai, je mis la lettre à l'ouverture de la boîte ; mais il me sembla que mes doigts ne pouvaient point s'ouvrir. Combien de temps restai-je dans cette attitude? Je l'ignore. Un sergent de ville me demanda, en me touchant l'épaule :

— Que faites-vous?

J'écartai les doigts, laissai tomber la lettre. Et peu s'en fallut que je ne défaillisse entre les bras du sergent de ville.

— Dites, balbutiai-je avec des larmes dans la voix, que faut-il faire pour la ravoir?

Et la nuit, les angoisses de la nuit ! Et, le matin d'après, la visite au nouvel appartement, à l'appartement conjugal, déjà préparé pour recevoir les époux et devenu subitement inutile, devenu un appartement mort ! Oh ! ce soleil, ces raies tranchantes de soleil sur tout ce mobilier neuf, luisant, intact, qui exhalait une odeur de magasin, une odeur intolérable !...

L'après-midi, vers cinq heures, en sortant du bureau, je rencontrai dans la rue Battista qui me dit :

— On te demande à la maison, tout de suite.

Nous nous acheminâmes. Je tremblais comme un malfaiteur qu'on arrête. A un moment, pour me préparer, j'interrogeai Battista :

— Que peut-on me vouloir?

Battista ne savait rien ; il haussa les épaules. Lorsque nous fûmes arrivés à la porte, il me quitta. Je montai l'escalier très lentement, avec le regret d'avoir obéi ; je songeais aux mains de la courtière, à ces terribles mains qui me donnaient une peur folle.

Et, quand je levai les yeux vers le palier, quand je vis la porte ouverte et, sur le seuil, la courtière prête à bondir, je dis bien vite :

— C'était une plaisanterie, une simple plaisanterie.

Et, la semaine suivante, on célébra le

Aucun de mes commensaux de la pension, je crois, ne manquait.

J'ai un souvenir brouillé, vague et incohérent de la cérémonie, de la noce, de cette foule, de ces voix, de ces rumeurs. A un certain moment, il me sembla qu'il passait sur

la table quelque chose d'analogue au souffle ardent et impur qui naguère passait sur *l'autre table*. Ginevra avait la figure en feu et les yeux d'un éclat extraordinaire. Autour d'elle luisaient beaucoup d'autres yeux et beaucoup d'autres sourires.

J'ai le souvenir d'une sorte de tristesse sourde qui s'abattit sur moi, m'envahit, obscurcit ma conscience. Et je vois encore, là-bas, au bout de la table, tout au bout, dans un incroyable éloignement, ce pauvre Battista qui buvait, buvait, buvait...

mariage. Mes témoins furent Enrico Efrati et Filippo Doberti. Ginevra et sa mère voulurent qu'on invitât au dîner le plus grand nombre possible de mes collègues, pour éblouir la canaille de la rue Montanara et des environs.

Une semaine, au moins ! Je ne dis pas un an, un mois. Mais au moins une semaine, au moins la première semaine ! — Non, rien ; sans miséricorde. Elle n'attendit pas seulement un jour ; tout de suite, la nuit même des noces, elle commença son œuvre de bourreau.

Quand je vivrais un siècle, je ne pourrais oublier cet éclat de rire imprévu, qui, dans l'obscurité de la chambre, me glaça et humi-lia ma timidité et ma balourdise. Les ténè-bres m'empêchaient de voir son visage ; mais, pour la première fois, je sentis toute sa méchanceté dans ce rire mordant, railleur, impudique, jamais en-tendu, non reconnais-sable. Je sentis qu'une créature venimeuse res-pirait à mon côté.

Ah ! monsieur, elle avait le rire dans les dents comme les vipères y ont le venin !

Rien ; rien n'eut le pouvoir de l'apitoyer : ni ma muette soumission, ni ma muette adoration, ni ma douleur, ni mes larmes ; rien ! J'essayai tout, pour lui toucher le cœur ; inutilement ! Quel-quefois elle m'écoutait, sérieuse, avec des yeux graves, comme si elle était sur le point de comprendre ; et puis, tout à coup, elle se met-tait à rire, à rire de ce rire épouvantable, inhu-main qui luisait plus à ses dents qu'à ses yeux. Et moi, je restais anéanti.

Non, non, je ne peux pas. Permettez-moi, monsieur, de ne rien dire ; permettez-moi de passer outre. Je ne peux pas vous parler d'elle. C'est comme si vous me forciez à mâcher une chose amère, d'une amer-tume intolérable et mor-telle. Ne voyez-vous pas comme ma bouche se tord pendant que je parle ?

Un soir, deux mois environ après le mariage, elle eut en ma présence un trouble, une espèce de défaillance... Vous savez, la scène ordi-naire... Et moi qui, trem-blant d'espoir, attendais en secret cette révélation, cet indice, cet accomplis-sement de mon vœu suprême, cette immense joie dans ma détresse, je tombai à genoux comme devant un miracle. « Était-ce vrai? Était-ce vrai? » Oui : elle me le déclara, me le confirma. Elle portait en elle *une seconde vie.*

Vous ne pouvez pas comprendre. Même si vous étiez père, vous ne pourriez pas comprendre l'émotion extraordinaire qui s'empara de toute mon âme. Figurez-vous, monsieur, figurez-vous un homme qui a souffert tout ce qu'il est possible de souffrir sous le ciel, un homme sur qui s'est acharnée, sans une minute de répit, toute la férocité des autres hommes, un homme qui n'a jamais été aimé de personne et qui a pourtant au fond de son être des trésors de tendresse et de bonté, des trésors à répandre, inépuisables ; figurez vous, monsieur, l'espérance de cet homme qui attend une créature de son sang, un fils, un petit être délicat et doux, oh ! d'une douceur infinie, un être dont il pourra se faire aimer... Se faire aimer... comprenez-vous?... se faire aimer !

C'était en septembre ; je me le rappelle. C'était une de ces journées calmes, dorées, un peu mélancoliques... Vous savez bien, quand l'été se meurt. Toujours, toujours je rêvais de *lui*, de Ciro, ineffablement.

Un dimanche, au Pincio, nous rencontrâmes Doberti et Questori. Tous deux firent grande fête à Ginevra et se joignirent à nous pour la promenade. Ginevra et Doberti marchaient devant ; Questori et moi, nous restâmes en arrière. Mais il me semblait que chaque pas du premier couple me piétinait le cœur. Ils parlaient avec animation, riaient ensemble ; et les gens se retournaient pour les regarder. Leurs paroles m'arrivaient indistinctes parmi les flots de la musique, quoique je tendisse l'oreille pour en saisir au vol quelques-unes. Mon chagrin était si visible que Questori les rappela en disant :

— Pas si vite, pas si vite ! Ne vous éloignez pas tant. Episcopo va crever de jalousie.

Ils plaisantèrent, se moquèrent de moi. Doberti et Ginevra continuèrent de marcher en avant, de rire et de causer, au milieu du bruit de la musique qui peut-être les exaltait et les enivrait ; et moi, je me sentais si malheureux que, passant le long du parapet, j'eus la pensée folle de me précipiter en bas, d'un élan brusque, pour couper court à cette souffrance. Il y eut un moment où Questori lui-même se tut ; et je m'aperçus que ses regards attentifs suivaient la silhouette de Ginevra et que le désir le troublait. D'autres hommes, qui venaient à notre rencontre, se retournèrent deux ou trois fois pour la regarder, et ils avaient tous dans les yeux le même éclair. C'était toujours, toujours la même chose, quand elle passait à travers la foule comme dans un sillon d'impureté. Il me sembla qu'autour de nous cette impureté souillait toute l'atmosphère ; il me sembla

que tout le monde convoitait cette femme, et jugeait facile de l'obtenir, et avait la même image obscène fichée dans le cerveau. La musique élargissait ses ondes dans une lumière intense ; toutes les feuilles des arbres miroitaient ; les roues des voitures faisaient à mes oreilles un fracas assourdissant. Et au milieu de cette lumière, de ce brouhaha, de cette foule, au milieu de ce spectre confus, à l'aspect de cette femme qui, en ma présence, se laissait enjôler peu à peu par cet homme, je fus envahi par la sensation d'une impureté qui m'enveloppait de toutes parts, et je pensai avec une terrible crise d'angoisse, avec une convulsion de tout ce que j'avais de fibres tendres, je pensai à la petite créature qui commençait à vivre, au petit être informe qui peut-être pâtissait en ce moment même des émotions de cette chair où il commençait à vivre...

Mon Dieu, mon Dieu, comme cette pensée me fit souffrir ! Que de fois cette pensée me tortura, avant *sa* naissance ! Comprenez-vous? La pensée de la souillure... Comprenez-vous? L'infidélité, la faute m'affligeaient moins pour moi-même que pour le fils qui n'était pas né encore. Il me semblait que quelque chose de cette honte, de cette vilenie, devait s'attacher à lui, devait le salir. Comprenez-vous mon horreur?

Et, un jour, j'eus un courage inouï. Un jour que mes soupçons me tourmentaient trop cruellement, j'eus le courage de parler.

Ginevra était à la fenêtre. Je me rappelle : c'était le jour de la Toussaint ; les cloches tintaient ; le soleil frappait sur l'appui. En vérité, le soleil est la plus triste chose qu'il y ait au monde. N'est-ce pas votre avis? Le soleil m'a toujours mis de la souffrance au cœur. Dans tous mes souvenirs les plus douloureux, il y a un peu de soleil, une raie jaune, comme autour des draps mortuaires. Lorsque j'étais enfant, on me laissa seul, quelques minutes, dans la chambre où gisait le cadavre d'une sœur à moi, exposé sur un lit, parmi les couronnes de fleurs. Il me semble que je le vois encore, ce pauvre visage blême, tout creusé d'ombres bleuâtres, auquel devait plus tard, dans les derniers moments, ressembler si fort le visage de Ciro...

Ah ! où en étais-je? Ma sœur, oui, ma sœur gisait sur le lit parmi les couronnes. Bien ; c'est cela que je disais. Mais où voulais-je en venir? Laissez-moi réfléchir un peu... Voici. Je m'approchai de la fenêtre, saisi d'effroi. C'était une petite fenêtre qui s'ouvrait sur une cour. La maison d'en face semblait inhabitée: on n'y entendait aucune voix humaine ; le calme était complet. Mais, sur le toit, des multitudes de moineaux faisaient un ramage navrant, continu, sans fin ; et, sous le toit, sous la gouttière, contre le mur gris, dans l'ombre grise, une bande de soleil, une raie jaune, rigide, aveuglante, rayonnait sinistrement, avec une incroyable intensité. Je n'osais plus me retourner ; je regardais fixement la raie jaune, comme pris de fascination ; et derrière moi je *sentais*,... comprenez-vous?... tandis que mes oreilles étaient pleines de l'immense ramage, je *sentais* derrière moi le silence épouvantable de la chambre, ce silence glacé qui règne autour des cadavres...

Ah ! monsieur, combien de fois j'ai revu dans ma vie la tragique bande de soleil ! Combien de fois !

Mais de quoi s'agissait-il? Je disais donc que Ginevra était à la fenêtre ; les cloches tintaient ; le soleil entrait dans la chambre Il y avait aussi, sur une chaise, une couronne d'immortelles, garnie d'un ruban noir, que Ginevra et sa mère devaient porter au Campo Verano, sur la tombe d'un parent. — « Quelle mémoire ! » pensez-vous. — Oui, maintenant j'ai une mémoire terrible.

Écoutez. Elle mangeait un fruit, avec cette sensualité provocante qu'elle mettait dans tous ses actes. Elle ne faisait aucune attention à moi, ne s'apercevait ni que j'étais là ni que je la regardais. Jamais sa profonde insouciance ne m'avait affligé comme en ce jour ; jamais je n'avais compris avec autant de clarté qu'elle ne m'appartenait pas, qu'elle était à la disposition des premiers venus, qu'inévitablement elle se donnerait aux premiers venus, et que jamais, moi, je ne saurais faire valoir ni le droit de l'amour ni le droit de la force. Et je la regardais, je la regardais.

Ne vous arrive-t-il pas, en regardant longuement une femme, de perdre soudain toute notion de son humanité, de son état social, des liens de cœur qui vous attachent à elle, et de ne *voir*, avec une évidence qui vous atterre, que la bête, la femelle, la brutalité nue du sexe?

C'est ce que je *vis* en la regardant ; et je compris qu'elle n'était apte qu'à une œuvre charnelle, à une ignoble fonction. Et une autre vérité hideuse se présenta encore à mon esprit: le fond de l'existence humaine, le fond de toutes les préoccupations humaines, c'est une laideur. Hideuse, hideuse vérité !

Dites : que pouvais-je y faire? Rien. Mais cette femme portait dans ses entrailles *une autre vie ;* elle nourrissait de son sang la créature mystérieuse où s'incarnait mon rêve continuel, ma suprême espérance, mon adoration...

Oui, oui, avant qu'il ait vu la lumière, je l'ai adoré, j'ai pleuré pour lui de tendresse, je lui ai dit dans mon cœur des paroles indicibles. Pensez, monsieur, pensez à ce martyre : ne pouvoir séparer d'une image ignoble une image innocente ; savoir que l'objet de votre adoration idéale est lié à un être dont vous redoutez les infamies. Qu'éprouverait un dévot, s'il était forcé de voir sur l'autel le sacrement couvert d'une loque immonde? Qu'éprouverait-il, s'il lui était interdit de baiser la divine substance autrement qu'à travers un voile souillé?

Je ne sais pas m'exprimer. Nos paroles, nos actes restent toujours vulgaires, stupides, insignifiants, quelle que soit la grandeur des sentiments qui les inspirent. Ce jour-là, je portais en moi-même une immensité de choses douloureuses, comprimées, qui se confondaient ; et le tout n'aboutit qu'à un petit dialogue cynique, à une scène ridicule, à une lâcheté. Voulez-vous le fait? Voulez-vous le dialogue? Les voici.

Elle était donc à la fenêtre, et je m'approchai d'elle. Je restai un instant silencieux. Puis, avec un énorme effort, je lui saisis la main et je lui demandai :

— Ginevra, m'as-tu déjà trompé?

Elle me regarda, stupéfaite, et répondit :

— Trompé? Que veux-tu dire?

Je lui demandai :

— As-tu déjà un amant? Peut-être... Doberti ?

Elle me regarda encore, parce que je tremblais horriblement, de tous mes membres.

— Mais quelle scène me fais-tu là? Qu'est-ce qui te prend ? Es-tu fou?

— Réponds, Ginevra !

— Es-tu fou ?

Et, tandis que je cherchais à lui ressaisir la main, elle me cria en se dérobant :

— Ne m'ennuie plus. En voilà assez !

Mais moi, comme un homme en démence, je me jetai à genoux et je la retins par le bord de sa robe.

-- Je t'en prie, je t'en supplie, Ginevra ! Aie pitié, aie un peu de pitié ! Attends du moins la naissance... de la pauvre créature, de mon pauvre enfant !... C'est mon enfant, n'est-ce pas?... Attends sa naissance. Après, tu feras tout ce que tu voudras ; je me tairai, je supporterai tout. Quand ils viendront, tes amants, je m'en irai. Si tu me le commandes, je me mettrai à cirer leurs chaussures dans l'autre chambre... Je serai ton domestique, je serai leur domestique ; je supporterai tout. Mais attends, attends ! Donne-moi d'abord mon fils. Aie pitié !...

Rien, rien. Dans son regard, il n'y avait qu'une curiosité presque gaie. Elle répétait en reculant :

— Es-tu fou ?

Puis, comme je poursuivais mes supplications, elle me tourna les épaules, sortit, referma la porte derrière elle, me laissa là, agenouillé sur le plancher.

Sur le plancher il y avait du soleil ; et sur la chaise il y avait cette couronne mortuaire ; et mes sanglots ne changeaient rien à la fatalité des choses...

Mais pouvons-nous jamais changer rien aux choses? Quel poids pèsent nos larmes? Chaque homme n'est qu'*un homme quelconque*, à qui il arrive *une chose quelconque*. Voilà tout, et il n'y a rien de plus. Amen !

Nous sommes las, mon cher monsieur, moi de raconter et vous d'écouter. En somme, j'ai divagué un peu. J'ai divagué un peu trop, peut-être : car, vous le savez bien, ce n'est pas de cela qu'il s'agit. Le *point* est ailleurs. Pour arriver au *point*, il y a dix ans à passer, dix ans, dix siècles de douleurs, de misères, d'ignominies.

Et cependant le mal n'était pas encore sans remède. La nuit où j'entendis les hurlements de cette femme en couches, hurlements qui n'avaient rien d'humain, hurlements de bête à l'abattoir, je pensai avec une convulsion de tout mon être : « Si elle mourait, oh ! si elle mourait en me laissant mon fils vivant ! » Elle hurlait d'une manière si effroyable que je pensai : « Quand on hurle comme cela, on ne peut pas ne point mourir. » Oui, j'eus cette pensée, j'eus cette espérance. Mais elle ne mourut point ; elle survécut, pour la damnation de mon fils et la mienne.

Mon fils, c'était vraiment *mon* fils, le fils de mon sang. Il avait sur l'épaule gauche le même signe particulier que je porte depuis ma naissance ; et je bénis Dieu pour ce signe, qui m'a permis de reconnaître mon fils.

Vous raconterai-je maintenant notre martyre de dix années? Vous dirai-je encore *tout*? Non, cela est impossible. Je ne parviendrais

jamais à finir. Et puis, peut-être ne me croiriez-vous pas ; car ce que nous avons souffert est incroyable.

En peu de mots, voici les *faits*. Ma maison devint un mauvais lieu. Quelquefois, je me rencontrais sur ma porte avec des hommes incon-

JE ME RENCONTRAIS SUR LA PORTE AVEC DES HOMMES INCONNUS.

nus. Je n'allai pas jusqu'à faire ce que j'avais dit ; je ne cirai pas leurs chaussures dans la chambre voisine ; mais bientôt, en ma propre maison, je ne fus plus qu'une espèce de domestique inférieur. Battista lui-même était moins malheureux que moi, moins humilié. Aucune humiliation ne sera jamais rien en comparaison de la mienne. Jésus aurait pleuré sur moi toutes ses larmes ; car, entre tous les hommes, je suis celui qui a touché le fond, le dernier fond de l'humiliation. Vous entendez ? Battista, le misérable Battista pouvait me prendre en pitié.

Et, dans les premières années, tant que Ciro ne comprit pas encore, ce ne fut rien. Mais,

pouvais l'entourer continuellement de ma tendresse protectrice ; je ne pouvais lui rendre la vie aussi douce que je l'avais rêvé, que je l'aurais voulu. La pauvre créature passait presque tout son temps dans la cuisine, en compagnie d'une servante.

Je le mis à l'école. Le matin, c'était moi qui le conduisais ; l'après-midi, sur les cinq heures, j'allais le reprendre ; et ensuite je ne le quittais plus, tant qu'il n'était pas endormi.

L'APRÈS-MIDI, J'ALLAIS LE REPRENDRE.

lorsque je m'aperçus que son intelligence s'éveillait, lorsque je m'aperçus qu'en cet être débile et frêle l'intelligence se développait avec une prodigieuse rapidité, lorsque j'entendis sortir de ses lèvres la première question cruelle, oh ! alors je me vis perdu.

Comment faire? Comment lui cacher la vérité? Quelle ressource dans cette détresse? Je me vis perdu.

Sa mère n'avait aucun soin de lui ; elle l'oubliait des jours entiers ; elle le laissait parfois manquer du nécessaire ; parfois même elle le battait. Et moi, j'étais contraint de m'absenter pendant de longues heures ; je ne

Très vite il sut lire, écrire ; il distança tous ses camarades ; il fit des progrès étonnants. L'intelligence brillait dans ses yeux. Quand il me regardait de ses grands yeux noirs qui lui éclairaient tout le visage, des yeux profonds et mélancoliques, j'éprouvais quelquefois une sorte d'inquiétude intérieure et je ne pouvais soutenir longtemps son regard. Oh ! quelquefois, le soir, à table, quand la mère était là et que le silence s'appesantissait sur nous... Toute mon angoisse muette se reflétait dans ces yeux purs.

Mais les jours vraiment terribles étaient encore à venir. Ma honte était trop publique ;

le scandale était trop grave ; *madame Episcopo* était trop perdue de réputation. D'autre part je négligeais mon travail de bureau : je commettais de fréquentes erreurs de rédaction certains jours, le poignet me tremblait si fort que je ne pouvais pas écrire. Mes collègues et mes supérieurs me tenaient pour un homme déshonoré, dégradé, abruti, abêti, ignoble. On me donna deux ou trois avertissements ; puis on me suspendit de mes fonctions ; et finalement on me destitua, au nom de la morale outragée.

Jusqu'alors, j'avais du moins représenté la valeur de mes appointements. Mais, depuis ce jour, je ne valus pas même une guenille, pas même une pelure jetée dans la rue. Rien ne peut vous donner l'idée de la férocité, de l'acharnement que ma femme et ma belle-mère mirent à me torturer. Et pourtant elles m'avaient pris les quelques milliers de francs que j'avais de reste, et la courtière avait ouvert à mes dépens une boutique de mercerie, et ce petit commerce faisait encore vivre la famille.

On me considéra omme un odieux mange-pain et on me mit au même niveau que Battista. A mon tour il m'arriva, la nuit, de trouver porte close ; à mon tour j'endurai la faim. Je me pliai à tous les métiers, à toutes les fatigues, aux plus humbles et aux plus méprisables besognes. Je me démenai du matin au soir pour attraper un sou ; je fis le copiste, je fis le saute-ruisseau, je fis le souffleur dans une troupe d'opérette, je fis l'huissier au bureau d'un journal, je fis le commis dans une agence matrimoniale ; je fis tout ce dont le hasard m'offrit l'occasion, je me frottai à toutes sortes de gens, je récoltai toutes sortes d'avanies, je courbai le cou sous tous les jougs.

Et maintenant, dites-moi. Après les interminables journées d'un pareil labeur, ne méritais-je pas bien un peu de repos, un peu d'oubli ? Le soir, quand je pouvais, dès que Ciro avait fermé les yeux, je sortais de chez moi. Battista m'attendait dans la rue, et nous allions ensemble boire au cabaret.

Du repos ? De l'oubli ? Qui a jamais compris le sens de l'expression : « Noyer sa tristesse dans le vin ? » Ah ! monsieur, si j'ai toujours bu, c'est parce qu j'ai toujours senti se rallumer en moi la soif inextinguible ; mais le vin ne m'a jamais procuré une seconde de jouissance. Nous nous asseyions l'un en face de l'autre, et nous n'avions pas envie de parler. D'ailleurs, là dedans, personne ne disait rien. Êtes-vous jamais entré dans un de ces cabarets silencieux ? Les buveurs s'isolent ; ils ont la figure lasse ; ils soutiennent leur tempe cave la paume de leur main ; devant eux il y a un verre, et leurs yeux fixent le verre, mais peut-être ne le voient-ils pas. Est-ce du vin ? Est-ce du sang ? Oui, monsieur, c'est l'un et l'autre.

Battista était devenu presque aveugle. Une nuit que nous cheminions ensemble, il s'arrêta sous un bec de gaz et me dit, en se palpant le ventre :

— Vois-tu comme il est enflé ?

Puis, me prenant la main pour me faire tâter la dureté de l'enflure, il ajouta, d'une voix que la peur altérait :

— Qu'est-ce que ça peut être ?

Depuis plusieurs semaines il était dans cet état, et il n'avait révélé son mal à personne. Quelques jours après, je le conduisis à l'hôpital, pour la visite du médecin. C'était une tumeur, ou plutôt un groupe de tumeurs qui grossissaient rapidement. On pouvait tenter une opération ; mais Battista n'y consentit pas, bien qu'il ne fût nullement résigné à mourir.

Il traîna encore son mal pendant un mois ou deux ; puis il fut contraint de se mettre au lit, et il ne se releva plus.

Quelle lente, quelle atroce mort ! La courtière avait relégué le malheureux dans une sorte de débarras, dans une niche obscure et étouffante, à l'écart, pour ne pas entendre les gémissements. J'y allais tous les jours, et Ciro voulait m'accompagner, voulait m'aider. Ah ! si vous l'aviez vu, le pauvre enfant ! Comme il était courageux, dans cette œuvre de charité accomplie à côté de son père !

Pour y voir un peu mieux, j'allumais un bout de bougie, et Ciro m'éclairait. Et nous découvrions ce grand corps déformé et geignant, qui ne voulait pas mourir. Non, ce n'était point un homme atteint de maladie ; c'était plutôt... Comment dire ? C'était plutôt... Les mots me manquent... C'était une maladie personnifiée, une chose hors nature, un être monstrueux vivant de sa vie propre, et auquel étaient soudés deux lamentables bras humains et deux lamentables jambes humaines, avec une petite tête décharnée, rougeâtre, répugnante. Quelle horreur ! Quelle horreur ! Et Ciro m'éclairait ; et, sous cette peau tendue, luisante comme un marbre jaunâtre, j'injectais la morphine avec une seringue rouillée.

Mais assez, assez. Paix soit à cette pauvre âme ! Il s'agit maintenant d'arriver *au point* et de ne plus divaguer.

La Fatalité ! — Il s'était passé dix ans, dix ans de vie désespérée, dix siècles d'enfer. Et, un soir, à table, en présence de Ciro, Ginevra me dit inopinément :

— Tu sais, Wanzer est de retour.

Je ne pâlis point, cela est sûr. Car, voyez-vous, depuis longtemps mon visage a pris une couleur invariable, que la mort même ne changera pas et que j'emporterai telle quelle sous la terre. Mais je me rappelle que ma langue immobile se refusa de prononcer un seule parole.

Elle me fixait de ce regard aigu, tranchant, qui m'inspirait toujours une appréhension

— VOIS-TU COMME IL EST ENFLÉ ?

Alors les yeux de Ciro se fixèrent à leur tour sur ma cicatrice, et je lus dans ses yeux les questions qu'il aurait voulu m'adresser. Il aurait voulu me dire :

— Comment? Ne m'as-tu point conté autrefois que tu t'étais blessé en tombant? Pourquoi ce mensonge? Et quel est cet homme qui t'a balafré?

Mais il baissa les yeux et il se tut.

Ginevra reprit :

— Je l'ai rencontré, ce matin. Il m'a reconnue aussitôt. Moi, d'abord, je ne le reconnaissais pas, parce qu'il a laissé pousser toute sa barbe. Il ne savait rien sur notre compte. Il m'a dit qu'il te cherche depuis deux ou trois jours. Il veut te revoir, ce cher ami. Sans doute il a fait fortune en Amérique, du moins à en juger par sa tenue...

En parlant, elle continuait de tenir les yeux sur moi, et elle avait toujours son sourire inexplicable. De temps à autre, Ciro me jetait un regard, et *je sentais qu'il me sentait souffrir.*

Après une pause, Ginevra ajouta :

— Il va venir ce soir, tout à l'heure.

Dehors, la pluie tombait à flots. Et il me sembla que ce bruit continu et motonone se produisait, non au dehors, mais en moi-même, comme si j'avais avalé une forte dose de quinine. Et soudain je perdis le sens du réel, je fus enveloppé de cette atmosphère isolante dont je vous ai déjà parlé, j'eus à nouveau la sensation très profonde de *l'antériorité de l'événement actuel et de l'événement futur.* Me comprenez-vous? Il me semblait que j'assistais à l'inévitable répétition d'une série de faits déjà arrivés. Était-ce *nouveau*, ce que disait Ginevra? Était-ce *nouveau*, cette anxiété de l'attente? Était-ce *nouveau*, ce malaise que me donnaient les yeux de mon fils, ces yeux qui, par un mouvement sans doute involontaire, se tournaient trop souvent vers

semblable à celle d'un poltron devant une arme affilée. Je m'aperçus qu'elle regardait mon front, ma cicatrice; et elle souriait d'un sourire exaspérant, intolérable. Elle me dit en désignant la balafre, avec la conscience de me faire mal.

— Tu l'as donc oublié, Wanzer? Pourtant il t'a laissé sur le front un joli souvenir.

mon front, vers ma maudite cicatrice? Non, *rien de tout cela n'était nouveau.*

Tous trois, autour de la table, nous gardions le silence. Le visage de Ciro exprimait une inquiétude insolite. Le silence avait en soi quelque chose d'extraordinaire : une signification profonde et très obscure, que mon âme ne parvenait pas à pénétrer.

Tout à coup, la sonnette sonna.

Mes regards et ceux de mon fils se croisèrent. Ginevra me dit :

— C'est Wanzer. Va donc ouvrir.

aux doigts, une épingle à la cravate, une chaîne d'or. Il parlait sans embarras, comme un homme sûr de lui-même. Était-ce bien le voleur revenu dans son pays à la faveur de la prescription?

Entre autres choses, il me dit, après m'avoir examiné :

— Tu as beaucoup vieilli. *Madame Ginevra*, au contraire, est plus fraîche que jamais...

Puis il examina Ginevra, en clignant un peu des paupières, avec un sourire sensuel. Déjà il la désirait, et il était certain de la posséder...

J'allai ouvrir. Mes membres accomplissaient l'acte; mais la volonté de l'acte n'était point en moi.

Wanzer entra.

Est-il besoin de vous décrire la scène, de vous répéter les paroles? Mais, dans ce qu'il dit et dans ce qu'il fit, dans ce que nous dîmes et dans ce que nous fîmes, il n'y eut rien d'extraordinaire. Deux vieux amis se revoient, s'embrassent, échangent les question d'usage et les réponses d'usage. Ce fut tout, en apparence.

Il portait un grand manteau imperméable, un manteau à capuchon, tout humide de pluie, luisant. Il paraissait plus grand, plus gros, plus impérieux. Il avait trois ou quatre bagues

— Parle franchement, ajouta-t-il. N'est-ce pas moi qui ai arrangé ton mariage? C'est moi-même. Tu te rappelles? Ah ! ah ! ah ! Tu te rappelles?

Il se mit à rire ; Ginevra aussi se mit à rire, et j'essayai de rire, moi aussi. J'étais parfaitement entré dans le rôle de Battista, à ce qu'il paraît. Le pauvre Battista (que Dieu ait son âme !) m'avait laissé en héritage cette façon de rire convulsive et stupide. Que Dieu ait son âme !

Cependant Ciro regardait sans cesse sa mère, l'étranger et moi. Et, lorsque son regard se posait sur Wanzer, il prenait une expression de dureté que je ne lui avais jamais vue.

— Cet enfant te ressemble beaucoup, continua-t-il. Il te ressemble plus qu'à sa mère.

Et il étendit la main pour lui caresser les cheveux. Mais Ciro fit un bond et évita cette main, par un écart de tête si violent et si farouche que Wanzer en demeura interdit.

— Attrape ! cria la mère. Attrape, mal élevé !

Et elle lui appliqua un soufflet retentissant.

— Emmène-le ! Vite, emmène-le ! m'ordonna-t-elle, pâle de colère.

Je me levai, j'obéis. Ciro tenait son menton sur sa poitrine, mais il ne pleurait pas. A peine entendis-je que ses dents serrées grinçaient.

Quand nous fûmes dans notre chambre, je lui relevai la tête de la façon la plus caressante que je pus trouver ; et je vis sur sa pauvre joue maigre l'empreinte des doigts, la tache rouge du soufflet. Les larmes m'aveuglèrent.

— Ça te fait mal? Dis, ça te fait très mal?... Ciro, Ciro, réponds-moi. Ça te fait beaucoup de mal? demandai-je en me penchant avec un désespoir de tendresse sur cette pauvre joue outragée, que j'aurais voulu baigner, non de mes larmes, mais de je ne sais quel baume précieux.

Il ne répondait pas, ne pleurait pas. Jamais, jamais je ne lui avais vu cette physionomie dure, hostile, presque sauvage, ce front plissé, cette bouche menaçante, ce teint livide.

— Ciro, Ciro, réponds, mon enfant !

Il ne répondait pas. Il s'écarta de moi, s'approcha de son lit, commença à se déshabiller en silence. Je me mis à l'aider, avec des gestes presque timides, presque suppliants ; et je me sentais mourir à la pensée qu'il avait aussi quelque chose contre moi. Je m'agenouillai devant lui pour délacer ses chaussures, et je m'attardai longtemps dans cette attitude, prosterné à ses pieds sur le plancher, mettant à ses pieds l'offrande de mon cœur, d'un cœur lourd comme une masse de plomb, et qu'il me semblait impossible de relever jamais.

— Papa, papa ! éclata-t-il à l'improviste, en me saisissant aux tempes.

Et il avait aux lèvres l'angoissante question.

— Mais parle ! Mais parle donc ! suppliai-je, toujours agenouillé à ses pieds.

Il s'arrêta, ne dit plus rien, monta sur son lit, se glissa sous les couvertures, enfonça la tête dans l'oreiller. Et, un instant après, il commença à claquer des dents, comme il faisait certains matins d'hiver, lorsqu'il gelait. Mes caresses ne le calmaient pas, mes paroles ne lui faisaient aucun bien.

Ah ! monsieur, il a mérité le ciel, celui qui a éprouvé ce que j'éprouvai pendant cette heure-là.

Ne se passa-t-il qu'une heure? — A la fin, il me sembla que Ciro se tranquillisait. Il ferma les yeux comme pour dormir ; son visage se recomposa peu à peu ; son tremblement cessa. Je restai à côté du lit, immobile.

Dehors, la pluie tombait toujours. De temps à autre, une rafale plus impétueuse secouait les vitres ; et Ciro ouvrait les yeux tout grands, puis les refermait.

Je lui répétais, chaque fois :

— Dors, dors. Je suis là. Dors, mon cher enfant !

Mais, moi, j'avais peur ; j'étais incapable de réprimer ma peur. Autour de moi, sur moi, je sentais une menace terrible. Et je répétais, chaque fois :

— Dors ! dors !

Un cri aigu, perçant, éclata sur nos têtes. Et Ciro se dressa d'un bond sur son lit, se cramponna à mon bras, haletant, terrifié.

— Papa, papa, tu as entendu?

Et tous deux, serrés l'un contre l'autre, oppressés par la même épouvante, nous écoutâmes, nous attendîmes.

Un autre cri, plus long, comme d'une personne assassinée, nous parvint à travers le plafond ; et ensuite un autre cri, plus long, plus déchirant encore, un cri que je reconnus, que j'avais entendu déjà en une nuit lointaine...

— Calme-toi, calme-toi. N'aie pas peur. C'est une femme qui accouche, à l'étage d'en haut ; tu sais, madame Bedetti... Calme-toi, Ciro. Ce n'est rien.

Mais les hurlements continuaient, traversaient le mur, nous perçaient le tympan, de plus en plus brutaux. C'était comme l'agonie d'une bête mal égorgée par un boucher. J'eus la vision du sang.

Alors, par instinct, nous nous bouchâmes tous deux les oreilles avec nos mains, en attendant le terme de cette agonie.

Les hurlements cessèrent ; la rafale de pluie recommença. Ciro se blottit sous les couvertures, ferma de nouveau les yeux. Je répétai :

— Dors, dors. Je ne bougerai pas.

Il s'écoula un temps que je ne saurais préciser. J'étais en la puissance de mon destin, comme un vaincu est en la puissance d'un vainqueur inexorable. Désormais j'étais perdu, inexorablement perdu.

— Viens, Giovanni. Wanzer s'en va.

La voix de Ginevra ! J'eus un sursaut ; je remarquai que Ciro, lui aussi, avait tressailli, mais sans remuer les paupières. Il ne dormait donc pas?

Avant d'obéir, j'eus une hésitation. Ginevra ouvrit la porte de la chambre et répéta :

— Viens, Wanzer s'en va.

Je me levai ; je sortis de la chambre, tout doucement, avec l'espoir que Ciro ne s'en apercevrait pas.

Lorsque je reparus en présence de cet homme, je lus clairement dans ses yeux l'impression que je lui fis. Je dus lui faire l'effet d'un mourant qu'une force surnaturelle maintiendrait encore sur ses jambes. Mais il n'eut point pitié de moi.

Il me regardait, me parlait de la même façon que jadis. C'était un maître qui avait retrouvé son esclave. Moi, je pensai : « Pendant leur entretien, qu'auront-ils dit, qu'auront-ils fait, qu'auront-ils *comploté*? » J'observai un changement chez l'un et chez l'autre. La voix de Ginevra, quand elle lui adressait la parole, n'avait plus le même accent qu'auparavant. Quand l'œil de Ginevra se posait sur lui, il se couvrait d'un voile, *de ce voile*...

— Il pleut trop fort, dit-elle. Tu devrais aller chercher une voiture.

Vous comprenez? C'était un ordre qu'elle me donnait. Wanzer ne protesta pas. Il lui semblait tout naturel que j'allasse lui chercher une voiture. Ne venait-il pas de me reprendre à son service?... Et c'est à peine si je tenais sur mes pieds. Et certainement ils voyaient bien tous les deux que j'avais grand'peine à me soutenir.

Cruauté inconcevable ! Mais que faire? Refuser ? Choisir justement cette minute pour me révolter? J'aurais pu dire : « Je me sens malade. » Mais je me tus, je pris mon chapeau et mon parapluie, je sortis.

L'escalier avait déjà ses becs de gaz éteints. Mais, dans les ténèbres, je voyais une multitude de lueurs ; et, dans mon cerveau, se succédaient avec une rapidité d'éclairs des pensées étranges, absurdes, incohérentes. Je m'arrêtai un instant sur le palier, parce que, à travers les ténèbres, je croyais sentir l'approche de la folie. Mais ce ne fut rien. J'entendis distinctement le rire de Ginevra ; j'entendis le bruit que faisaient les locataires d'en haut. J'allumai une allumette et je descendis.

Au moment où j'allais sortir dans la rue, j'entendis la voix de Ciro qui m'appelait. Comme pour le rire, comme pour les bruits, j'eus vraiment une sensation *réelle*. Je retournai en arrière, je remontai l'escalier rapidement, avec une facilité inexplicable.

— Déjà revenu? s'écria Ginevra en me voyant reparaître.

Le grand essoufflement m'empêchait de parler. Je balbutiai enfin avec désespoir :

— Impossible... Il faut que j'aille dans ma chambre.... Je me sens malade.

Et je courus auprès de mon fils.

— Tu m'as appelé? lui demandai-je bien vite, en ouvrant la porte.

Il était assis sur son lit et semblait aux écoutes. Il répondit :

— Non, je ne t'ai pas appelé.

Mais je crois qu'il ne dit point la vérité.

— Peut-être m'as-tu appelé en rêve? Est-ce que tu ne dormais pas, tout à l'heure?

— Non, je ne dormais pas.

Il me regardait, inquiet, soupçonneux.

— Mais qu'as-tu toi-même? me demanda-t-il à son tour. Pourquoi es-tu essoufflé? Qu'as-tu fait?

— Sois donc tranquille, Ciro ! suppliai-je, en évitant de répondre et en le couvrant de caresses. Me voici près de toi ; je ne bouge plus. Dors, maintenant ; dors.

Il se laissa retomber sur l'oreiller avec un soupir. Puis, pour me faire plaisir, il ferma les yeux et fit semblant de dormir. Mais, au bout de quelques minutes, il les rouvrit, me les fixa, grands ouverts, sur le visage, et me dit avec un accent indéfinissable :

— *Il n'est pas encore parti.*

Depuis cette nuit-là, le pressentiment tragique ne me quitta plus. C'était une espèce d'horreur vague, très mystérieuse, qui se condensait au plus profond de mon être, là où la lumière de la conscience ne pouvait pénétrer. Parmi tant d'abîmes que j'avais découverts en moi, celui-ci demeurait inexplorable et apparaissait effrayant entre tous. Sans cesse j'avais l'œil sur lui, j'en sondais la profondeur avec une effroyable angoisse, avec l'espérance qu'un éclair subit l'illuminerait, me le révélerait tout entier. Parfois il me semblait que je sentais monter peu à peu l'*objet inconnaissable*, que je le sentais s'approcher des régions de ma conscience, les toucher presque, les affleurer ; puis, tout d'un coup, il se précipitait au fond et replongeait dans l'ombre, me laissant un trouble extraordinaire et jamais éprouvé. Me comprenez-vous? Pour me comprendre, imaginez, monsieur, imaginez que vous êtes au bord d'un puits dont vous ne pouvez mesurer la profondeur. Ce puits est éclairé jusqu'à un certain niveau par la lumière naturelle ; mais vous savez que, plus bas, dans les ténèbres, il se cache une chose inconnue et terrible. Vous ne la voyez pas, mais vous avez la *sensation* qu'elle se meut confusément. Et, peu à peu, cette chose monte ; et elle arrive aux limites de la pénombre, où vous ne parvenez pas encore à la distinguer. Encore un peu, encore un peu, et vous allez la voir. Mais la chose s'arrête, se recule, se dérobe, et elle vous laisse anxieux, déçu, atterré...

Non, non... Des enfantillages, des enfantillages... Vous ne pouvez pas comprendre.

Les faits, les voici. Quelques jours plus tard, Wanzer avait pris possession de mon appartement, s'était logé chez moi, s'y était installé comme pensionnaire... Et moi, par conséquent, je continuais à être esclave et à trembler. Est-il besoin, dès lors, de vous exposer la suite des faits? Est-il besoin de vous les expliquer? Vous paraît-il qu'il y ait là quelque chose d'étrange? Dois-je aussi vous raconter les souffrances de Ciro, ses colères muettes et rentrées, ses mots amers auxquels j'aurais préféré n'importe quel poison, ses cris et ses sanglots qui éclataient inopinément dans la nuit et me faisaient dresser les cheveux, et les effrayantes immobilités cadavériques que son corps avait dans le lit, et ses larmes, ses larmes, des larmes qui, parfois, se mettaient à couler sans cause, une à une, d'yeux qui restaient ouverts et purs, qui ne s'enflammaient

par l'odeur des drogues. Il pouvait être trois heures de l'après-midi. Souvent j'interrompais mon travail pour penser à Ciro, qui, depuis quelques jours, allait plus mal qu'à l'ordinaire. Je contemplais en mon cœur sa figure amaigrie par la souffrance, allongée, pâle comme un cierge.

Notez, monsieur, une circonstance. D'un vasistas percé dans la muraille à laquelle je tournais le dos, par conséquent au-dessus de ma tête, il tombait *cette raie de soleil*.

Notez encore, monsieur, ces autres circonstances. Un garçon de magasin, un jeune

JE LE VIS APPARAITRE.

pas, qui ne rougissaient pas... Ah ! monsieur, il faut avoir vu cet enfant pleurer pour savoir *comment l'âme pleure*.

Nous avons mérité le ciel. O Jésus, Jésus ! n'avons-nous pas mérité ton ciel?

Merci, monsieur, merci. Je puis continuer. Laissez-moi continuer tout de suite ; autrement, je n'arriverai jamais à vous dire la fin.

Nous en approchons, vous savez. Nous en approchons ; nous y sommes. Quel jour est-ce, aujourd'hui? Le 26 juillet? Eh bien, ce fut le 9 juillet, le 9 de ce mois. On dirait qu'il y a un siècle ; on dirait que ce fut hier.

Je me trouvais dans l'arrière-boutique d'une droguerie, courbé à mon pupitre sur un travail de comptabilité, épuisé de lassitude et de chaleur, dévoré par les mouches, écœuré

homme corpulent, dormait couché sur des sacs, inerte, et des milliers de mouches bourdonnaient sur lui comme sur une charogne. Le patron, le droguiste, entra et se dirigea vers un coin où était une cuvette. Il saignait du nez, et, comme il marchait en se penchant, pour ne pas tacher sa chemise, le sang dégouttait sur le plancher.

Quelques minutes s'écoulèrent dans un silence si profond que la vie semblait suspendue. Aucun client n'entrait ; aucune voiture ne passait ; le garçon ne ronflait plus.

Tout à coup, j'entendis la voix de Ciro :

— Où est papa?

Et je le vis apparaître, — dans cette salle basse, parmi ces sacs, ces barils, ces tas de savon, lui si fin, presque diaphane, ayant l'apparence d'un esprit ! — je le vis apparaître devant moi comme en une hallucination. Son front ruisselait de sueur, ses lèvres tremblaient ; mais il me semblait animé d'une énergie sauvage.

— Toi ici, à cette heure? m'écriai-je. Qu'est-il arrivé?

— Viens, papa ; viens.

— Mais qu'est-il arrivé?

— Viens, viens avec moi.

Il avait la voix sourde, mais résolue.

Je quittai tout, en disant :

— Je reviens à la minute.

Et je sortis avec lui, bouleversé, vacillant sur mes jambes fléchissantes.

Nous étions dans la rue du Triton. Nous prîmes par en haut, vers la place Barberini, vrai lac de feu chauffé à blanc, déserte. Était-elle déserte? Je ne sais pas ; mais je ne vis que le feu. Ciro me saisit la main.

— Eh bien, tu ne parles pas? Qu'est-il arrivé? lui demandai-je pour la troisième fois, malgré la peur que j'avais de ce qu'il allait dire.

— Viens, viens avec moi. Wanzer l'a battue... Il l'a battue...

La fureur lui étranglait la voix dans la gorge. Il paraissait être incapable d'en dire davantage. Il hâtait le pas, m'entraînait.

— Je l'ai vu, vu de mes yeux, reprit-il. De ma chambre, j'ai entendu qu'ils criaient ; j'ai entendu les paroles... Wanzer la couvrait d'injures, l'appelait de tous les noms... Oh ! de tous les noms... Tu comprends? Et je l'ai vu, quand il s'est jeté sur elle, les poings levés, hurlant : « Tiens ! Tiens ! Tiens ! » Sur la figure, sur la poitrine, sur les épaules, partout, et si fort, si fort !... « Tiens ! Tiens ! » Et il l'appelait de tous les noms... Oh ! tu sais bien lesquels.

Méconnaissable, cette voix : enrouée, aigre, sifflante, coupée par les suffocations d'une haine si furieuse que je pensai avec terreur : « Mais il va tomber ! Mais, de rage, il va s'abattre sur le pavé ! »

Il ne tomba point ; il continua de précipiter sa marche, de m'entraîner sous ce soleil cruel.

— Crois-tu que je me sois caché? Crois-tu que je sois resté dans mon coin? Crois-tu que j'aie eu peur? Non, non, je n'ai pas eu peur. J'ai avancé sur lui, moi ; je me suis mis à crier contre lui ; je l'ai empoigné par les jambes, je l'ai mordu à la main... Je n'ai pas eu la force de faire autre chose... Il m'a renversé par terre ; puis de nouveau il s'est jeté sur maman, l'a prise par les cheveux... Oh ! le lâche, le lâche !

La suffocation l'interrompit.

— Le lâche ! Il l'a prise par les cheveux, il l'a traînée vers la fenêtre... Il voulait la jeter en bas... Enfin il l'a lâchée. « Je me sauve ; sans quoi, je te tuerais. » Ce sont ses propres paroles. Et il s'est sauvé, il s'est évadé de la maison... Ah ! si j'avais eu un couteau !

La suffocation l'interrompit encore. Nous étions dans la rue San Basilio, déserte. Par crainte de le voir tomber, de tomber moi-même :

— Arrête, suppliai-je, arrête-toi une minute, Ciro ! Arrêtons-nous une minute, ici, à l'ombre. Je n'en puis plus.

— Non. Il faut faire vite, il faut arriver à temps... Si Wanzer revenait à la maison pour la tuer?... Elle avait peur, maman ; elle avait peur de le voir revenir et d'être tuée. J'ai entendu qu'elle disait à Maria de prendre la valise et d'y mettre ses affaires, pour quitter Rome tout de suite, pour aller, je crois, à Rivoli, chez tante Amelia. Il faut arriver à temps. La laisserais-tu partir, toi?

Il s'arrêta, mais seulement pour me regarder bien en face et pour attendre ma réponse. Je balbutiai :

— Non... non...

— Et *lui*, le laisseras-tu rentrer à la maison? Ne lui diras-tu rien? Ne lui feras-tu rien?

Je ne répondis pas. Et il ne s'aperçut pas que j'étais sur le point de mourir de honte et de douleur. Il ne s'en aperçut pas, puisque, après un intervalle de silence, il me cria à l'improviste, d'une voix qui n'était plus celle de tout à l'heure, d'une voix que rendait tremblante une émotion profonde :

— Papa, papa, tu n'as pas peur... tu n'as pas peur de *lui*, n'est-ce pas?

Je balbutiai :

— Non... non...

Et nous reprîmes notre marche sous le grand soleil, à travers les terrains dévastés de la villa Ludovisi, parmi les arbres abattus, les monceaux de briques, les fosses à chaux qui m'éblouissaient et m'attiraient. « Plutôt, plutôt mourir brûlé vif dans une de ces fosses, pensais-je, que d'affronter l'événement inconnu. » Mais Ciro m'avait ressaisi par la main et m'entraînait aveuglément vers la destinée.

Nous arrivâmes, nous montâmes.

— Tu as la clef? demanda Ciro.

Je l'avais. J'ouvris la porte. Ciro entra le premier ; il appela :

— Maman, maman !

Point de réponse.

— Maria !

Point de réponse. La maison était vide, pleine de lumière et d'un silence suspect.

— Déjà partie ! dit Ciro. *Que vas-tu faire?*

Il entra dans la salle. Il dit :

— Voici l'endroit.

Il y avait encore une chaise renversée. J'aperçus sur le parquet une épingle tordue et un nœud rouge. Ciro, dont les regards suivaient mes regards, se baissa, ramassa quelques cheveux très longs, me les tendit :

— Vois-tu?

Ses doigts et ses lèvres frémissaient ; mais son énergie était tombée, ses forces étaient défaillantes. Je le vis chanceler, je le vis s'évanouir dans mes bras. Je l'appelai :

— Ciro, Ciro, mon cher fils !

Il était inerte. Je ne sais comment je fis pour vaincre la faiblesse qui allait m'abattre à mon tour. Une pensée me frappa : « Si en ce moment Wanzer entrait? » Je ne sais comment je fis pour soutenir la pauvre créature, pour la porter jusqu'à son lit.

Il reprit connaissance. Je lui dis :

— Il faut te reposer. Veux-tu que je te déshabille? Tu as la fièvre. Je ferai venir le

JE RESTAI PÉTRIFIÉ.

médecin. Veux-tu que je te déshabille, tout doucement? Veux-tu ?

Ces mots, je les prononçais, ces actes, je les accomplissais comme s'il ne devait rien arriver de plus, comme si les banalité de la vie quotidienne, comme si les soins que je donnais à mon enfant devaient, pour ce jour-là, être ma seule affaire. Mais je sentais, mais je savais, mais j'étais sûr que les choses iraient autrement, qu'elles ne pouvaient point ne pas aller autrement ; mais une pensée, une pensée unique me martelait le cerveau ; mais une attente unique, une attente angoissée me tordait vraiment les entrailles. L'horreur lentement accumulée au fond de mon être se propageait maintenant dans toute ma substance, faisait vivre mes cheveux depuis la racine jusqu'à la pointe.

Je répétai :

— Laisse-moi te déshabiller et te mettre au lit.

Il répliqua :

— Non. Je veux rester vêtu.

Ni la nouveauté de son accent, ni la singularité de ses paroles, qui pourtant étaient graves, n'interrompirent en moi l'incessante répétition de cette question simple et terrible : « *Que vas-tu faire?* »

« *Que vas-tu faire ? Que vas-tu faire ?* »

Pour moi, toute action était inconcevable.

Il m'était impossible d'arrêter un projet, d'imaginer une solution, de préméditer une attaque ou une défense. Le temps passait ; rien n'arrivait. — J'aurais dû aller chercher le médecin pour Ciro. Mais Ciro aurait-il consenti à me laisser sortir? A supposer qu'il eût consenti, il serait demeuré seul... Et puis, j'aurais pu rencontrer Wanzer dans l'escalier. Et *alors?*... Ou bien Wanzer aurait pu rentrer en mon absence. Et *alors?*

Selon les prescriptions de Ciro, je ne devais pas permettre à Wanzer de rentrer ; je devais lui dire, je devais lui faire quelque chose. Eh bien, j'avais la ressource de fermer la porte en dedans, avec le verrou, et Wanzer n'aurait pu ouvrir avec sa clef. Mais il aurait tiré la sonnette, il aurait frappé, il aurait fait un furieux tapage. Et *alors ?*

Nous attendîmes.

Ciro était couché sur son lit. Moi, j'étais assis à côté de lui et je tenais une de ses mains, en lui tâtant le pouls. Les pulsations s'accéléraient avec une rapidité vertigineuse.

Nous ne parlions pas. Nous croyions entendre mille bruits, et nous n'entendions que le bruit de nos artères. Dans le vide de la fenêtre, il y avait un fond d'azur ; les hirondelles volaient en rasant, comme pour entrer ; on aurait dit qu'une respiration gonflait les rideaux ; sur le carrelage, le soleil dessinait exactement le rectangle de la fenêtre, et les ombres des hirondelles s'y jouaient. Mais pour moi toutes ces choses n'avaient plus de réalité, semblaient n'être que des apparences ; ce n'était plus la vie, c'était le simulacre de la vie. Mon angoisse même était devenue fantastique. Combien s'écoula-t-il de temps?

Ciro dit :

— J'ai si soif ! Donne-moi un peu d'eau.

Je me levai pour lui donner à boire. Mais, sur la table, la carafe était vide. Je la pris et je dis :

— Je vais la remplir à la cuisine.

Je sortis de la chambre, j'allai à la cuisine, je mis la carafe sous le robinet.

La cuisine était contiguë à l'antichambre. Mon oreille perçut distinctement le bruit d'une clef qui tournait dans la serrure. Je restai pétrifié, *dans l'impossibilité de me mouvoir.*

Ensuite j'entendis qu'on ouvrait la porte, et je reconnus le pas de Wanzer.

Wanzer appela :

— Ginevra !

Silence.

Il fit quelques pas en avant ; il appela encore :

cri sauvage qui dénoua instantanément mes membres rigides. Mes yeux coururent à un long couteau qui luisait sur le buffet, et aussitôt ma main le saisit. Et une forcé prodigieuse envahit mon bras ; et je me sentis transporté comme par un tourbillon sur le

JE LUI PLONGEAI LE COUTEAU DANS L'ÉCHINE.

— Ginevra !

Silence.

Nouveaux pas. Évidemment il la cherchait dans les chambres. *Impossibilité absolue de me mouvoir.*

Soudain j'entendis un cri de mon fils, un

seuil de la chambre de mon fils ; et je vis mon fils cramponné avec une furie féline au grand corps de Wanzer ; et je vis sur mon fils les mains de Wanzer...

Deux, trois, quatre fois, je lui plongeai le couteau dans l'échine, jusqu'au manche.

Ah ! monsieur, par charité, ne me quittez pas, ne me laissez pas seul ! Avant ce soir je mourrai ; je vous promets de mourir. Alors vous vous en irez; vous me fermerez les yeux et vous vous en irez. Mais non ; je ne vous demande pas même cela. C'est moi, moi-même qui, avant d'expirer, fermerai mes yeux.

Voyez ma main. Elle a touché les paupières de cet homme, et elle en a jauni... Ces paupières, je voulais les abaisser, parce que Ciro se dressait à tout instant sur sa couche et criait :

— Papa, papa, *il me regarde !*

Comment pouvait-il le regarder, puisqu'il était couvert? C'est donc que les morts regardent à travers les draps?

Et la paupière gauche résistait, froide, froide...

Que de sang ! Est-il possible qu'un homme contienne une mer de sang ! C'est à peine si les veines se voient ; elles sont si fines qu'on les distingue à peine, Et cependant... Je ne savais où mettre le pied ; mes chaussures se trempaient comme deux éponges — est-ce bizarre, eh ? — comme deux éponges.

L'un, tant de sang ; et l'autre, pas une goutte : — un lis...

Ah ! mon Dieu, un lis ! Il y a donc encore des choses blanches au monde?

Des lis ! Que de lis !

Mais voyez, voyez, monsieur !... Qu'est-ce qui me prend? Quel est ce bien que j'éprouve?

Avant ce soir, oh ! avant ce soir...

Une hirondelle entra...

Laissez... Laissez entrer l'hirondelle.

Mars lui avait donné le mal d'amour, à Biasce ! Depuis deux ou trois nuits, il ne parvenait pas à fermer l'œil ; il éprouvait par tout le corps des fourmillements, des ardeurs, des piqûres, comme si, d'un moment à l'autre, allaient lui jaillir hors de la peau, par milliers, des bourgeons, des brindilles, des bouquets de roses sauvages. Au fond de son galetas entrait, on ne sait par où, une odeur nouvelle, une odeur fraîche et âpre de sèves en travail, de jeunes marrucas et d'amandiers en fleur... Par sainte Barbe protectrice ! la dernière fois qu'il avait vu Zolfina, c'était justement à un amandier qu'elle s'appuyait ; et elle contemplait deux ailes de barque, en haute mer ; et sur sa tête il y avait une allégresse de blancheur embaumée, qui chuchotait dans le soleil ; et autour d'elle il y avait la floraison azurée d'une houle de lin ; et dans ses yeux il y avait deux belles pervenches ouvertes ; et sans doute il y avait aussi des fleurs dans son cœur !

Sur son grabat, Biasce affolé repensait à toute cette lumière, à tout ce débordement de printanière vie. Et déjà la ligne extrême

Écrit en avril 1880 ; publié dans *Terra Vergine.* Sommaruga, éditeur, Rome, 1882.

de l'Adriatique, là-bas, s'éclairait des premiers regards timides de l'aube, lorsqu'il se leva et grimpa par l'escalier de bois jusqu'aux nids d'hirondelles, sur le faîte du clocher.

Dans l'air flottaient des voix étranges, indistinctes, pareilles à des halètements fugitifs, à des respirations de feuilles, à des frôlements de pousses vertes, à des froufrous d'ailes. Les maisons accroupies dormaient encore ; la plaine était encore dans un demi-sommeil, sous son rideau de brouillards légers ; çà et là, sur cet immense lac stagnant, les arbres se balançaient à la brise ; au fond, les collines violâtres se dégradaient en tons très tendres, fondues avec l'horizon cendré ; en face, c'était la mer, miroitant comme une bande d'acier, avec quelques voiles obscures dans la pénombre ; et puis, sur le tout, une fraîche et diaphane sérénité de firmament, où les étoiles pâlissaient une à une.

Les trois cloches immobiles, avec leurs ventres creux de bronze orné d'arabesques, attendaient que le bras de Biasce lançât leurs vibrations triomphales dans les souffles du matin.

Et Biasce prit les cordes. Au premier branle, la plus grosse cloche, la Louve, eut un frémissement profond ; sa large bouche se dilata, se resserra, se dilata encore ; une vague de sons métalliques, suivie d'une sorte de mugissement prolongè, déferla sur tous les toits, se propagea avec le vent par toute la plaine et par tout le rivage. Et les tintements se précipitaient, se précipitaient ; le bronze s'animait, ressemblait à un monstre fou de colère ou d'amour, oscillait épouvantablement à droite et à gauche, montrant sa gueule aux deux ouvertures jetant deux larges notes, profondes, reliées par un grondement continu, rompant tout d'un coup le rythme, accélérant le mouvement jusqu'à se fondre en un frisson d'harmonie cristalline, s'élargissant avec solennité dans l'espace. En bas, les flots des sons et les flots de la lumière croissante chassaient le sommeil des campagnes ; les brouillards montaient en fumée, se doraient, se dissolvaient doucement dans la clarté matinale ; les coteaux prenaient une couleur de cuivre. Et, soudain, c'était un autre timbre sonore : le carillon de la Strige, aigre, rauque, cassé, pareil à un aboi rageur contre le hurlement d'un fauve... Et puis, c'était le martellement rapide de la Chanteuse : un martellement gai, limpide, agile et mutin, pareil à une averse de grêle sur une coupole de cristal. Et c'étaient encore les échos lointains des autres campaniles réveillés ; le campanile de San Rocco, là-bas, ce clocher roussâtre, blotti entre les chênes ; le campanile de Santa Teresa, cet

énorme pain de sucre ajouré ; le campanile de San Franco ; le campanile du couvent... dix, quinze bouches métalliques, qui déversaient sur les champs les variations joyeuses et saines de l'hymne dominical, dans un triomphe de lumière.

Biasce, ce tintamarre-là l'enivrait. Il fallait le voir, le gamin ossu et nerveux, avec sa grande cicatrice vermeille sur le front, démener les bras en haletant, s'accrocher aux cordes comme un singe, se faire enlever par la force irrésistible de sa chère Louve, grimper jusqu'à la logette pour donner les derniers branles à la Chanteuse, dans le frémissement sourd des deux autres monstres domptés.

Là-haut, il était roi. Les lierres touffus escaladaient avec un élan de jeunesse le vieux mur écaillé ; ils s'entortillaient aux poutres de la toiture comme à des troncs vivants ; ils revêtaient les briques rouges d'une tenture de petites feuilles coriacées, luisantes, pareilles à des plaquettes d'émail ; ils pendaient par les larges auvents comme une pullulation de fins reptiles ; ils donnaient l'assaut aux tuiles égayées par les nids, nids vieux et nouveaux, tout gazouillants déjà d'hirondelles en amour. On l'appelait fou, le pauvre Biasce ; mais, là haut, il était roi et poète. Lorsque le ciel serein se courbait sur la campagne fleurie, lorsque l'Adriatique brasillait d'yeux de soleil et de voiles orangées, lorsque les rues grouillaient de travail, il restait, lui, au faîte de son clocher comme un faucon sauvage, sans rien faire, l'oreille appliquée contre le flanc de la Louve, de la bête terrible et superbe qui, un soir, lui avait fendu le front ; et, de temps à autre, il la frappait avec le joint du doigt, pour en écouter les longues et délicieuses vibrations. Près de lui, la Chanteuse reluisait comme un joyau dans sa robe d'arabesques et de chiffres, avec l'image de saint Antoine en relief ; plus loin, la Strige montrait son vieux ventre sillonné tout du long par une crevasse, et ses lèvres ébréchées.

Quelles songeries sur ces trois cloches, quel vagabondage de rêves bizarres, quelles envolées lyriques de passion et de désirs ! Et comme elle était belle et gentille, l'image de Zolfina, émergeant sur cette mer d'ondes sonores dans les midis enflammés, ou s'évanouissant dans les crépuscules, alors que la Louve prenait son accent de mélancolie lasse et ralentissait son carillon jusqu'à mourir de langueur !

Un après-midi d'avril, ils se rencontrèrent dans la prairie, derrière les noyers de la Monna sous un ciel qui était d'opale au zénith, avec des taches violacées vers le couchant. Elle fredonnait, en faucillant de l'herbe pour la vache pleine. L'odeur du printemps lui montait à la tête et lui donnait le vertige, telle la vapeur du vin doux en octobre. Parfois, quand elle se penchait, son cotillon frôlait sa chair nue légèrement, comme d'une caresse ; et le plaisir lui faisait fermer les yeux à demi.

Biasce s'avançait en se dandinant, le béret en arrière et un bouquet d'œillets à l'oreille. Il n'était pas vilain garçon, Biasce ; il avait de grands yeux noirs, pleins d'une tristesse sauvage, d'une sorte de nostalgie : des yeux qui rappelaient ceux des bêtes en captivité ; et, de plus, il avait dans la voix un charme, quelque chose de profond qui ne semblait pas humain. Il ne connaissait ni modulations, ni inflexions, ni morbidesses ; là-haut, en compagnie de ses cloches, dans le grand air, dans la grande lumière, dans la grande solitude, le langage qu'il avait appris était plein de sonorités, de notes métalliques, d'âpretés imprévues, de profondeurs gutturales.

— Que faites-vous, Zolfina ?

— Je fais du foin pour la vache du père Michel ; voilà ce que je fais ! répondit la blonde fille, qui, le sein palpitant, resta courbée pour ramasser son herbe.

— O Zolfina, cette bonne odeur, la sentez-vous ? J'étais au faîte du campanile ; je regardais les barques que le vent grec pousse en mer ; et vous avez passé en bas, et vous chantiez... Vous chantiez *Fleur d'herbette*.

Il s'arrêta parce qu'il sentit sa gorge s'étrangler soudain. Et ils se turent tous les deux, se mirent à écouter le bruissement large des noyers et le murmure de la mer lointaine.

Biasce, tout pâle, finit par se pencher, lui aussi, sur l'herbe ; et, parmi cette voluptueuse fraîcheur végétale, ses mains avides cherchaient les mains de Zolfina devenue rouge comme braise.

— Voulez-vous que je vous aide ? dit-il brusquement.

Deux grands lézards amoureux traversèrent le pré comme des flèches et disparurent dans les marrucas de la haie.

Biasce lui saisit le poignet.

— Laisse-moi ! murmura la pauvre fille, d'une voix défaillante. Laisse-moi, Biasce !

Puis elle se serra contre lui, se laissa embrasser, lui rendit ses baisers. Et elle disait « non ! non ! » en lui tendant les lèvres, deux lèvres rouges et humides comme des baies de cornouiller.

Leur amour grandissait avec le foin ; et le foin montait, montait comme une vague ; et,

au milieu de cette marée verte, Zolfina, droite, avec un foulard rouge noué aux tempes, avait l'air d'un coquelicot splendide et luxuriant. Quelle allégresse de ritournelles sous les files basses des pommiers et des mûriers blancs, le long des buissons chargés de nèfles et de chèvrefeuille, dans les champs jaunes de choux en fleur, tandis que, là-bas, à Sant'-Antonio, la Chanteuse faisait des variations si gaies que c'était comme une pie en amour !

Mais, un matin que Biasce attendait à la Fontaine, avec un beau bouquet de giroflées fraîchement cueillies, Zolfina ne vint pas. Elle s'était alitée, malade de la variole noire.

Pauvre Biasce ! Quand il l'apprit, il sentit son sang se glacer et il chancela plus fort que la nuit où la Louve lui avait fendu le front. Et pourtant il dut monter au campanile et se rompre les bras à tirer les cordes, lui qui avait le désespoir au cœur, dans le brouhaha du dimanche des Rameaux, dans une allégresse insultante de soleil, de branches d'olivier, de jolies étoffes, de nuage d'encens, de chansons et de prières, tandis que sa pauvre Zolfina souffrait Dieu sait quelles tortures, ô Vierge bénie, Dieu sait quelles tortures !

Il y eut des jours terribles. A la tombée des ténèbres, Biasce rôdait autour de la maison de la malade comme un chacal autour d'un cimetière ; il s'arrêtait par moments sous la fenêtre close, éclairée de l'intérieur, et, avec des yeux gonflés de larmes, il regardait les ombres passer sur les vitres tendant l'oreille, comprimant de la main sa poitrine que brisait la suffocation ; puis il continuait de tourner comme un fou, ou il courait se réfugier dans la logette. C'était là qu'il passait les longues heures de la nuit, près des cloches immobiles, terrassé par l'angoisse immense, plus blême qu'un cadavre. Sous lui, dans les rues inondées de lune et de silence, rien, pas âme qui vive ; devant lui, la mer triste et moutonnante, qui se brisait avec une rumeur monotone sur les rivages déserts ; au-dessus de lui, l'azur cruel.

Et, là-bas, sous ce toit qu'on entrevoyait à peine, Zolfina était à l'agonie, étendue sur sa couche, muette, le visage noirâtre avec des coulées grumeleuses de matières purulentes ; muette toujours, tandis que la bougie pâlissait dans la blancheur crépusculaire et que le chuchotement des prières éclatait en explosion de sanglots. Deux ou trois fois, elle souleva sa tête blonde, péniblement, comme si elle voulait parler ; mais les mots lui restaient dans la gorge, mais l'air lui manquait, mais la lumière l'abandonnait. Elle remua les lèvres avec des râlements étouffés,

ELLE SE SERRA CONTRE LUI, SE LAISSA EMBRASSER.

comme un agneau qu'on égorge ; puis elle se glaça.

Biasce alla la voir, sa pauvre morte. Hébété, les yeux vitreux, il regarda le cercueil embaumé de fleurs fraîches sous lesquelles s'allongeait cette pourriture de chairs, cette corruption d'humeurs déjà décomposées sous la neige du lin. Il regarda un instant, mêlé dans la foule ; puis il sortit, revint à son gîte, monta l'échelle de bois jusqu'à moitié, prit la corde de la Chanteuse, fit un nœud coulant, y passa son cou, se laissa choir dans le vide.

Les soubresauts du pendu firent que, à travers le silence du Vendredi Saint, la Chanteuse lança dans un éclair de lumière cinq ou six carillons inattendus, argentins, joyeux; et un vol d'hirondelles jaillit du toit dans le soleil.

LA BELLE-SŒUR[1]

I

— Bonne santé, Donna Clara !

Ce souhait matinal la faisait sourire tristement ; car elle avait conscience que la santé l'abandonnait peu à peu, pour toujours peut-être.

Elle essayait de rester encore debout, de maintenir debout sa grande machine osseuse, contre la faiblesse croissante. Elle paraissait si forte, malgré le réseau serré des rides, malgré le beau diadème des neiges séniles ! Et puis, les délices du printemps venaient de commencer, si douces en cette campagne où elle vivait depuis tant d'années ; elles venaient de commencer, ces bonnes tiédeurs attendues, qui la guériraient, qui la sauveraient sans doute. Il suffirait qu'elle eût l'énergie de ne pas céder à cette langueur, de ne pas se laisser abattre ; il suffirait que la brise nouvelle lui entrât dans les poumons, lui accélérât le sang. Cette confiance lui revivifiait l'esprit, la rendait presque joyeuse, lui faisait aimer les clameurs enfantines dont Ève égayait les chambres, lui faisait aimer les roulades dont les chansons de sa bru emplissaient les voûtes.

Ce parfum d'humaine jeunesse qui montait autour d'elle, cette bénignité de la saison naissante l'excitaient, lui donnaient le ressort que donnent momentanément certaines liqueurs, le tumultueux soulèvement de vie qu'éprouve un malade quand il entend passer une joyeuse fanfare. Et pourtant, au fond de tout cela, il y avait quelque chose d'amer : l'aigreur qui naît immanquablement des conflits. Lorsque sa bru, la voyant blême dans la zone de soleil qui traversait les vitres de la

1. Écrit en décembre 1883 ; publié sous le titre *Nell' assenza di Lancilotto*. dans *Il libro delle Vergini*, Sommaruga, éditeur, Rome, 1884.

fenêtre, s'arrêtait de fredonner, prise de ce respect compatissant qu'ont les personnes saines pour les malades, et qu'elle lui demandait si vraiment elle se sentait bien, Donna Clara répondait :

— Oui, Françoise, je me sens bien. Vous pouvez chanter.

Mais le ton sourd de sa voix révélait une irritation contenue, et cela n'échappait point à Françoise.

— Voulez-vous, mère, que je fasse préparer votre lit?

— Non, non.

— Vous n'avez besoin de rien?

— Mais non, de rien...

L'impatience la gagnait. Elle ouvrait les croisées et posait les coudes sur l'appui, avide de respirer à longs traits l'air et la santé. Ou encore elle appelait Ève, sa petite-fille, qui se jetait contre elle avec l'aveugle brusquerie des enfants ivres de tapage, rieuse, la face rouge de chaleur dans une abondance de cheveux blonds.

— Oh! grand'mère! criait la fillette, insouciante du mal que faisait aux genoux de la vieille femme le heurt de sa course.

Et, tandis qu'Ève se reposait, Donna Clara aimait à plonger ses longs doigts aristocratiques dans la vitalité de cette chevelure qui exhalait le parfum naturel de l'enfance, comme dans un bain salutaire. Pendant un instant, cette expansion de tendresse lui faisait du bien ; pendant un instant, elle sentait se répercuter en elle-même, venue de ces petits membres qui vibraient encore des jeux antérieurs, une sensation de joie inconsciente; ou, pour mieux dire, elle sentait qu'en ce petit corps quelque chose de son être propre revivait par transmission héréditaire, et cela était pour elle une jouissance. Elle relevait la tête de la fillette ; elle voulait regarder dans ces yeux purs et profonds, qu'agrandissait un émerveillement presque continuel.

— Elle a les yeux et le front de Valère, n'est-ce pas, Françoise?

— Oui, mère, c'est-à-dire votre front et vos yeux.

Alors les rides se groupaient sur le visage de Donna Clara comme des rayons, illuminées par la complaisance du sourire.

Ensuite, lorsque la fillette, reprise d'une frénésie de turbulence, glissait sous la caresse et prenait la fuite, Donna Clara demeurait stupéfaite, comme quand on sent s'évanouir dans quelque partie de l'organisme une excitation agréable, et qu'on appréhende de faire un mouvement qui dissiperait l'extrême ondulation du plaisir. Peu à peu, l'effort pour tenir bon contre l'abattement devenait pénible. Et l'obstination à résister cédait peu à peu. Et d'abord une inquiétude vague, qui prenait par degrés la forme de la crainte, puis une véritable terreur, la terreur de celui qui, ayant épuisé son courage, se voit sans ressource en face du péril, étreignait et paralysait sa vieille âme. Son corps avait besoin de s'étendre, de ne plus peser sur les muscles affaiblis ; en appuyant sa tête au dossier du fauteuil et en relâchant ses membres, elle éprouvait un soulagement. Mais ce grand lit sombre, clos tout autour par des rideaux de damas vert, ce grand lit qui occupait à lui seul toute la chambre, et où son mari était mort cinq ans auparavant, ce lit la glaçait d'épouvante. Jamais plus elle ne consentirait à s'y coucher : il lui aurait semblé qu'elle s'ensevelissait pour toujours et qu'elle suffoquait. Au contraire, dans son effroi, elle gardait la soif de l'air libre et de la pleine lumière ; et elle haïssait la solitude, parce qu'elle avait l'illusion que le contact et la vue des choses fortes, jeunes et gaies lui procureraient un lent renouveau.

Aussi, lorsque Gustave, son fils cadet, l'eut persuadée avec douceur, elle voulut qu'on lui dressât un petit lit dans la chambre d'angle, au-dessus du grand toit de l'orangerie, entre l'orient et le midi, là où on voyait le ciel et où deux larges fenêtres s'ouvraient aux invasions du soleil.

A peine y fut-elle installée, à peine eut-elle pressenti que peut-être elle ne se relèverait plus, la terreur fit place chez elle à un calme singulier. Maintenant elle attendait ; et rien n'était plus triste que cette longue attente, que ce lent dépérissement d'une créature humaine, que cette sûre consécration à la mort.

La nouvelle chambre avait les parois nues et l'aspect d'un lieu jusqu'alors inhabité. A travers les vitres de l'une des fenêtres, on apercevait l'extrême limite de la plaine, et la ligne sombre des collines, et, derrière les collines, sur le vif du ciel, le profil du Montecorno, cette douce figure de déesse couchée, qui, sous la neige, ressemble à une immense statue de marbre abattue le long des Abruzzes : la protectrice de l'antique patrie que les matelots de la côte saluent avec une effusion d'amour, comme jadis les marins du Pirée saluaient la lance d'Athéna. Sous l'autre fenêtre, une file d'orangers se chauffaient aux bons soleils.

Et les jours passaient. Valère absent ne reviendrait que dans deux mois, dans trois mois peut-être. Du lit de la malade, le silence se propageait par toute la maison ; c'était cet étouffement ou cette atténuation de tous les bruits et de toutes les voix, qui se fait autour des malades, pour ne pas troubler leur repos. Le médecin, un petit homme à la face toute rasée, presque luisante, venait chaque soir, à la même heure, un peu avant le coucher du soleil. Les ombres commençaient à envahir la chambre, coupées parfois d'une dernière lueur qui entrait par la fenêtre du milieu et qui venait effleurer le lit. Un domestique apportait une lampe couverte d'un grand abat-jour vert. Après le départ du médecin, Gustave et Françoise restaient dans la chambre, assis auprès du lit, silencieux, attristés par cette lumière égale, attentifs aux voix affaiblies qui venaient jusqu'à eux du lointain des campagnes. Ève, pliant la tête sous le poids du sommeil, inondait les genoux maternels d'un flot de cheveux à travers lesquels son haleine s'exhalait sans qu'on vît sa bouche. Et sur ces genoux immobiles ces cheveux formaient une soyeuse masse palpitante.

— Touchez-les, dit un jour Françoise à son beau-frère, en les caressant avec une complaisance de mère heureuse.

Sans se lever de sa chaise, Gustave se rapprocha par une inclinaison du corps et y plongea légèrement les doigts. Dans ce geste, leurs mains eurent une rencontre fugitive. Tous deux, au contact, les retirèrent par un mouvement instinctif. Puis ils se regardèrent avec la curiosité surprise de gens qui viennent de découvrir par hasard une chose jusqu'alors imprévue et occulte : auparavant, ni l'un ni l'autre ne se doutait qu'une étincelle pût jaillir de ce rapprochement d'épidermes. Et ils regardèrent en même temps la vieille femme. Donna Clara dormait : elle fermait les yeux et elle devait dormir. Ils restèrent quelques instants à écouter cette respiration un peu rauque, qui aggravait le silence.

— Oh ! maman ! murmura la voix d'Ève dont la petite face émergea d'entre la blondeur, boudeuse dans la confusion maussade du premier réveil.

II

Alors naquit en ces deux natures différentes un étrange sentiment, mêlé de regret et de crainte, un sentiment au fond duquel commençait à se préciser un vague émoi de convoitises. C'était comme dans le sommeil, lorsque, sorties des régions internes où dorment les fantômes des sensations anciennes et les débris des images oubliées, commencent à surgir de confuses visions ; c'était comme dans une eau reposée et limpide, lorsque le heurt d'un corps soulève des dépôts accumulés depuis longtemps. Alors certains petits faits antérieurs réapparurent à leur mémoire sous un jour nouveau, prirent des significations qu'ils n'avaient pas eues à l'origine, des aspects qu'ils n'avaient pas présentés à l'origine.

Françoise était arrivée depuis un peu plus d'un mois chez sa belle-mère, pour y demeurer pendant l'absence de son mari. Ses sept années de mariage, elle les avait passées presque entièrement à Naples, avec Valère. Elle se rappelait maintenant que, le jour de son arrivée, après avoir embrassé Donna Clara, elle avait offert son front à Gustave, et que Gustave y avait mis un baiser en rougissant, avec sa sauvagerie d'ermite. Puis, un matin, comme elle était assise avec Gustave sous les orangers, et que Gustave lui lisait dans un journal une tragique aventure d'amour, elle en riant et en découvrant par ce rire le rose de sa gencive supérieure, avait commencé à réciter :

Nous étions seuls et sans aucun soupçon...

en riant, par simple badinage, avec sa belle insouciance transcendante ; et le rire donnait une expression fine à son visage, à ce pur ovale de miniature indienne où la fente des yeux se relevait légèrement aux angles, vers les tempes, et où les sourcils, peut-être trop arqués et trop écartés des paupières, prêtaient à la physionomie un air singulier d'enfance.

Un autre matin, Ève, prise d'une de ses habituelles ivresses de turbulence, avait voulu que Gustave la portât sur ses épaules, dans l'avenue, en courant sous les arbres qui commençaient à rebourgeonner ; et ensuite, sitôt qu'elle avait vu sa mère apparaître au bout, un nouveau caprice lui était venu : elle avait voulu que Françoise entrelaçât ses mains à celles de Gustave, et elle s'était assise sur les mains entrelacées, entourant de ses petits bras le cou de l'un et de l'autre et leur poussant des cris aigus dans les oreilles.

Tous ces faits insignifiants, et d'autres encore, se représentaient maintenant à la mémoire de Françoise, modifiés et avivés. Cette nuit-là, après le premier trouble, après la première résistance aux tentations de rêverie malsaine, alléchée malgré elle par le subtil parfum de faute qui, montant du fond de toutes ces choses, irritait sa sensibilité de femme jeune, elle s'abandonna peu à peu sur la pente. Et, au moment où elle cédait au sommeil, à cette minute où l'activité de la conscience s'affaiblit dans le relâchement des nerfs et n'a plus le pouvoir de diriger et de modérer les élans de l'imagination, une langueur la fit glisser par le désir jusqu'au bas de cette pente vers le doux péché de la fille de Guido.

D'ailleurs, ce n'aurait pas été le premier péché de Françoise. Elle était parvenue dans le mariage au point inévitable où, pour maintes joyeuses raisons que le médecin Rondibilis expose au bon Panurge, la plupart des femmes succombent. Déjà elle avait traversé en passant deux ou trois amours, sans rien répandre sur son passage qu'une irradiation de jeunesse, et elle avait continué son chemin sans blessure. C'était une de ces natures féminines chez lesquelles la mobilité de l'esprit et la facilité des sensations nouvelles tiennent la passion à l'écart : une de ces natures qui répugnent à souffrir par la même vertu intime qui préserve les métaux nobles de la corrosion des oxydes. Elle apportait dans l'amour une sensualité fine et presque ingénument curieuse de l'apparence ; et c'était cette curiosité même qui rendait singulier son caractère d'amoureuse. Lorsque les hommes — deux ou trois — étalèrent à ses genoux la banale éloquence de leur cœur, elle les regarda de ses beaux yeux en amande, attentivement, non sans une légère pointe d'ironie, avec l'air d'écouter si, par hasard, ils ne trouveraient pas, un jour, quelque accent nouveau, quelque expression nouvelle. Après quoi, elle sourit et elle céda, ou, pour mieux dire, elle se donna avec une sorte de condescendance nonchalante. Les grands élans et les grandes ardeurs la choquaient ; elle ne voulait pas la fièvre, ne comprenait pas certaines brutalités du plaisir. Elle préférait la comédie gaie, de bon goût, pétillante et bien jouée, au grand drame déclamé maladroitement. C'était la conséquence d'un tempérament heureux, et aussi d'une éducation artistique peu commune ; car, chez les femmes saines, le goût sain de l'art engendre à la longue une sorte de scepticisme aimable et d'allègre inconstance qui les défend contre la passion.

Par contre, à vingt ans un peu passés, Gustave avait presque toujours vécu dans cette campagne, près de Donna Clara, obscurément, sans autre amour que celui des chevaux fougueux et du grand levrier blanc hérité de son père. Il avait l'esprit inculte, irrésolu, traversé parfois de mélancolies vagues, secoué par des orages subits. Étouffées, les âpres effervescences de la puberté revenaient parfois s'insurger en lui avec une obstination vitale semblable à celle des racines de chiendent qui tracent dans le sol. Aussi, lorsque jaillit l'étincelle, tout ce qu'il avait de forces latentes se déchaîna-t-il avec une violence inouïe. Cette nuit-là, une angoisse énorme l'écrasa de tout son poids, une angoisse où déjà le remords aiguisait son dard, où déjà se faisait jour un sombre pressentiment de malheurs, où mille fan-

tômes se dressaient, devenaient gigantesques, le poursuivaient sans trêve. Il avait la sensation de suffoquer ; il entendait toute la chambre s'emplir des battements de son cœur, et dans ce fracas passer comme des appels : les appels de sa mère. — Sa mère ne l'avait-elle pas appelé de la chambre voisine? Ne l'avait-elle pas senti souffrir? — Il se leva sur les coudes, dans les ténèbres, et il tendit l'oreille sans réussir à distinguer aucun son parmi ce bourdonnement. Incertain, il alluma une lampe, franchit la porte, s'approcha du lit de la malade. Et elle, blessée aux yeux par cette lumière, se détourna vers la ruelle.

— Que veux-tu, Gustave?
— Tu ne m'as pas appelé?
— Non, mon enfant.
— Je croyais, mère, je croyais avoir entendu...
— Non. Va dormir. Que Dieu te bénisse, mon enfant !

III

Le lendemain matin, Gustave descendait lentement l'avenue, en compagnie de Famulus, le grand chien de neige qui le suivait avec ce balancement de danse si souple et si élégant qu'ont les lévriers. C'était une de ces matinées virginales du printemps renaissant, où la campagne qui s'éveille a comme une indolence de convalescente. Quelque chose de laiteux, une clarté très limpide circulait dans la verdure, sous les arbres ; et sur la masse feuillue le soleil mettait un rayonnement blond et rose, un frisson imperceptible. La vieille terre des Abruzzes s'attendrissait.

Là-bas, au bout de l'avenue, sur le vert profond des orangers, Gustave apercevait une tache blanche pareille à celles que font les statues dans les parcs. Il braqua les yeux ; et, au même moment, le chien, comme s'il eût flairé une proie, le quitta d'un bond, avec des élans prodigieux d'antilope en course.

— Famulus ! Ici, Famulus !
C'était la voix de Françoise à travers le bosquet. Debout, elle attendait que le lévrier la rejoignît, en faisant claquer les doigts, en jetant dans la brise ce vibrant appel. Gustave arriva près d'elle lorsque, déjà penchée vers le chien, elle serrait le museau effilé dans ses mains caressantes : toute belle en sa robe du matin, dont les plis opulents laissaient deviner la vivante souplesse de son corps, les cheveux de la nuque ramenés et noués au sommet de la tête, comme dans certains portraits du temps de l'Empire, ainsi penchée vers l'animal qui, couché sur le dos, agitait

ses pattes minces et nerveuses en lui montrant son ventre maigre, couleur de chair.

— Bonjour, madame.

— Bonjour, Gustave, répondit-elle en se redressant d'un mouvement vif.

Elle avait une rougeur légère au visage, parce qu'elle s'était penchée. Et, tandis qu'elle lui tendait la main, elle le regarda curieusement de ses yeux mi-clos : car, au sortir du lit, elle avait retrouvé sa belle sérénité coutumière. Puis, changeant par plaisanterie l'intonation de sa voix :

— D'où venez-vous, monsieur? reprit-elle.

Gustave comprit et sourit. Par une timidité d'enfant craintif, il l'avait saluée sans l'appeler par son nom. Et il le regrettait. maintenant ; et il voulai parler avec assurance, dire beaucoup de choses.

— Je viens de loin, Françoise. Je suis sorti à l'aube ; j'ai emmené Famulus avec moi. L'air piquait. Nous avons pris par les champs ; nous avons traversé le bois de pins... Le bois est tout fleuri de violettes, et le parfum de la résine s'y mêle au parfum des fleurs.. Si vous sentiez! Nous y viendrons à cheval, un de ces jours. quand il vous plaira... Nous avons aussi passé à la ferme, sous les collines ; la prairie était toute baignée de rosée. De toutes parts, des lapins s'échappaient ; Famulus en a attrapé un par le cou ; mais je le lui ai fait lâcher... Après un long tour, nous avons regagné l'avenue. Famulus vous a découverte de loin, et il a couru au-devant de vous pour vous lécher les mains. Vous lui donnez trop de sucre, à ce vieux gourmand ; vous le gâterez, Françoise...

Il parla encore, parce que Françoise l'écoutait. Tout à coup, Ève apparut, criant d'un air épouvanté :

— Viens vite, maman ! Grand'mère se trouve mal !

Ils coururent ensemble. Ils trouvèrent Donna Clara sur son lit, en proie à une de ces crises algides qui la faisaient trembler toute et qui secouaient ses pauvres os. Elle ne pouvait parler ; une pâleur presque livide lui couvrait la face ; son menton battait rapidement ; ses yeux semblaient perdus dans les orbites, sous la paupière à demi fermée. Il n'y avait rien à faire pour la secourir ; il fallait attendre que cela passât. Gustave tenait sa main chaude sur ce front glacé, avec une expression de crainte et de tendresse, suspendu à ce pauvre visage blêmi, mettant sur ce visage la chaleur de son haleine ; et, de temps à autre, il l'appelait tout bas, en rapprochant sa bouche des oreilles de la malade. Elle devait entendre : car, alors, dans le globe jaunâtre de ses yeux l'iris réapparaissait vers les angles, et sur ses lèvres un vain effort pour sourire luttait contre le

battement convulsif. Le soleil n'entrait pas encore dans la chambre ; mais un flamboiement d'or se brisait sur les vitres closes. Peu à peu, chez la malade, le frisson s'apaisait ; et elle ouvrit deux ou trois fois la bouche pour aspirer l'air, faiblement. A mesure que la chaleur la pénétrait, la pâleur se faisait plus douce sur son visage. Elle tourna les yeux vers les personnes qui étaient à son chevet ; elle réussit enfin à sourire en baissant les paupières, sans parler. Une lassitude immense envahissait tout son être ; et, dans cet acca-

ELLE LE REGARDA CURIEUSEMENT.

blement, elle conservait encore la sensation du froid glacial qui l'avait transie, tandis que, à l'aspect de la croissante allégresse de cette matinée printanière, un amer. regret, le regret de choses irrémédiables, sanglotait en elle. C'était fini ; elle était vieille, elle devait donc mourir. Et la lassitude devenait plus envahissante : un égarement des sens, une tiédeur lourde la gagnaient de la tête aux pieds.

— Elle s'assoupit, chuchota Françoise.

— Non, elle s'évanouit ! dit Gustave, tout pâle ; car il avait senti les coups de la vie faiblir aux poignets de sa mère.

— Courez, Gustave. En haut, dans ma chambre, près du lit, vous trouverez une fiole de cristal. Apportez-la-moi.

Il partit ; il monta l'escalier en courant et il entra dans la chambre. Malgré l'émoi filial, une vive d'impression d'odeur et de fraîcheur le frappa au visage et le fit tressaillir : une impression de lumière rosée, de grand poudroiement rosé, où nageaient encore les exhalaisons tièdes du bain, où vivait encore ce parfum naturel de la peau féminine qui trouble les plus chastes. Il chercha la fiole près du lit, mais il la chercha sans regarder : sur le lit, les couvertures rejetées laissaient voir le drap très blanc où restaient les empreintes du corps qui s'y était étendu. De là émanait l'odeur de Françoise, son odeur habituelle.

En cherchant, il mit les mains sur quelque chose de moelleux. C'était peut-être une chemise roulée, un linge qu'elle devait avoir porté déjà. Ses mains en gardèrent peut-être l'odeur.

Il trouva la fiole, sortit, redescendit en courant.

IV

... Midi à peine sonné. La veille au soir, ils avaient enfin décidé d'aller à cheval jusqu'au bois de pins. Cet après-midi de mars mourant était délicieux.

Ils prirent la grande route. Ils chevauchaient côte à côte, au trot de chasse, d'abord sans rien dire. Gustave retenait son bai un peu en arrière, pour voir la silhouette mince et droite de Françoise qui, serrée dans son amazone noire, avec la masse de ses cheveux châtains ramassée sous un chapeau élégant, tenait son alezan à cette allure légère par une ferme étreinte de sa main gantée. Elle était toute attentive au plaisir de sentir le vent sur sa face, de sentir la bête frapper d'un pied nerveux le sol élastique et sonore. Lorsqu'une boucle de cheveux lui agaçait les yeux, elle la renvoyait sur les tempes, d'un mouvement vif de la tête. Avec son stick, elle donna un coup sur la haie qui bordait la route, en pliant la taille de côté ; et un vol d'oiseaux s'enleva bruyamment dans l'azur, dans cet azur imprégné de la même douceur diffuse qui, après l'orage, rit entre les nuées sur la campagne stupéfaite. En ce moment, on sentait dans la campagne comme l'influence pacifique de la *Déesse des Neiges*, de cette figure lointaine qui était la ligne la plus grandiose du paysage environnant. Il y avait dans les champs des laboureurs dispersés.

— A droite, Françoise ! avertit Gustave en poussant son cheval en avant.

A leur rencontre venaient deux paires de bœufs sous le joug, avec des houppes rouges au harnais, dételés tout à l'heure sans doute et conduits par une sorte de vieux faune qui tenait les cordes en main.

L'alezan rompit le trot et se mit à galoper sur place. Françoise serrait les rênes, penchée dans une attitude hardie pour regarder les jambes fines de l'animal, en ce jeu plein de grâce. Gustave, émerveillé, lui disait que son alezan saurait galoper sur un louis d'or. Alors une envie de course aventureuse vint à Françoise, et ses narines roses se dilatèrent à la senteur de la brise.

D'une voix brève et chaude, elle excita gaiement sa monture.

— Hop ! hop ! hop ! hurrah !

Les chevaux s'enlevèrent d'un même élan, avec une fringante animation qui croissait. Les belles et jeunes bêtes avaient aussi flairé le printemps.

— Hop !

L'écuyère s'animait à son tour ; la brise, fraîche, presque froide, mettait une rougeur sur son visage, mettait une crispation sur ses lèvres qui laissaient entrevoir les dents et un peu de la gencive supérieure. Elle avait une de ces heureuses oubliances qu'ont les personnes saines lorsqu'un exercice de force et d'agilité les réjouit et les agite de sensations vives. Et, comme la joie engendre une disposition naturelle à la bonté expansive, elle se sentait maintenant attirée vers Gustave, qui galopait près d'elle, et elle sentait que cette effusion de bien-être créait entre eux un lien.

— Hop !

Ils ne se regardaient pas, mais ils éprouvaient le profond enchantement qu'on éprouve quand on se regarde dans les prunelles. La route tournait en faisant un coude. A leur passage, un petit pont jeté sur un canal résonna ; dans le fond, la tache noire des sapins mettait sur le ciel la même ondulation montante qu'ont les dos d'un troupeau de bétail en marche, par exemple d'un troupeau de brebis.

— Les pins ! cria Gustave le premier, en indiquant avec son stick la direction du bois.

La brise apportait un parfum de résine. Et le cavalier, se courbant un peu vers sa compagne, dit :

— Respirez, Françoise. Cette odeur fait du bien.

Il prononça ces simples mots avec un accent indescriptible, comme il aurait prononcé le début impétueux d'une ode érotique. La fête de sa jeunesse éclatait en jets de lumière ; il ne la réprimait plus, ne voulait plus la réprimer. Est-il une plus douce forme du bonheur que de chevaucher au flanc de l'aimée, dans le printemps qui renaît, vers un but d'amour? Ces insurrections de liberté sauvage, qu'ont dans le sang les hommes habitués à vivre hors de la communauté légale des autres hommes, lui faisaient maintenant oublier son frère. La femme de son frère était belle, et il voulait la conquérir.

— Hop !

Le bois de pins approchait. Dans la forêt aux troncs élancés, le soleil pénétrait par cou-

Gustave venait derrière, silencieux. Il montait des buissons un parfum aigu de fleurs qu'on ne voyait pas, un parfum qui les troublait et leur donnait des désirs. Ils étaient dans une de ces étroites clairières, presque toujours en forme de cercle, où l'on peut boire le charme de la forêt comme un vin âpre dans une coupe rustique.

— Gustave, regardez cette fleur ! s'écria Françoise en la désignant du doigt. Si vous

ELLE EXCITA GAIEMENT SA MONTURE.

lées magnifiques ; et c'était, à travers la clarté, des fuites lointaines d' portiques fabuleux. Ils entrèrent au pas et laissèrent pendre les rênes sur le cou de leurs chevaux qui s'ébrouaient avec bruit, secouaient la tête ou rapprochaient les mors comme pour se faire des confidences. Des vols d'oiseaux effrayés s'enlevaient devant eux. Sur leurs têtes s'ouvraient de rares trouées de ciel où, dans le vert, l'azur se changeait en un violet suave.

Ils exploraient le bois. Dans le labyrinthe des troncs serrés, les chevaux ne pouvaient marcher de front. Françoise allait devant, un peu lassée par la course, en caressant de sa main ouverte le cou fumant de l'alezan.

voulez me tenir mon stick, je la cueillerai moi-même.

Elle tendit le stick, se plia, se pencha agilement, du haut de la selle, tandis que son alezan frappait le sol de sa jambe arquée.

— Cela, dit-elle, c'est un incident qui ne manque jamais de survenir dans toutes les chevauchées à deux, romanesques ou réelles. Mettons-y donc de l'élégance !

La fleur était une petite fleur rouge, d'un parfum subtil.

— Sentez-la, Gustave.

Et elle la lui approcha des narines.

Une tentation... Gustave lui effleura les doigts avec sa bouche ardente, tout tremblant.

Elle ne dit rien ; mais son visage s'altéra un peu, et elle poussa en avant son cheval.

— Écoutez, Françoise ! Une minute ! cria le jeune homme derrière elle, en poussant aussi sa monture.

Et ce fut comme une poursuite à travers la périlleuse épaisseur des arbres, un galopement sonore sur les pommes de pin sèches entre les buissons. Un des bras de Françoise heurta un tronc, d'un coup sec.

— Arrêtez ! Arrêtez ! Vous vous faites du mal !

Elle était arrivée dans un fourré où son cheval refusait d'avancer. Les grands pins se dressaient, sveltes et inflexibles, sous la nef du bois. Tout autour, dans l'illumination verte, des arbres, des arbres, des arbres.

— Arrête-toi !

Et ils se trouvèrent face à face, pâlis, hésitants, tandis que leurs chevaux piaffaient, agacés par le mors.

— Vous avez heurté votre bras. Souffrez-vous ? demanda Gustave d'une voix rauque et douce.

Il contraignit son cheval à se rapprocher, prit légèrement le bras de Françoise, déboutonna le poignet de la manche. Françoise laisfait faire, regardait. La manche de l'amazone était si étroite ! Entre le gant et le drap noir se montra un poignet rond, neigeux, rayé de veines comme la tempe d'un enfant. Gustave serrait ce poignet d'une main, et, de l'autre main, il essayait de remonter la manche. Son cheval secouait les rênes qu'il lui avait laissées sur le cou.

— Voici !

Près du coude, le bras avait une tache rouge qui commençait à bleuir, une méchante petite meurtrissure dans la finesse de la peau veloutée et duvetée. Gustave voulait baiser la tache. Mais Françoise, rapidement, très belle en ce geste rapide, offrit sa bouche au frère de l'abs nt, tandis que les chevaux piaffaient, agacés.

Ils revinrent sur leurs pas pour sortir de la forêt. Le crépuscule incendiait le sous-bois, où les dernières lueurs venaient mourir parmi les colonnades des sylvestres portiques. Et, plus loin, dans le pré humide, le trot des chevaux effraya les lapins blancs et gris, qui s'enfuirent, la queue dressée, et disparurent au milieu de l'herbe nouvelle.

V

Au retour, lorsqu'ils entrèrent dans la chambre de Donna Clara, cette odeur singulière qui imprègne l'air respiré par les malades frappa désagréablement leurs narines ; car ils conservaient encore l'impression vive des senteurs forestières et du vent vespéral qui soufflait sur la prairie.

Donna Clara fut quelques instants sans ouvrir les yeux, étendue sur le dos, dans une de ces somnolences agitées qui la prenaient vers le soir. Elle était là ; elle avait sur la figure quelque chose de cave, une expression d'égarement, comme quand on a perdu connaissance. Un bandeau blanc lui cachait le front ; les couvertures lui arrivaient jusqu'au menton. De toute cette blancheur mélancolique sortait un profil presque diaphane au nez aminci, et les formes longues du corps allaient se perdre sous les plis du drap.

Françoise et Gustave restaient debout de chaque côté du lit, vis-à-vis l'un de l'autre, sans lever les yeux : ce corps de vieille femme endolorie les divisait, les éloignait. Même en présence de cette détresse, ils sentaient une impatience les tenter : l'impatience de celui qu'un désir talonne et qui e t obligé de subir un fâcheux retard Désormais, une force les poussait l'un vers l'autre. Mais Gustave entendait la voix filiale l'avertir tout bas que cette impatience était cruelle et, pour y échapper, il s'adressait les reproches et les exhortations intérieures que les hommes troublés par un sentiment coupable s'adressent à eux-mêmes, sur le théâtre de leur conscience. « Cette pauvre malade n'était donc plus sa mère ? Il ne l'aimait donc plus avec la même tendresse qu'autrefois ? Après l'avoir délaissée pendant des heures, il lui semblait donc pénible, maintenant, de rester un peu dans cette chambre pour la garder ? Que signifiait ceci ? Était-il devenu tout d'un coup méchant et insensible ? » Voilà ce qu'il se demandait à lui-même, mais sans attention d'esprit, comme s'il eût récité un rôle noble pour tromper la voix accusatrice. Les invincibles fantômes du récent après-midi d'amour le préoccupaient, l'absorbaient.

Enfin Donna Clara ouvrit les yeux, lentement, avec peine. Elle ne dit rien ; elle ne répondit aux questions que par un léger abaissement de paupières et par un sourire vite effacé. La vue de Gustave et de Françoise ne la réconfortait pas ; au contraire, une source de tristesse lui montait dans l'âme, parce qu'il lui semblait qu'ils l'avaient abandonnée trop longtemps. Ce jour-là, elle avait entendu au bas du perron le rire de Françoise, la voix de Gustave, puis le galop des chevaux se perdant au loin. Et elle était restée seule.

Un peu plus tard, Ève était entrée en courant.

— Écoute, ma bonne Ève. Ouvre cette fenêtre.

Et la fillette avait pris un air grave d'infirmière. Mais, même en se haussant sur la pointe des pieds, elle ne parvenait pas à ouvrir.

— Appelle Suzanne. Tu ne peux pas.

— Oh ! grand'mère, qu'est-ce que tu dis ?

Et elle avait traîné une chaise dans l'embrasure de la fenêtre, pour ouvrir en grimpant dessus. Elle ouvrit. La grand'mère la regardait en souriant : dans le nimbe de poussière lumineuse qui montait du plancher, avec ses petits bras nus, elle avait la grâce agile d'une

laissait passer un air trop vif ; le vent croissait ; les rideaux ondulaient et s'enflaient ; la lumière entrait, limpide et glaciale comme une eau de source. Alors un frisson avait commencé à secouer la malade ; elle s'était sentie reprise par ce froid nerveux qui la faisait souffrir. Elle avait eu à peine la force de tirer la sonnette pour appeler quelqu'un. Et c'était Suzanne, la femme de chambre grise comme une béguine, qui était venue lui poser

FRANÇOISE ET GUSTAVE RESTAIENT DEBOUT DE CHAQUE COTÉ DU LIT.

chevrette qui essaie d'escalader le talus d'une haie.

Par la fenêtre entre-bâillée, un souffle tiède passa ; on entrevit la campagne tout inondée de soleil.

— Comme cela, grand'mère ?

— Oui, ma bonne Ève. Viens.

La vieille femme sentait qu'elle s'attendrissait ; un besoin l'avait saisie d'étreindre sur son cœur cette douce masse de cheveux, d'y appuyer sa joue, un moment. Son refuge, à elle, c'était l'adoration de cette tête enfantine.

Et puis Ève aussi s'en était allée, là-bas, dans le jardin, pour courir sur le gazon. La fenêtre

sa main sèche sur le front, en invoquant toutes les vierges du Ciel...

Françoise et Gustave rentraient donc seulement de la promenade ? Si tard ? Ils n'avaient donc plus pensé à elle ?

Françoise voulut rompre un silence qui lui pesait.

— Vous savez, mère ? Nous avons été au bois de pins.

— Ah !

— Il s'est fait tard, sans que nous nous en soyons aperçus...

— Ah !

— Je vous ai apporté cette fleur.

La dernière phrase fit tressaillir Gustave.

Cette fleur médiatrice avait gardé un parfum subtil qui vint jusqu'à lui, et l'odeur réveilla le fantôme du baiser dérobé et de la clairière secrète.

Donna Clara sortit de dessous les couvertures une main maigre et tremblante, pour prendre la fleur.

VI

En ce moment, la lune se levait avec lenteur d'entre les arbres, tel un grand fruit rose argenté ; et ses rayons sur les vitres de la fenêtre combattaient victorieusement la faible clarté que l'abat-jour vert envoyait de l'intérieur.

Donna Clara avait refermé les yeux. Après quelques minutes, comme Gustave et Françoise restaient debout sans parler, elle leur dit, d'une voix faible :

— Vous devez être fatigués... Envoyez-moi Suzanne. Allez vous mettre à table.

Ils quittèrent la chambre, contents comme des enfants libérés d'une punition. Ils se regardaient dans les prunelles, se souriaient.

— Oh ! mère, des oranges ! cria Ève en accourant au devant de Françoise et en lui étreignant les genoux, dans un élan de joie, une orange serrée dans chaque main.

Et, agile comme un jeune chat, elle se hissa jusqu'à la taille de sa mère lui jeta les bras autour du cou, lui mit sur le visage une haleine embaumée par le suc des fruits.

— Veux-tu des oranges ?

Ils allèrent ainsi dans la chambre rouge et se mirent à table. Ève emplit le repas de ses exclamations, de ses grâces menues de fillette gourmande. Dans son inconscience, elle se faisait leur complice.

— Oh ! mère, pèle-moi cette orange.

La mère, pour ouvrir le fruit, enfonça dans l'écorce parfumée ses ongles fins et roses. Ses doigts se mouillaient du jus exprimé, et il lui restait aux ongles une légère coloration d'or. Ève regardait, avec une voracité de rongeur famélique. Quand le fruit fut pelé, elle fit à sa mère et à Gustave le sacrifice d'un quartier.

— La moitié pour chacun, dit-elle gravement. Mors, maman.

Françoise coupa la moitié du quartier avec les dents, souriante.

— Et toi, prends le reste.

Gustave prit l'autre moitié entre ses lèvres. Il eut une sensation délicieuse.

Dans la salle à manger, il y avait cette tiédeur qui émane de l'évaporation des viandes chaudes, cette tiédeur qui, après le repas, met dans le sang une paresse et une béatitude inerte. Une lumière paisible descendait du globe de la lampe suspendue.

Gustave se leva et alla vers la fenêtre, pour ouvrir. Comme il n'avait presque rien mangé, sa sentimentalité de nouvel amant s'émut de la blanche clarté lunaire.

— Quelle lune merveilleuse ! s'écria-t-il.

Françoise eut un mouvement d'ennui : l'entrée de l'air froid troublait cette douce chaleur qui lui donnait un bien-être, secouait la nonchalance pleine de fantaisies errantes et de désirs mal définis, où elle commençait à se bercer.

— Par charité, fermez, Gustave !

— Venez voir une seconde.

Elle se leva à regret ; elle s'accouda sur l'appui en frissonnant ; elle se ramassa toute, cacha ses mains dans les larges manches de sa robe, et, instinctivement, se rapprocha de Gustave.

Devant eux, dans l'immensité de la nuit, c'était comme une lente tombée de silence et de lumière, qui, submergeant toutes choses, évoquait la vision indistincte d'un de ces fonds sous-marins où, parmi les grandes fleurs animales, s'agite un grouillement plein d'horreur. Les hautes montagnes, couvertes de neige, semblaient s'être rapprochées, avoir envahi la plaine ; on pouvait descendre par le regard dans toutes les gorges d'ombre, gravir toutes les cimes lumineuses. Elles paraissaient être les énormes vertèbres d'une terre dont le soleil se serait éteint depuis des siècles ; elle donnaient l'image d'un pays sélénien vu à travers un télescope.

Ils regardaient, sans paroles. La majesté de ce spectacle naturel les dominait pour un instant. Ils se tenaient très rapprochés, se touchant avec les coudes, se touchant avec les genoux.

Derrière eux, Ève s'amusait à découper sur la table les écorces d'orange restées dans les assiettes, avec un babil déjà las, en attendant que le sommeil lui fermât les yeux.

Gustave glissa doucement les doigts dans la manche de Françoise et prit sous l'étoffe le poignet nu.

— Laissez, Gustave, laissez ! dit-elle.

Et comme elle se tournait en arrière, effrayée à cause d'Ève, ce mouvement fit qu'elle lui effleura le cou de son haleine.

Il n'entendait pas : sous sa peau rafraîchie par l'air nocturne, il sentait monter à son visage tout le sang de son cœur, une flamme.

Il lui avait pris les deux mains ; il se penchait pour les couvrir de baisers.

— Non, Gustave ! Pas ici...

Il n'entendait pas. Françoise dégagea une

main de l'étreinte ; pour le repousser, elle lui plongea cette main dans les cheveux, lui releva la tête. Et elle s'éloigna, revint vers la table. Elle tremblait toute.

— Quel froid ! dit-elle. Fermez.

Gustave tendit son front à l'air, resta quelques instants la poitrine inclinée dans la nuit. Il voulait apaiser ainsi son tumulte et son embrasement. Puis il ferma. Lorsqu'il se retourna, il était pâle, avec quelque chose de convulsé dans la bouche.

Françoise s'était réfugiée près d'Ève.

La fillette, vaincue par le sommeil, avait penché le front sur la table, sur la nappe lumineuse. Elle était rose, toute rose, avec un vague sourire répandu sur le visage ; ses paupières closes étaient si diaphanes qu'elles laissaient presque transparaître le regard ; sa bouche ouverte, corolle immobile, était presque sans haleine.

— Elle dort, chuchota la mère, en faisant signe à Gustave de marcher sans bruit.

— Je vais la monter dans la chambre, répondit Gustave, tout bas.

Dans cette réponse, Françoise flaira l'embûche ; et elle sourit, avec un imperceptible plissement d'ironie à la lèvre inférieure. Mais Gustave s'était approché ; avec précaution, il avait enlevé sur ses bras le petit corps inerte d'Ève. Et ils montaient l'escalier, Françoise devant, Gustave derrière. La tête de la fillette pendait sur le côté, découvrant la gorge délicate et laissant pleuvoir les cheveux.

Une lampe brûlait dans la chambre, au milieu de la voûte, avec une clarté presque lunaire. Du linge, des vêtements, de tous les coins de la pièce s'exhalaient des parfums flottants.

— Posez-la sur ce lit, ici.

Gustave installa la fillette. Déjà ses bras tremblaient : il sentait le parfum qui naguère l'avait fait tressaillir. Françoise se tenait penchée sur sa fille et la regardait dormir, en attendant que Gustave parlât.

Il ne parla point ; il la saisit dans ses bras, à l'improviste, lui mit la bouche sur la nuque, à l'endroit où étaient deux ou trois petits frisons blancs de poudre. Il avait dans les yeux cet éclat sombre, il avait sur la face cette sombre ardeur que Françoise reconnaissait. Mais Françoise ne voulait point de cela : les violences la choquaient.

— Non, non, Gustave. Allez-vous-en, dit-elle, sérieuse, en rajustant ses cheveux sur sa nuque. Soyez sage.

Alors toute la tempête qu'il avait dans le cœur fit explosion. « Il l'aimait, il l'aimait ! Il se sentait devenir fou ! Qu'elle lui permît au moins de rester là une heure, agenouillé sur le tapis, dans cette chambre, dans ce parfum ! Il ne demandait rien de plus. Qu'elle eût au moins cette bonté ! »

— Non, non ; allez-vous-en. Ève s'éveillerait.

Il insistait. « Ève était dans son premier sommeil ; elle ne pouvait pas s'éveiller. Il resterait là sans bouger. Qu'elle lui permît seulement de rester... de rester encore un peu... encore un peu ! »

Il s'était rapproché ; il lui avait pris les poignets, la suppliait du regard, voulait la subjuguer lentement. Et Françoise sentait qu'elle céderait, parce qu'une vague douceur et une vague lassitude commençaient à la pénétrer.

Deux ou trois fois, prise d'inquiétude parce que Gustave l'avait saisie à la taille et l'attirait vers lui, elle promena les yeux autour d'elle. Une suprême révolte lui rendit des forces contre la langueur.

— Mais savez-vous bien, Gustave, que ce que nous faisons là est horrible?

Gustave l'étreignit, chercha sa bouche. « Il l'aimait ! Il l'aimait ! »

VII

Depuis lors, ils se laissèrent envelopper et entraîner : Françoise, à cause de sa condescendance et de l'oublieuse frivolité de son caractère, Gustave, à cause de son aveugle appétit d'amour. Et, comme l'amour surmonte et terrasse tout autre sentiment humain, ils abandonnèrent la pauvre malade.

Ce qu'ils faisaient était coupable, et ils le faisaient naturellement. Dehors, la belle saison les alléchait, le grand air les réjouissait, la vitalité débordante de la terre végétale les pénétrait de toutes parts. A la maison, l'effort d'attention pour assourdir la moindre parole, pour étouffer le moindre bruit, les dégoûtait et les irritait. Ils sortaient, s'oubliaient, restaient absents pendant des heures ; ils préféraient les sites écartés, les retraites abritées par des arbres, les sentiers perdus au milieu des plantations. Gustave apportait aux rendez-vous la fougue de sa passion, toutes les impétuosités de sa nature presque vierge ; Françoise y apportait sa belle mobilité d'attitudes, les petites cruautés de son calme, le raffinement aristocratique de la sensation. Par instinct, ils se dérobaient à toutes les choses et à toutes les occasions qui auraient pu les conduire à faire un retour de conscience. Au moment de sortir, l'un d'eux disait presque toujours à l'autre, en manière de justification :

— Elle paraît aller mieux, n'est-ce pas ?
Elle n'a pas poussé une seule plainte.

Et ils partaient.

Mais Donna Clara, dans sa chambre nue, en face de la splendeur que les croisées mi-closes versaient sur le plancher, avait au cœur une grande désolation sombre, qui la tuait : elle se sentait finir. D'abord elle demandait une tasse de tisane, pour s'ôter la sécheresse de la gorge. De temps à autre, Suzanne venait se montrer sur la porte ; elle s'approchait, portait la tasse à la bouche de la malade, en lui soutenant la nuque avec une main.

— Où sont-ils?...

— Eh ! madame, est-ce qu'on peut savoir ?

n'avait rien soupçonné ; elle attendait dans son lit, sur le dos, pendant des heures, de longues heures, en proie à son mal, les yeux troubles et déjà vides de regard, les extrémités déjà glacées, comme si la mort eût commencé pour elle en cette agonie lente et sans sursauts. Par instants, elle avait dans les mains un tâtonnement inquiet et incertain, une vaine contraction de doigts qui cherchent à prendre. Alors elle voulait boire ; elle

Donna Clara tressaillait. Suzanne avait prononcé ces mots avec un accent ambigu ; puis, d'un geste discret et presque furtif, elle s'était signée... Où allaient-ils ? Que faisaient-ils si longtemps dehors ? Oh ! c'était donc pour cela !... » Une lumière l'éclaira soudain ; et, avec le soupçon qui grandissait formidable, une violente colère la saisit brusquement. « Oh ! c'était donc pour cela ? Oh ! les infâmes, les infâmes ! »

En ce moment, Ève entra de son pas léger, portant une botte de fleurs dans ses bras nus jusqu'aux coudes. Elle vint près du lit souriante, avec sa grâce de chevrette agile. Mais, lorsqu'elle sentit que les mains moites et brûlantes de la vieille femme lui saisissaient la tête ; lorsqu'elle sentit sur ses cheveux, sur son cou, sur ses joues, une pluie de gouttes chaudes, une pluie de larmes ; lorsque, parmi ses larmes, elle sentit que cette bouche sèche, à l'haleine mauvaise de malade, cherchait son front ; lorsqu'elle entendit le nom de son père entrecoupé par des sanglots déchirants ; elle s'effraya, elle essaya de se dégager, d'écarter les mains qui la tenaient, de regarder la pauvre vieille au visage. Et elle cria en suffoquant :

— Qu'est-ce que tu as? Qu'est-ce que tu as?

LA SIESTE

Donna Laura Albonico était dans le jardin, sous la tonnelle, et prenait le frais, à l'heure de midi.

La villa, toute grise, persiennes closes, dormait silencieusement au milieu d'un bosquet d'arbres verts. Du soleil rayonnaient une chaleur et une splendeur immenses. On était à la mi-juin, et, dans l'air calme, les orangers et les citronniers fleuris mêlaient leurs parfums à l'odeur des roses. Il y avait des roses partout ; elles envahissaient le jardin de leur végétation indomptable. Le long des allées, les touffes magnifiques des rosiers blancs ondulaient au moindre souffle de la brise et jonchaient le sol d'un tapis de neige embaumée. L'atmosphère, imprégnée de leur senteur, avait par moments l'arome puissant et doux d'un vin généreux. D'invisibles fontaines murmuraient dans la verdure. Au-dessus du feuillage, des cimes scintillantes de jets d'eau apparaissaient tout à coup, disparaissaient, réapparaissaient ; parmi les fleurs et dans les gazons, on entendait un clapotement et un frôlement étranges produits par des gerbes basses, et on aurait cru que des bêtes vivantes y passaient en courant, y broutaient ou y creusaient des tanières. Des oiseaux chantaient, qu'on ne voyait pas.

Assise sous la tonnelle, Donna Laura méditait. C'était déjà une femme âgée. Elle avait le profil fin et aristocratique, le nez long et légèrement aquilin, le front presque trop large, la bouche parfaite, encore fraîche, pleine de bénignité. Ses cheveux, tout blancs, roulés aux tempes, lui faisaient autour de la tête une sorte de couronne. Dans sa jeunesse, elle avait dû être très belle et très digne d'être aimée.

Elle n'était arrivée que depuis deux jours dans cette villa solitaire, avec son mari et quelques domestiques. Elle avait délaissé son séjour d'été habituel, un château seigneurial bâti sur une colline du Piémont ; elle avait renoncé au voisinage de la mer pour cette campagne déserte et aride.

Elle avait dit à son mari :

— Je t'en prie, allons à Penti.

D'abord le baron septuagénaire avait été un peu surpris et déconcerté par l'étrange caprice de sa femme.

— A Penti ? Et pourquoi ? Qu'irait-on faire à Penti ?

Mais Donna Laura avait insisté :

— Allons-y, je t'en prie. Cela nous changera.

Et, comme toujours, le baron s'était laissé convaincre.

1. Écrit en septembre 1884, publié dans *San Pantaleone*, G. Barbèra éditeur, Florence, 1886.

Or, Donna Laura avait un secret.

Dans le temps de sa jeunesse, une passion s'était jetée à la traverse de sa vie. Elle avait épousé à dix-huit ans le baron Albonico, parce que ce mariage convenait aux deux familles. Le baron était un brave qui, guerroyant sous les drapeaux de Napoléon, n'était presque jamais chez lui, et qui suivait par le monde le vol des aigles impériales. Pendant une de ces absences prolongées, le marquis de Fontanella, jeune gentilhomme qui avait femme et enfants, s'éprit d'amour pour Donna Laura ; et, comme il était beau et entreprenant, il finit par vaincre les dernières résistances de celle qu'il aimait.

Alors commença pour les deux amants une exquise période de bonheur. Ils vivaient dans le complet oubli de toutes choses.

Mais, un jour, Donna Laura s'aperçut qu'elle était enceinte. Elle pleura, se désespéra, fut prise d'une angoisse terrible, ne sachant à quoi se résoudre ni comment se soustraire au danger. Enfin, sur le conseil du marquis, elle partit pour la France et alla se cacher dans un petit village provençal, dans une de ces campagnes ensoleillées et verdoyantes où les femmes parlent l'idiome des troubadous.

Elle habitait une maison rustique, entourée d'un vaste parterre. C'était le printemps, et les arbres fleurissaient. Au milieu des épouvantes et des noires mélancolies, elle avait des intervalles d'une ineffable douceur. Elle passait de longues heures assise à l'ombre, dans une sorte d'inconscience ; et, par instants, la vague sensation de sa maternité lui donnait un frissonnement profond. Autour d'elle, les fleurs exhalaient un subtil parfum ; des nausées légères lui montaient à la gorge et lui mettaient dans tous les membres une lassitude infinie. Quelles journées inoubliables !

A l'approche du terme solennel, le marquis, attendu impatiemment, arriva. La pauvre femme souffrait. Lui, toujours à côté d'elle, pâle, et ne parlant guère couvrait de baisers les mains de l'aimée. L'accouchement eut lieu la nuit. Elle criait, elle se tordait, elle se cramponnait convulsivement au bois du lit, elle croyait mourir. Les premiers vagissements du nouveau-né l'emplirent d'une joie stupéfaite. Étendue sur le dos, la tête renversée sur les oreillers, toute blanche, sans voix, sans force pour tenir ses paupières ouvertes, elle faisait, de ses mains débiles et exsangues, quelques petits gestes vagues, semblables à ceux que font parfois les mourants vers la lumière.

Le lendemain, pendant toute la journée, elle garda l'enfant avec elle, dans son propre lit, sous sa couverture. C'était un petit être frêle, mou, un peu rougeâtre, qui vibrait d'une palpitation incessante, d'une vie manifeste, mais où les formes humaines étaient encore indécises. Ses yeux, un peu gonflés, demeuraient clos, et sa bouche n'émettait qu'une plainte faible, une sorte de miaulement étouffé.

La mère, ravie, ne se lassait pas de le regarder, de le toucher, de sentir sur sa joue l'haleine de son enfant. Une lumière blonde entrait par la fenêtre ; on apercevait la plaine provençale, toute couverte de moissons. La clarté du jour avait quelque chose de religieux. Des chants alternés montaient des blés dans l'air tranquille.

Ensuite on lui ôta le bébé, on le cacha, on l'emporta Dieu sait où. Elle ne le revit plus.

Et elle retourna à la maison conjugale, vécut avec son mari la vie de toutes les femmes, sans que nulle aventure nouvelle vînt lui troubler le cœur. Elle n'eut pas d'autres enfants.

Mais le souvenir, mais l'idéale adoration de la créature disparue, et dont elle ignorait même la retraite, s'emparèrent de son âme pour jamais. Elle ne pensait plus qu'à cela ; elle se rappelait les moindres détails de l'événement ; elle revoyait en nettes images le pays, la silhouette des arbres qui entouraient la bastide, le profil d'une colline qui barrait l'horizon, la couleur et les dessins de la courtepointe, une tache au plafond de la chambre, le petit plateau à figures sur lequel on lui présentait le verre, tout, tout, clairement, minutieusement. A chaque instant, le fantôme de ces choses lointaines se représentait à sa mémoire, tout d'un coup, sans ordre, avec l'incohérence d'un rêve. Elle-même en restait parfois étonnée. Des figures défilaient devant elle, précises et vivantes, les figures de certaines personnes vues là-bas, avec leurs mouvements, avec un de leurs gestes fortuits, avec une de leurs attitudes, avec un de leurs regards. Il lui semblait qu'elle avait dans les oreilles les vagissements de la petite créature, qu'elle touchait ces mains si menues, roses, délicates, ces menottes qui paraissaient être le seul organe complètement formé, pareilles à la miniature d'une main d'homme, avec des veines presque imperceptibles, avec des phalanges marquées de plis fins, avec des ongles transparents, tendres, à peine estompés d'un soupçon de violet. Oh ! ces mains ! Avec quel étrange frisson la mère se souvenait de leur inconsciente caresse ! Comme elle en sentait toujours l'odeur, cette odeur singulière qui rappelle celle des colombes dans leur premier duvet !

Dans ce monde intérieur qui, de jour en jour, prenait davantage les apparences de la vie réelle, Donna Laura s'enferma comme une recluse, et elle y passa des années, beaucoup d'années, jusqu'à la vieillesse. Mille fois elle avait demandé à l'ancien amant des nouvelles de son fils. Elle aurait voulu le revoir, savoir ce qu'il était devenu.

— Dites-moi du moins où il est, je vous en supplie !

Mais, par crainte d'une imprudence, le marquis avait toujours refusé. « Non, elle ne devait pas le revoir. Elle serait incapable de se contenir. Son fils devinerait ; il chercherait à tirer profit du mystère ; peut-être révélerait-il tout... Non, non, elle ne devait pas le revoir. »

Devant ces arguments d'homme pratique, Donna Laura restait confondue. Elle ne parvenait pas à imaginer que la petite créature eût grandi, qu'elle fût maintenant une grande personne, qu'elle approchât déjà du seuil de la vieillesse. Il y avait aujourd'hui près de quarante ans que l'enfant était né ; et néanmoins, en esprit, elle continuait à ne voir qu'un bébé tout rose, avec des yeux qui ne s'ouvraient pas encore.

Mais le marquis de Fontanella vint à mourir.

Au moment où Donna Laura apprit que le vieillard était malade, elle fut prise d'une angoisse si douloureuse qu'un soir, incapable de résister plus longtemps à sa torture, elle sortit seule et se dirigea vers la demeure du mourant. Une pensée tenace l'y poussait, la pensée de son fils. Avant la mort du vieillard, elle voulait connaître le secret.

Enveloppée dans son manteau comme pour se dérober aux regards, elle se glissa le long des murs. Les rues étaient pleines de gens ; les dernières lueurs du couchant teignaient les maisons en rose, et, dans les jardins, entre les maisons, les lilas fleuris faisaient de grandes taches violettes. Les hirondelles entrelaçaient dans le ciel lumineux leurs vols rapides et circulaires. Des bandes de gamins passaient en courant, avec des cris et des appels. Une femme enceinte se promenait au bras de son mari, et sa taille déformée se dessinait en ombre sur la muraille.

On aurait dit que Donna Laura avait peur de ce débordement de vie joyeuse qui émanait des gens et des choses. Elle pressait

ELLE SE GLISSA LE LONG DES MURS.

le pas, elle fuyait. Le bariolage resplendissant des vitrines, des magasins ouverts, des cafés, lui donnait aux yeux une sensation de douleur aiguë. Peu à peu, une sorte d'étourdissement lui montait à la tête, une sorte de vertige lui envahissait l'âme. « Que faisait-elle ? Où allait-elle ? » Dans le désordre de sa conscience, il lui semblait presque qu'elle commettait une faute ; et elle s'imaginait que tous les yeux se braquaient sur elle, l'épiaient, devinaient son intention.

Maintenant, la ville s'empourprait des dernières rougeurs du soleil. Dans les cabarets, çà et là, on commençait à entendre des chansons à boire.

Lorsque Donna Laura fut arrivée à la porte, elle n'eut pas la force d'entrer. Elle passa devant, fit vingt pas, revint en arrière, repassa encore. Finalement elle franchit le seuil, gravit l'escalier ; et, défaillante, elle s'arrêta dans l'antichambre.

L'appartement avait cette animation silencieuse dont les personnes familières entourent le lit d'un malade. Les domestiques marchaient sur la pointe des pieds portant des objets à la main. On causait à voix basse dans le corridor. Un monsieur chauve, tout vêtu de noir, traversa la pièce, s'inclina devant Donna Laura, sortit.

Donna Laura, d'une voix qui avait repris sa fermeté, demanda à un domestique :

— La marquise est-elle visible?

Le domestique, respectueusement, indiqua d'un geste la chambre voisine et courut annoncer la visiteuse.

La marquise parut. C'était une dame un peu grasse, aux cheveux grisonnants. Elle avait les yeux pleins de larmes. Sans rien dire, elle ouvrit les bras à son amie ; les sanglots la suffoquaient.

Au bout de quelques instants, Donna Laura demanda, sans lever les yeux :

— Peut-on le voir?

Et, à peine ces mots prononcés, elle serra les lèvres pour réprimer la violence de son tremblement.

La marquise répondit :

— Venez.

Les deux femmes entrèrent dans la chambre du malade. La lumière y était douce ; l'air y était imprégné d'une odeur spéciale, l'odeur des remèdes ; les objets y dessinaient de grandes ombres étranges. Le marquis de Fontanella, étendu sur son lit, blême, couvert de rides, accueillit Donna Laura avec un sourire.

— Merci, baronne, dit-il lentement.

Et il lui tendit une main chaude et moite.

Il semblait que, par un effort de volonté, il eût repris soudain ses esprits. Il causa de diverses choses, en soignant son langage, comme au temps où il se portait bien.

Mais, du fond de l'ombre Donna Laura fixait sur lui des regards de supplication si ardents qu'il devina la prière muette et qu'il se tourna vers sa femme :

— Je t'en prie, Jeanne, dit-il ; prépare toi-même la potion, comme tu as fait ce matin.

La marquise, sans rien soupçonner, s'excusa et sortit. Dans le silence de la maison, on entendit ses pas qui s'éloignaient en frôlant les tapis.

Alors, avec un élan indicible, Donna Laura se pencha sur le vieillard, lui saisit la main, lui arracha les mots par l'insistance de ses yeux. Et le vieillard, à grand'peine, sous le coup d'une sorte de terreur qui lui dilatait les pupilles, balbutia :

— A Penti... Luc Marino... il a femme et enfants... il est établi... Non, non, il ne faut pas le voir ! ... A Penti... Luc Marino... Ne te fais jamais connaître... jamais !

La marquise rentrait avec la potion.

Donna Laura se rassit, prit une contenance. Le malade but ; et les gorgées, en descendant une à une, faisaient dans son gosier un petit bruit distinct, à intervalles égaux.

Ensuite il y eut un silence. Le malade sembla pris de torpeur ; tous ses traits se creusèrent davantage ; des ombres profondes, presque noires, envahirent les cavités de ses yeux, ses joues, ses narines et sa gorge.

Donna Laura prit congé de son amie et se retira avec précaution, en réprimant un soupir.

II

Sous la tonnelle, dans le jardin tranquille, la vieille dame repensait à tout cela.

Quel obstacle s'opposait maintenant à ce qu'elle revît son fils? Certes elle aurait bien la force de contenir son émotion, saurait bien ne pas se trahir. Ce qu'elle voulait, c'était revoir son enfant, l'enfant qu'elle avait tenu dans ses bras, un seul jour, il y avait tant, tant, tant d'années ! Elle ne demandait pas davantage. Avait-il beaucoup grandi? Était-il fort? Était-il beau? Comment était-il, enfin?

Et, tandis qu'elle se posait à elle-même ces questions, elle ne parvenait pas à se figurer intérieurement l'homme que cet enfant était devenu. En elle l'image du bébé persistait toujours, se superposait toujours aux autres images, et, par la précision claire de ses formes, éliminait toutes les autres formes qui tentaient de s'esquisser. Elle ne faisait nul effort pour préparer son âme, s'abandonnait sans réagir à sa vague émotion. En ce moment-là, elle perdait le sens du réel.

— Je le reverrai ! Je le reverrai ! se répétait-elle à elle-même, avec ivresse.

Aux alentours, tout se taisait. Le vent courbait les buissons de roses qui, après le passage de la brise, gardaient un balancement lourd. Dans la verdure, les jets d'eau étincelaient et vibraient comme des lames d'épées.

Pendant quelques minutes, Donna Laura se tint aux écoutes. Le silence avait une profondeur étrange, qui lui mit presque de l'effroi dans l'âme. Elle eut une hésitation ; puis elle s'engagea dans l'allée, à pas rapides. Parvenue devant la grille que tapissait un enchevêtrement de plantes grimpantes et de fleurs, elle s'arrêta pour regarder en arrière ; puis elle ouvrit. Devant elle, sous le soleil de midi, la campagne s'étendait comme un désert. Les maisons de Penti, dans le lointain, se déta-

des arbres, maigres peupliers remplis de la musique des cigales. Deux femmes, nu-pieds, avec des corbeilles sur la tête, venaient à sa rencontre. Elle leur demanda :

— Savez-vous où est la maison de Luc Marino?

Elle n'avait pu résister à l'envie de prononcer ce nom, librement et à voix haute.

LAURA SE PENCHA SUR LE VIEILLARD.

chaient en blanc sur l'azur du ciel, avec un clocher, avec une coupole, avec deux ou trois pins. La rivière se déroulait dans la plaine, tortueuse et miroitante, au ras des maisons.

Donna Laura se dit : « Il est là-bas. » Et toutes ses fibres maternelles frémirent. Réconfortée, elle se remit en marche, regardant là-bas, malgré le soleil qui lui gênait les yeux, sans prendre garde à la chaleur. En un certain endroit, la route s'engageait entre

Les femmes la regardèrent avec surprise et s'arrêtèrent.

— Nous ne sommes pas de Penti.

Donna Laura, désappointée, poursuivit son chemin. Déjà ses pauvres membres de vieille femme ressentaient un peu de fatigue. Ses yeux, offensés par l'éclat de la lumière, voyaient dans l'espace un mouvement de taches rouges. Une légère atteinte de vertige commençait à lui troubler le cerveau.

Mais Penti se rapprochait de minute en

minute. A travers une forêt d'hélianthes, on en distinguait les premiers toits. Une femme monstrueuse d'embonpoint se tenait assise au seuil d'une maison ; et, sur cet énorme corps, elle avait une tête enfantine, des yeux doux, des dents pures, un sourire affable.

La femme demanda avec une curiosité ingénue :

— Où allez-vous donc, madame?

Donna Laura s'approcha. Elle avait le visage en feu et la respiration courte. Les forces étaient sur le point de lui manquer.

— Mon Dieu, mon Dieu ! gémissait-elle, les mains pressées contre les tempes. Oh ! mon Dieu !

Hospitalière, la femme l'engagea à entrer, disant :

— Reposez-vous donc, madame !

La maison était basse, obscure, pleine de cette odeur qu'ont les lieux où vivent beaucoup de gens entassés. Trois ou quatre bambins nus, qui, eux aussi, avaient des ventres si gros qu'on les aurait pris pour des hydropiques, se traînaient par terre en grognant, en farfouillant, et ils portaient instinctivement à leur bouche tout ce qui leur tombait sous la main.

Donna Laura s'était assise, et, tandis qu'elle reprenait ses forces, la femme débitait d'inutiles paroles, tout en tenant sur ses bras un cinquième bambin couvert de croûtes brunâtres, au milieu desquelles s'ouvraient deux grands yeux limpides, azurés, pareils à deux fleurs miraculeuses.

Donna Laura demanda :

— Savez-vous où est la maison de Luc Marino?

L'hôtesse désigna du geste une maison rose, à l'extrémité du pays, sur le bord de la rivière, dans une enceinte de hauts peupliers qui lui faisaient une colonnade.

— C'est celle-là. Vous y avez besoin?

La vieille dame se pencha pour regarder.

Ses yeux, blessés par le soleil caniculaire, lui faisaient mal ; ses paupières battaient convulsivement. Néanmoins, durant un bon moment, elle garda la même attitude, sans répondre, la respiration haletante, la gorge étranglée par un transport d'amour maternel. «C'était donc la maison de son fils, là-bas! » Tout à coup, par un travail involontaire de la pensée, elle crut revoir devant elle le pays de Provence, l'intérieur de la chambre lointaine, les personnes, les choses, comme dans une lueur d'éclair, mais avec la parfaite netteté d'une perception. Puis elle se laissa retomber sur sa chaise, sans mot dire; ses idées se brouillèrent, une sorte de stupeur physique l'envahit. Peut-être était-ce l'effet du soleil. Elle avait dans les oreilles un bourdonnement continu.

L'hôtesse dit :

— Vous voulez passer la rivière?

Donna Laura fit un geste inconscient : elle était magnétisée par un tourbillon de cercles rouges qui jaillissaient de sa rétine.

L'hôtesse reprit :

— Luc Marino passe les gens et les bêtes d'une rive à l'autre. Il a une barque et un bachot. Sans quoi, on serait obligé d'aller chercher le gué jusqu'à Prezzi. Avec lui, madame, il n'y a pas de danger. Il fait le métier depuis si longtemps !

Maintenant Donna Laura écoutait, en faisant effort pour ressaisir ses facultés, pour recueillir ses sensations en déroute. Et néanmoins ce qu'elle apprenait sur le compte de son fils la laissait comme hébétée : elle ne comprenait pas bien.

La grosse femme, dans l'entraînement de la loquacité naturelle, ajouta :

— Luc n'est pas du pays. Les Marino l'ont élevé, parce qu'ils n'avaient pas d'enfants. Un monsieur, qui n'est pas d'ici, lui a constitué une dot pour son mariage... Luc vit maintenant à son aise : c'est un bon travailleur; mais il aime trop la bouteille.

La femme disait ces choses et d'autres

encore avec une simplicité naïve, sans mettre la moindre malice à raconter l'origine inconnue de Luc.

Donna Laura, qui venait de retrouver une vigueur factice, dit en se levant :

— Adieu, adieu. Merci, ma bonne femme.

Et après avoir tendu à l'un des bébés une pièce de monnaie, elle sortit au grand soleil.

— Par le sentier ! cria l'hôtesse derrière elle, en lui faisant des signes avec la main.

Donna Laura prit le sentier. Un silence profond l'enveloppait, et, dans le silence, on entendait le chant ininterrompu des cigales. Sur le sol desséché se dressaient des groupes d'oliviers noueux et tordus. A gauche, la rivière luisait.

— Ohé ! Martin ! cria une voix lointaine, du côté de la rivière.

Cette voix d'homme criant à l'improviste fit sur Donna Laura une singulière impression. Elle regarda. Un bateau naviguait sur la rivière, à peine visible dans la buée lumineuse ; et il y avait encore un second bateau, dont la voile blanchissait à plus grande distance. Dans le premier bateau, on apercevait des profils de bêtes ; c'étaient des chevaux sans doute.

— Ohé ! Martin ! répéta la voix.

Les deux hommes s'approchaient l'un de l'autre. Il y avait en cet endroit des bas-fonds dangereux pour les bateliers, lorsqu'ils transportaient une lourde charge.

Immobile, appuyée au tronc d'un olivier, Donna Laura suivait du regard la manœuvre. Elle palpitait avec tant de violence qu'il lui semblait que les battements de son cœur emplissaient toute la campagne voisine. Les branches qui se frôlaient, le chant des cigales, le miroitement des eaux, toutes les sensations extérieures lui causaient un trouble, lui mettaient dans l'esprit un désordre ressemblant à de la démence. La lente congestion du sang au cerveau, sous l'action du soleil, étendait devant ses yeux un léger voile rouge, lui donnait un commencement de vertige.

Les deux bateaux, parvenus à un coude de la rivière, disparurent.

Alors Donna Laura reprit sa marche, un peu chancelante, comme une femme ivre. Elle atteignit un groupe de maisons agglomérées autour d'une espèce de préau. Six ou sept mendiants, entassés dans un coin, s'y étaient mis à l'ombre ; leurs chairs rougeâtres, maculées par des maladies de peau, sortaient d'entre les haillons ; sur leurs visages difformes le sommeil avait une lourdeur bestiale. Les uns dormaient à plat ventre, la face cachée dans leurs bras repliés en cercle ; d'autres dormaient sur le dos, les bras étendus, dans l'attitude de Jésus sur la croix. Une nuée de mouches tourbillonnait et bour-

donnait sur ces pauvres carcasses humaines épaisse, laborieuse, comme sur un monceau d'ordures. Il venait des portes mi-closes un bruit de métiers.

Donna Laura traversa la petite place. Le bruit de ses pas sur les dalles réveilla un mendiant, qui se souleva sur les coudes et qui, même avant d'avoir ouvert les yeux, se mit à balbutier machinalement :

— La charité, pour l'amour de Dieu !

Et cette voix réveilla les autres mendiants, qui se levèrent tous ensemble.

— La charité, pour l'amour de Dieu !

La bande en guenilles se mit à suivre la passante, les mains tendues, demandant

L'UN AVAIT UN ÉNORME GOITRE.

l'aumône. L'un était bancal et marchait par petits sauts, comme un singe blessé. Un autre, cul-de-jatte, se traînait en s'arc-boutant sur ses deux bras, comme font les sauterelles sur leurs pattes. Un troisième avait un énorme goître, violacé et rugueux, qui, à chaque pas, ballotait comme un fanon. Un quatrième avait le bras contourné comme une grosse racine.

— La charité, pour l'amour de Dieu !

Leurs voix avaient des timbres différents, les unes rauques et caverneuses, les autres aiguës et féminines comme celles des eunuques. Et c'était toujours la répétition des mêmes paroles, avec le même accent, d'une manière écœurante :

— La charité, pour l'amour de Dieu !

Ainsi poursuivie par cette meute de monstres, Donna Laura éprouvait une envie instinctive de se sauver, de prendre la fuite. Un aveugle effroi la dominait. Peut-être eût-elle crié, si les sons avaient pu sortir de sa

gorge. Les mendiants la talonnaient, lui touchaient les bras de leurs mains tendues. Ils exigeaient tous l'aumône.

La vieille dame chercha dans sa robe, prit de la monnaie, la laissa tomber derrière elle. Aussitôt les affamés s'arrêtèrent, se jetèrent furieusement sur les pièces, se battirent, se renversèrent, s'envoyèrent des ruades, se piétinèrent les uns les autres en hurlant des blasphèmes.

Il y en eut trois qui demeurèrent les mains vides ; et ils recommencèrent à poursuivre la vieille dame, d'un air mauvais :

— Nous n'avons rien eu ! Nous n'avons rien eu !

Désespérée de cette persécution, Donna

Laura donna encore d'autres pièces, sans se retourner. Cette fois, la lutte s'engagea entre l'estropié et le goîtreux. L'un et l'autre attrapèrent quelque chose. Seul un pauvre idiot épileptique, souffre-douleur et risée du reste de la bande, ne put rien avoir ; et, pleurnichant, léchant ses larmes, il se mit à geindre sur un ton ridicule :

— Ahu, ahu, ahuuu !

III

Donna Laura arriva enfin à la maison des peupliers.

Elle était à bout de forces; sa vue s'obscurcissait ; un battement lui martelait les tempes; elle avait la langue sèche ; ses jambes se dérobaient sous elle.

Elle vit une barrière ouverte, entra.

L'enclos circulaire était bordé par de très hauts peupliers. Deux de ces arbres soutenaient une meule de paille de froment, à travers laquelle jaillissaient leurs branches feuillues. Comme l'herbe croissait à l'entour, deux vaches fauves y paissaient paisiblement, en battant de la queue leurs flancs bien nourris, et entre leurs jambes pendaient des pis gonflés de lait et colorés comme des fruits savoureux. Il y avait, épars sur le sol, des instruments d'agriculture. Les cigales chantaient sur les arbres. Trois ou quatre jeunes chiens s'amusaient à aboyer contre les vaches ou à donner la chasse aux poules.

Un vieillard sortit de la maison et demanda:

— Que cherches-tu, madame? Désires-tu *passer?*

C'était un vieillard chauve, à la barbe rase, et dont les jambes arquées portaient un corps tout penché en avant. Il avait les membres déformés par les rudes besognes, par tous les labeurs longs et patients de la culture. En prononçant la dernière phrase, il avait indiqué du geste la rivière.

— Oui, oui, répondit Donna Laura, ne sachant que dire, ne sachant que faire, perdue.

— Suis-moi donc. Voici Luc qui revient, dit le vieillard en se dirigeant vers la rivière, où un bateau chargé de moutons naviguait à force de perches.

A travers un jardin coupé de rigoles, il conduisit la passagère jusque sous un berceau où d'autres passagers attendaient déjà. Et, tout en marchant devant elle, par une habitude de campagnard vieilli au milieu des choses de la terre, il louait le bon état des plantations et pronostiquait la récolte future.

Mais, comme la dame restait muette et semblait ne rien entendre, il se retourna à l'improviste et vit qu'elle avait les yeux mouillés de larmes. Alors, aussi tranquillement qu'il parlait tout à l'heure de jardinage, il l'interrogea :

— Pourquoi pleures-tu, madame? Tu es indisposée?

— Non, non... ce n'est rien... murmura Donna Laura, qui se sentait mourir.

Le vieux n'ajouta pas un mot. La vie l'avait si fort endurci que les douleurs des autres ne l'émouvaient plus. Il voyait, chaque jour, *passer* tant de gens, de toute sorte !

— Assieds-toi, fit-il en arrivant au berceau.

Il y avait là trois paysans qui attendaient : de jeunes hommes, avec de lourdes charges. Ils fumaient tous les trois de grosses pipes, et ils mettaient à l'acte de fumer une attention profonde, comme pour ne rien perdre de leur jouissance, selon la coutume des villageois qui ne goûtent que de rares plaisirs. De temps à autre, ils disaient une de ces longues choses, insignifiantes que l'homme des champs repète indéfiniment et dont se contente son esprit lent et étroit.

Ils jetèrent un coup d'œil sur Donna Laura, étonnés. Puis ils reprirent leur air impassible.

L'un d'eux annonça flegmatiquement :

— Voici le bachot.

Le second reprit :

— Il porte les moutons de Bidena.

Le troisième dit :

— Il y en a bien quinze.

Puis ils se levèrent ensemble, en remettant leur pipe dans leur poche.

Donna Laura était tombée dans un hébétement inerte. Ses larmes s'étaient arrêtées dans ses cils. Elle ne se rendait plus compte de la réalité. Où était-elle ? Que faisait-elle?

Le bachot heurta légèrement la rive. Les moutons, serrés les uns contre les autres avaient peur de l'eau et bêlaient. Le berger, le passeur et son fils les aidaient à descendre. A peine descendus, les moutons faisaient une petite course, puis s'arrêtaient, se rassemblaient et recommençaient à bêler. Deux ou trois agneaux sautillaient sur leurs longues jambes difformes, en tâchant de saisir la mamelle de leur mère.

Quand cette besogne fut terminée, Luc Marino amarra le bachot. Ensuite, à grands pas traînants, il gravit la berge dans la direction du jardin. C'était un homme d'une quarantaine d'années, haut, maigre, brûlé par le hâle, chauve aux tempes. Il avait des moustaches d'une couleur indécise, une poignée de poils inégalement plantés sur le menton et sur les joues, des yeux un peu troubles, sans aucune vivacité d'intelligence, veinés de filets de sang : de vrais yeux de buveur. Sa chemise entr'ouverte laissait voir une poitrine velue ; un béret graisseux lui couvrait la tête.

— Ouf ! s'écria-t-il brusquement, en face du berceau.

Et il s'arrêta, les jambes écartées, en essuyant de la main son front qui dégouttait de sueur

Il passa devant les clients sans regarder personne. Tous ses gestes, toutes ses attitudes avaient quelque chose de disgracieux et de brutal. Ses mains énormes, au dos desquelles les veines faisaient saillie, ses mains habituées à la rame semblaient l'embarrasser beaucoup. Il les tenait pendantes le long de son corps et il les balançait en marchant.

— Ouf ! quelle soif !...

Donna Laura restait pétrifiée, sans parole, sans volonté, sans conscience.

« Cet homme-là, c'était son fils ! Cet homme-là, c'était son fils ! »

Une femme enceinte, qui avait déjà une figure de vieille femme, ravagée par le travail et par les grossesses, apporta un pot de vin à son mari assoiffé. Celui-ci but d'un trait, s'essuya les lèvres du revers de la main et fit claquer sa langue. Puis, comme si le nouveau labeur lui semblait pénible, il dit d'un air bourru :

— Allons !

Et, avec l'aide de son fils aîné, gros gars de quinze ans, il prépara le bateau, mit deux planches entre la rive et le bordage, pour rendre l'embarquement plus facile.

— Pourquoi ne montes-tu pas, madame ? fit le vieux de tout à l'heure, en voyant que Donna Laura ne bougeait ni ne parlait. Donna Laura se leva machinalement et suivit le vieillard, qui l'aida à monter. Pourquoi montait-elle ? Pourquoi passait-elle la rivière ?

Elle ne réfléchit à rien, ne se rendit point compte de ce qu'elle faisait. Après le coup reçu, son esprit restait inerte, immobilisé dans une pensée unique : « Cet homme-là, c'était son fils ! » Et, peu à peu, elle sentait en elle-même quelque chose s'éteindre, s'évanouir ; peu à peu, elle sentait un grand vide se faire dans son âme. Elle ne comprenait plus rien ; les objets, les sons avaient pour elle des apparences de rêve.

Avant le départ de la barque, le fils de Luc vint lui demander le prix du passage ; mais elle n'entendit pas. Il crut que la dame était sourde par suite de la vieillesse, et il répéta la demande d'une voix plus haute, en faisant sauter dans le creux de sa main la monnaie reçue d'un passager. Lorsqu'elle vit que tout le monde mettait la main à la poche et payait, elle se ressouvint et elle fit comme les autres ; mais elle donna plus que le prix. Le jeune garçon voulut lui faire comprendre qu'il n'avait pas de monnaie et qu'il ne pouvait pas lui rendre le surplus. Elle eut un geste inconscient ; et aussitôt il empocha tout, avec une grimace malicieuse. Les spectateurs sourirent, de ce sourire rusé qu'ont les paysans lorsqu'ils sont témoins d'une friponnerie.

Quelqu'un demanda :

— Part-on ?

Luc, jusqu'alors occupé à détacher l'ancre, poussa enfin la barque qui glissa doucement sur l'eau pleine de remous. On aurait dit que la rive fuyait avec ses roseaux et ses peupliers, et se recourbait en lame de faux. Le soleil, déclinant à peine vers le ciel occidental où montaient des vapeurs violettes, incendiait toute la rivière. On voyait sur la berge un groupe de gens qui gesticulaient, et c'étaient les mendiants autour de l'idiot. Le vent, par intervalles, apportait des lambeaux de rires et de paroles qui bruissaient comme un clapotis de vagues.

Les bateliers, nus jusqu'à la ceinture, faisaient force de rames pour franchir le courant. Donna Laura voyait devant elle le dos de Luc, tout noir, vallonné par la saillie des côtes, inondé de ruisseaux de sueur. Elle avait les yeux fixes, un peu dilatés, pleins d'hébétude.

Un des passagers dit, en prenant ses affaires sous le banc :

— Nous y sommes.

Luc saisit l'ancre et la jeta sur la rive. La barque descendit le courant de toute la longueur de la corde, puis s'arrêta avec une secousse. D'un saut, les passagers furent à terre, et, tranquillement, ils aidèrent la vieille dame à descendre. Puis ils continuèrent leur route.

De ce côté de la rivière, la campagne était plantée de vignes. Les ceps, petits et maigres,

PARVENUE A L'EXTRÊME BORD, ELLE TOMBA DANS L'EAU.

alignaient leurs files verdoyantes. Çà et là, les cimes arrondies de quelques arbres rompaient l'uniformité de la plaine.

Sur cette rive sans ombre, Donna Laura se trouva seule, perdue, sans autre conscience d'elle-même que celle qui lui venait du battement continu de ses artères et du terrible bourdonnement qui lui assourdissait les oreilles. Sous ses pieds, le sol manquait et semblait s'enfoncer à chaque pas, comme du sable ou de la boue. Autour d'elle, les choses tourbillonnaient et se brouillaient ; tout, y compris sa propre existence, devenait vague, lointain, oublié, fini pour toujours. La folie la prenait au cerveau. Soudain, elle eut une vision d'hommes, de maisons, d'un autre pays, d'un autre ciel. Elle se heurta contre un arbre, tomba sur une pierre, se releva. Et son pauvre corps de vieille chancelait, avec des mouvements à la fois terribles et grotesques.

Cependant, sur l'autre rive, les mendiants, par moquerie, avaient incité l'idiot à traverser la rivière à la nage et à rejoindre la dame pour avoir aussi une aumône. Ils lui avaient arraché du dos ses haillons et ils l'avai nt poussé dans l'eau. L'idiot nageait en chien, sous une pluie de cailloux qui l'empêchait de revenir en arrière. Et la bande hideuse sifflait, hurlait, réjouie de sa cruauté. Comme le courant entraînait l'idiot, les autres clopinaient sur la berge et se démenaient en criant :

— Il enfonce ! Il enfonce !

Après des efforts désespérés, l'idiot reprit terre ; et, sans se soucier de sa nudité, parce qu'en lui le sentiment de la pudeur était mort avec l'intelligence, il marcha vers la dame, obliquement, selon son habitude, et en faisant sans cesse le geste de tendre la main.

Comme elle se relevait, la pauvre affolée l'aperçut ; et, avec un recul d'horreur, avec un cri déchirant, elle prit sa course vers la rivière. Savait-elle ce qu'elle faisait? Voulait-elle mourir? Que pensait-elle, en ce moment-là?

Parvenue à l'extrême bord, elle tomba dans l'eau. L'eau bouillonna, se referma, s'égalisa ; puis mille cercles successifs partirent de l'endroit de la chute, s'élargirent en ondulations légères et miroitantes, s'effacèrent.

De l'autre rive, les mendiants hélèrent une barque qui s'éloignait :

— Ohé ! Luc ! Ohé ! Luc Marino !

Et ils coururent vers la maison des peupliers pour y porter la nouvelle.

Lorsque Luc sut l'accident, il poussa sa barque vers le lieu qu'on lui indiquait et il appela Martin, qui, sur son bachot, se laissait paisiblement ramener au fil de l'eau.

— Là-bas, dit Luc, il y a une noyée.

Mais il ne prit pas la peine de conter le détail de la chose et de spécifier la personne, parce qu'il n'aimait pas les longs discours.

Les deux passeurs mirent leurs bateaux de front et ramèrent sans se presser.

Martin dit :

— As-tu goûté le vin nouveau de Chia chiù?... Je ne te dis que ça !

Et il fit un geste qui exprimait l'excellence du breuvage.

Luc répondit :

— Pas encore.

Martin dit :

— Tu en boirais bien un verre?

Luc répondit :

— Pour sûr !

Martin reprit :

— Tout à l'heure. Jannangelo nous attend.

Et Luc :

— Ça va bien.

Ils arrivèrent à l'endroit. L'idiot, qui mieux que personne aurait pu indiquer la place, s'était enfui dans les vignes et y avait été pris d'une attaque d'épilepsie. Sur l'autre rive, les curieux commençaient à s'amasser.

Luc dit à son camarade :

— Amarre ton bateau et monte dans le mien. Tu rameras et je chercherai.

C'est ce que fit Martin. Il ramait, en montant et en descendant, sur une longueur d'une vingtaine de mètres, et Luc explorait le fond de la rivière avec un long croc. Chaque fois que Luc sentait une résistance, il marmottait :

— La voici.

Mais c'était toujours une erreur. Enfin, après beaucoup de recherches, Luc dit :

— Cette fois, ça y est.

Et il se baissa, arqua les jambes pour avoir plus de force, souleva doucement, doucement, le fardeau suspendu à l'extrémité du croc. Ses biceps tremblaient.

Martin, lâchant la rame, demanda :

— Veux-tu que je t'aide?

Luc répondit :

— Pas besoin.

LA HUCHE[1]

A peine eut-il perçu le bruit des béquilles, Luc ouvrit de grands yeux, troubles et ardents, qu'il tourna vers la porte au seuil de laquelle son frère allait paraître. Tout son visage, amaigri par la souffrance, dévoré par la fièvre, semé de boutons rougeâtres, prit soudain un air de dureté et presque de fureur. Il saisit convulsivement les mains de sa mère, en criant d'une voix rauque et saccadée :

— Chasse-le ! Chasse-le ! Je ne veux pas le voir. Entends-tu ? Je ne veux pas le voir, jamais, jamais. Entends-tu ?

Les mots s'étranglèrent dans sa gorge. Suffoqué par une quinte de toux, il serrait nerveusement les mains de sa mère ; et, sur sa poitrine, sa chemise palpitait, s'entr'ouvrant à chaque effort. Il avait la bouche enflée, et, sur son menton, les boutons dessé hés formaient une sorte de croûte qui, à chaque effort, se crevassait et saignait.

Sa mère tâchait de l'apaiser.

— Non, non, mon enfant. Tu ne le verras plus. Je ferai ce que tu veux. Je le chasserai, je le chasserai. La maison est à toi, mon enfant, toute à toi. Me comprends-tu ?

Luc lui toussait au visage.

— Maintenant, tout de suite ! répétait-il avec une insistance féroce, en se soulevant sur son lit et en poussant sa mère vers la porte.

— Oui, mon enfant : maintenant, tout de suite.

Daniel parut sur le seuil, se soutenant sur des béquilles. C'était un pauvre d'esprit, à la grosse tête pesante. Il avait les cheveux si blonds qu'ils en paraissaient blancs. Ses yeux étaient doux comme ceux d'un agneau, bleus sous de longs cils clairs.

Il entra sans rien dire : une paralysie l'avait privé de la parole. Mais il aperçut les yeux du malade braqués sur lui avec une énergie cruelle ; et il s'arrêta au milieu de la chambre, appuyé sur ses béquilles, irrésolu, n'osant plus faire un pas. Sa jambe droite, raccourcie et tordue, avait un petit tremblement visible.

Luc dit à sa mère :

— Que vient-il faire ici, cet estropiat ? Chasse-le ! Je veux que tu le chasses ! Entends-tu ? Tout de suite !

Daniel comprit. et il regarda sa marâtre, qui déjà se levait. Il la regarda avec des y ux si suppliants, qu'elle n'eut pas le cœur de le violenter. Et alors, tenant sous l'aisselle une

1. Écrit en mars 188.

de ses béquilles, il fit avec sa main libre un
cste de désespoir et jeta un coup d'œil
·race vers la huche placée dans un angle. Ce
coup d'œil voulait dire :

« J'ai faim. »

— Non, non ! Ne lui donne rien ! se mit à
crier Luc en s'agitant sur son lit, en imposant
à la femme son caprice haineux. Rien ! Mets-
le dehors !

Daniel avait penché sa grosse tête sur sa
poitrine ; il tremblait, avait les yeux pleins

de larmes. Lorsque sa marâtre lui posa une
main sur l'épaule et le poussa vers la porte, il
éclata en sanglots, mais il se laissa conduire.
Il entendit ensuite qu'on fermait la porte à clef
et il resta sur le palier, sanglotant. C'était
un sanglot violent et continu.

Luc dit à sa mère, avec un geste courroucé :

— Tu l'entends ? Il fait exprès, pour que
j'attrape du mal.

Le sanglot fraternel se prolongeait, entrecoupé de temps à autre par un grognement
bizarre, triste comme le râle d'une bête de
somme qui va mourir.

— Mais écoute donc ! Vite ! Jette-le en bas
de l'escalier !

La femme se dressa d'un bond, courut à la
porte et leva sur le muet des mains rudes
habituées à frapper et à sévir.

Luc, soulevé sur les coudes, répétait :

— Encore ! Encore !

Sous les coups, Daniel se tut. Il descendi
dans la rue en comprimant ses pleurs. Il était
affamé : il n'avait presque rien mangé depuis
deux jours. A peine avait-il la force de traîner
ses béquilles.

Une bande de gamins passa ; ils couraient
derrière un cerf-volant qui s'enlevait en pi-
quant de la tête.

Les uns le bousculèrent en criant :

— Eh ! l'estropiat !

D'autres le bafouèrent :

— Allons, en course, beau coursier !

D'autres, faisant allusion à sa grosse tête,
demandèrent par moquerie :

— Combien la livre de cervelle, eh ! le
bancroche !

Un autre, plus cruel, lui fit tomber une
béquille et prit la fuite. Le muet chancela,
puis rattrapa péniblement sa béquille et se
remit en route. Les criailleries et les rires des
gamins se perdirent du côté de la rivière. Le
cerf-volant, pareil à un oiseau des pays fabuleux, montait dans un ciel rosé et suave. Sur
le quai, des bandes de soldats chantaient en
chœur. C'était la belle saison, après la fête de
Pâques.

Daniel, qui sentait la faim le mordre aux
entrailles, se dit :

« Je vais demander l'aumône. »

Le four du boulanger imprégnait la brise
printanière d'une bonne odeur de pain frais.
Un homme passa, vêtu de blanc, la tête
chargée d'une longue planche sur laquelle
s'alignaient beaucoup de pains dorés, tout
fumants encore. Deux chiens suivaient
l'homme, le museau en l'air, en remuant la
queue.

Daniel crut qu'il allait défaillir d'inanition.
Il se disait :

« Il faut que je demande l'aumône ; sans
quoi, je vais mourir de faim. »

Le crépuscule tombait avec lenteur. Le ciel
diaphane était tout parsemé de cerfs-volants
qui se balançaient, en redescendant vers la
terre. Les cloches répandaient dans l'atmosphère sonore un bourdonnement profond et
continu.

Daniel se dit :

« Je vais me mettre à la porte de l'église. »

Et il se traîna vers l'église.

L'église était ouverte. Au fond, l'autel, illu-
miné de petites flammes tremblotantes, ressemblait à une constellation. La porte donnait
passage à un parfum affaibli d'encens et de
benjoin. Par moments, l'orgue jetait une
grande gerbe de sons.

Tout à coup Daniel sentit de nouvelles larmes lui voiler les yeux ; et, dans son cœur, il prononça cette prière fervente :

« O Seigneur, ô mon Dieu, venez à mon aide ! »

L'orgue rendit un accord qui fit vibrer les pilastres comme des instruments ; puis il s'égaya en notes claires. La voix des chantres monta. Les dévots et les dévotes, deux par deux, trois par trois, entraient sous la porte unique. Daniel n'osait pas encore tendre la main.

Près de lui, un mendiant se mit à geindre :

— La charité, pour l'amour de Dieu !

Alors le muet eut honte.

Il vit sa marâtre entrer dans l'église, tout emmitouflée dans un grand manteau noir. Et il pensa :

« Si j'allais à la maison, pendant que ma belle-mère est sortie ? »

La torture de la faim était si impérieuse qu'il n'attendit pas davantage. Il volait sur ses béquilles, à la poursuite du pain. Au passage, une petite femme lui cria en riant :

— Tu veux donc gagne le grand prix, eh ! l'estropiat!

En un clin d'œil il arriva à la maison, essoufflé, palpitant. Il gravit les escaliers sans bruit, avec des précautions extraordinaires. A tâtons, il chercha la clef dans un trou du mur où sa marâtre la mettait d'habitude lorsqu'elle sortait. Il la trouva, et, avant d'ouvrir, il regarda par le trou de la serrure. Luc, sur son lit, paraissait dormir.

Daniel pensa :

« Si je pouvais prendre du pain sans le réveiller ! »

Et il tourna la clef, doucement, doucement, en retenant son souffle, avec la crainte d'éveiller Luc par les battements de son cœur. Ces battements lui paraissaient remplir toute la maison d'un fracas assourdissant.

« Et s'il s'éveille ? » pensa Daniel avec un frisson dans les moelles, lorsqu'il sentit que la porte s'ouvrait.

Mais la faim lui donnait de l'audace. Il entra en posant ses béquilles avec précaution sur le parquet, sans quitter son frère des yeux.

« Et s'il s'éveille ? »

Le frère, couché sur le dos, avait dans son sommeil la respiration pénible. De temps à autre, il lui sortait des lèvres une sorte de sifflement léger. L'unique bougie, allumée sur la table, projetait vers la muraille de larges ombres mobiles.

Arrivé près de la huche, Daniel, pour vaincre son effarement, s'arrêta. Il regarda le dormeur ; puis, tout en maintenant ses deux béquilles sous ses aisselles, il s'efforça de soulever le couvercle. La huche fit un craquement sec.

Luc eut un sursaut, ouvrit les yeux. Et il vit ce que faisait son frère ; et il se mit à crier contre lui, en agitant les bras comme un possédé.

— Ah ! voleur ! Ah ! voleur ! Au secours !

Mais la fureur le suffoquait. Et, pendant que Daniel, courbé sur la huche, aveuglé par la fringale, cherchait d'une main tremblante un morceau de pain, il sauta à bas du lit et se jeta sur lui pour l'empêcher de rien prendre.

— Voleur ! voleur ! criait-il comme un forcené.

Comme un forcené, il rabattit le lourd couvercle sur le cou de Daniel qui s'agita désespérément, ainsi qu'une victime prise au piège. Mais Luc tenait bon contre les efforts du captif ; il avait perdu toute conscience de ce qu'il faisait ; il pressait de tout son poids comme pour décapiter son frère. Le couvercle craquait, s'enfonçait dans la chair vive de la nuque, écrasait les vaisseaux du cou, broyait les veines et les nerfs ; tant qu'enfin un corps inerte pendit de la huche, un corps qui ne donnait plus signe de vie.

Alors, à la vue de l'estropiat assassiné, une épouvante folle envahit l'âme du fratricide.

Deux ou trois fois, en chancelant, il traversa la chambre que les lueurs de la bougie emplissaient d'épouvantes, saisit à poignée les couvertures, les tira toutes à lui, s'y enroula des pieds à la tête, s'en recouvrit même le visage, puis s'accouva sous le lit. Dans le silence, ses dents grinçaient comme une lime sur du fer.

LES SEQUINS [1]

Passacantando entra en faisant claquer les vitres de la porte disjointe. D'un mouvement brusque, il secoua les gouttes de pluie qui mouillaient ses épaules, jeta dans la salle un regard circulaire, ôta sa pipe de sa bouche et fit gicler contre le comptoir un long jet de salive, avec un air d'insouciance méprisante.

Dans le cabaret, la fumée de tabac formait un grand nuage bleuâtre, à travers lequel on entrevoyait les figures variées des buveurs et des femmes de mauvaise vie. Il y avait là Pachio, le marin invalide, dont un bandeau vert graisseux couvrait l'œil droit atteint d'une maladie répugnante. Il y avait Binchi-Banche, le goujat des douaniers, petit homme au visage jaunâtre et rugueux comme un citron sans jus, à l'échine voûtée, aux maigres jambes enfouies dans les bottes par-dessus les genoux. Il y avait Magnasangue, l'entremetteur de la garnison, l'ami des comiques, des escamoteurs de foire, des saltimbanques, des somnambules, des dompteurs d'ours, de toute la canaille famélique et nomade qui s'arrête dans le pays pour y cueillir les sous des oisifs. Il y avait aussi les belles de chez Fiorentino : trois ou quatre femmes aveulies par le vice, avec des joues plâtrées d'un fard rouge brique, des yeux bestiaux, une bouche mollasse et violacée comme une figue trop mûre.

Passacantando traversa le cabaret et vint s'asseoir sur un banc, entre la Pica et Peppuccia, contre la muraille bariolée de figures et d'inscriptions cyniques. C'était un jeune drôle long et mince, tout dégingandé, avec une face très pâle, où proéminait un nez énorme, rapace, posé de travers. De chaque côté de sa tête, des oreilles d'inégale grandeur étalaient le cornet de leurs pavillons vallonnés. Ses lèvres saillantes, cramoisies d'une certaine morbidesse de forme, gardaient toujours aux angles quelques petites bulles de salive blanchâtre. Son béret, que la crasse avait rendu consistant et malléable comme de la cire, couvrait des cheveux peignés soigneusement, et dont une mèche descendait en virgule jusque sur la racine du nez, tandis qu'une autre mèche s'arrondissait sur la tempe en accroche-cœur. Un je ne sais quoi de naturellement obscène et lascif émanait de toutes ses attitudes, de tous ses gestes, de toutes les intonations de sa voix, de tous ses regards.

1. Écrit en février 1884 ; publié dans *San Pantaleone*, 1886.

— Eh ! l'Africaine, une pinte ! cria-t-il en frappant la table avec sa pipe de terre, qui se brisa du coup.

L'Africaine, c'était la patronne du cabaret. Elle quitta son comptoir, s'avança vers la table avec un tangage que lui donnait sa lourde corpulence, et posa devant Passacantando une carafe remplie de vin jusqu'au bord. Elle regardait cet homme avec des yeux débordant d'amoureuse supplication.

Alors, en présence de l'Africaine, Passacantando passa le bras au cou de Peppuccia et la fit boire de force ; puis il colla sa pro-

PASSACANTANDO.

pre bouche sur cette bouche encore pleine de vin, et il se mit à aspirer. Peppuccia se défendait en riant, et ses éclats de rire éclaboussaient de vin avalé de travers le visage du provocateur.

L'Africaine blêmit. Elle se retira derrière son comptoir. A travers la fumée opaque du tabac, elle entendait les exclamations et les phrases entrecoupées de Peppuccia et de la Pica.

Mais la porte vitrée se rouvrit, et sur le seuil apparut Fiorentino, tout enveloppé dans une capote comme un agent de police.

— Eh ! les filles ! cria-t-il d'une voix rauque, il est l'heure.

Peppuccia, la Pica, toutes se levèrent d'entre les hommes qui les poursuivaient de la voix et du geste ; et elles sortirent derrière leur patron, sous la pluie qui transformait le Bagno en un lac de boue. Pachio, Magnasàngue, tous s'en allèrent l'un après l'autre,

sauf Binchi-Banche qui resta effondré sous une table, dans la torpeur de l'ivresse. Peu à peu, la fumée montait au plafond et s'éclaircissait. Une tourterelle déplumée sautillait de-ci, de-là, becquetant des miettes de pain.

Alors, comme Passacantando faisait mine de se lever, l'Africaine vint à lui, lentement, avec un effort pour donner à sa difforme personne la séduction d'une gentillesse amoureuse. Sa vaste poitrine ballottait de droite et de gauche, et une grimace grotesque ridait sa face de pleine lune. Il y avait sur cette face deux ou trois petites touffes de poil, plantées sur des verrues ; un duvet fourni couvrait la lèvre supérieure et les joues ; des cheveux courts, durs et crépus coiffaient la tête d'une sorte de casque ; les sourcils en broussailles se rejoignaient à la racine d'un nez camard ; si bien qu'elle avait l'air de quelque monstrueux hermaphrodite, atteint d'éléphantiasis ou d'hydropisie.

Quand elle fut tout près de l'homme, elle lui saisit la main pour le retenir !

— Oh ! mon petit Jean.

— Que voulez-vous ?

— Qu'est-ce que je t'ai fait ?

— Vous ? Rien.

— Alors pourquoi me causes-tu tant de peine et de tourment ?

— Moi ? C'est la première nouvelle... Bonne nuit. Ce soir, je n'ai pas de temps à perdre.

Et, d'un mouvement brutal, il fit celui qui s'en va. Mais l'Africaine se rua sur lui, l'empoigna par les bras, lui mit son visage sur le visage, l'opprima de toute la masse de ses chairs ; et elle avait un tel emportement de passion, une fureur de jalousie si terrible, que Passacantando en demeura tout ébahi.

— Que veux-tu ? Que veux-tu ? Dis-moi ! Que veux-tu ? Que te faut-il ? Tout, je te donnerai tout ! Mais reste, reste avec moi ! Ne me fais pas mourir de passion... Ne me rends pas folle... Que te faut-il ? Viens ! Prends tout ce que tu trouveras.

Et elle l'entraîna vers le comptoir, ouvrit le tiroir, lui offrit tout, d'un seul geste.

Le tiroir, luisant de crasse, contenait des pièces de billon disséminées, parmi lesquelles brillaient trois ou quatre petites pièces d'argent. Le tout pouvait faire cinq lires.

Sans une parole, Passacantando ramassa la monnaie, qu'il se mit à compter sur le comptoir, lentement, avec un pli de dédain aux lèvres. L'Africaine regardait tantôt la monnaie et tantôt le visage de l'homme, haletante comme une bête fourbue. On entendait le son métallique du cuivre, le ronflement rauque de Binchi-Banche, le sautillement de la tourterelle ; et à ces bruits se mêlait le grondement continu de la pluie qui ravinait le

Bagno et de la rivière qui descendait par la Bandiera.

— Ça ne suffit pas, dit enfin Passacantando. Je veux le reste. Apporte le reste, ou je m'en vais.

Il avait aplati sa casquette sur sa nuque. La mèche en virgule couvrait son front, et, sous la mèche, ses yeux blanchâtres, pleins d'impudence et de cupidité, fixés intensément sur l'Africaine enveloppaient cette femme d'une sorte de fascination maléfique.

— Je n'ai plus rien. Tu m'as tout pris... Ce que tu trouveras, prends-le... balbutiait-elle, suppliante et caressante.

Sa gorge flasque et ses lèvres tremblaient ; des larmes jaillissaient de ses petits yeux de truie.

— Ah ! fit Passacantando à voix basse, en se penchant vers elle. Ah ! tu t'imagines que je ne sais pas?... Et les sequins d'or que possède ton mari?

— Oh ! Jean... D'ailleurs, comment veux-tu que je fasse?

— Allons, vite, va les prendre. Je t'attends ici. Ton mari dort. C'est le moment. Va. Sinon, par saint Antoine ! tu ne me reverras jamais.

— Oh ! Jean... J'ai peur.

— Au diable ta peur ! s'écria Passacantando. Eh bien, j'y vais avec toi. Marchons...

L'Africaine se mit à trembler. Elle montra Binchi-Banche, encore étendu sous la table, écrasé de sommeil.

— Commençons par fermer, conseilla-t-elle, soumise.

D'un coup de pied, Passacantando réveilla Binchi-Banche, qui se mit à hurler de frayeur soudaine et à se démener dans ses bottes, jusqu'à ce qu'on l'eût jeté dehors, où il s'écroula dans la boue des ornières. La porte se referma. La lanterne rouge, pendue à l'une des fenêtres, éclaira le cabaret d'une rougeur sale ; les voûtes massives se dessinèrent en ombre profonde ; dans le coin, l'escalier s'enveloppa de mystère ; tout l'aménagement intérieur prit l'apparence d'un décor romantique, préparé pour la représentation de quelque drame terrible.

— Marchons ! repéta Passacantando à l'Africaine, qui tremblait toujours.

Par l'escalier de briques qui se dressait au coin le plus obscur, ils montèrent ensemble, doucement, la femme devant, l'homme derrière. Au haut de l'escalier, il y avait une chambre avec un plafond de solives. Dans une muraille était encastrée une madone de faïence bleuâtre, devant laquelle brûlait, au fond d'un verre à demi plein d'eau et d'huile, une lumière votive. Sur les autres murailles s'étendaient comme une lèpre multicolore d'innombrables images de papier en lambeaux. Une odeur de misère, une odeur de haillons échauffés par un corps humain, emplissait la chambre.

Les deux voleurs s'avançaient vers le lit, avec précaution.

Le vieux reposait sur ce lit conjugal, plongé dans le sommeil ; et à travers les gencives sans dents, à travers le nez catarrheux et obstrué de tabac, sa respiration avait une sorte de sifflement étouffé. Sa tête chauve posait de travers sur un oreiller de coton à raies ; le trou de sa bouche, pareil à une entaille faite sur un potiron pourri, était environné de moustaches hirsutes et jaunies par le tabac ; la seule oreille visible ressemblait à l'oreille retournée d'un chien, pleine de poils, couverte de boutons, luisante de cérumen. Un bras sortait des couvertures, nu, décharné, avec de grosses veines en relief, semblables à des gonflements de varices. La main crochue tenait un coin du drap, par habitude de prendre.

Or, depuis longtemps, ce vieillard gâteux possédait deux sequins d'or, à lui légués par on ne sait quel usurier de sa famille; et il les conservait avec un soin jaloux dans une tabatière de corne, au milieu de son tabac, comme d'autres y conservent certains coléoptères musqués. C'étaient deux sequins jaunes et luisants ; et le vieux, en les voyant, en les palpant à tout moment, lorsqu'il prenait entre le pouce et l'index la poudre odorante, sentait croître en lui la passion de l'avarice et la volupté de la possession.

L'Africaine s'approcha sur la pointe des pieds, retenant son souffle, tandis que Passacantando l'excitait du geste au vol. On entendit un frôlement dans l'escalier. Les deux voleurs s'arrêtèrent. La tourterelle déplumée et boiteuse entra dans la chambre en sautillant, et alla s'accouver sur une savate, au pied du lit conjugal. Mais comme, en s'installant dans la savate, elle faisait encore du bruit, l'homme, d'un mouvement rapide, l'empoigna et lui tordit le cou.

— Trouves-tu? demanda-t-il à l'Africaine.

— Oui, là, sous l'oreiller, répondit-elle en glissant sa main vers la cachette.

Le vieux remua dans son sommeil, poussa une plainte instinctive; et, entre ses paupières, on vit apparaître un peu du blanc de ses yeux. Puis il retomba dans l'insensibilité d'une torpeur sénile.

L'excès de la crainte donna du courage à l'Africaine ; elle poussa vivement la main, saisit la tabatière, se précipita vers l'escalier, descendit comme une fuyarde, Passacantando descendit derrière elle.

— O mon Dieu, ô mon Dieu ! Vois ce que tu me fais faire ! balbutiait-elle en s'abandonnant sur lui de tout son poids.

Et ensemble, de leurs mains mal assurées,

ils ouvrirent la tabatière, cherchèrent les pièces d'or sous le tabac. L'odeur pénétrante leur montait aux narines ; et, comme ils sentaient venir l'envie d'éternuer, ils furent tous les deux pris brusquement d'un irrésis-

toute, en sa monstrueuse laideur. Mais voilà que, tout à coup, on entendit quelque chose : d'abord un grognement indistinct ; puis des cris rauques, qui éclataient en l'air. Et le vieux apparut au sommet de l'es-

EN AGITANT LES BRAS, IL HURLAIT : LES SEQUINS! LES SEQUINS !

tible accès de rire ; et, tout en s'efforçant d'étouffer le bruit de leurs éternuements, ils chancelaient et se bousculaient. Chez l'Africaine obèse, ce jeu réveillait la luxure : elle aimait à être amoureusement mordillée, becquetée, tapotée et asticotée par Passacantando ; cela la faisait frémir toute, frissonner

calier, livide sous la lueur rougeâtre de la lanterne, maigre comme un squelette, les jambes nues, couvert d'une chemise en guenilles. Il regardait en bas le couple des voleurs, et, en agitant les bras comme une âme damnée, il hurlait :

— Les sequins ! les sequins ! les sequins !

LE MARTYR[1]

Sur le soir, le lougre *Trinité*, avec une cargaison de froment, leva l'ancre à destination de la Dalmatie. Il descendait le fleuve calme, entre les barques d'Ortone ancrées à la file, tandis que les feux s'allumaient sur le rivage et que les matelots rentrés au port chantaient. Après avoir lentement franchi l'étroite embouchure, le bateau gagna l'Adriatique.

Le temps était favorable. Dans un ciel d'octobre, la lune pleine, presque à fleur d'eau, pendait comme une lampe aux douces clartés roses. En arrière, les montagnes et les collines avaient des attitudes de femme nonchalante. Des vols d'oies sauvages passaient silencieusement au zénith, et disparaissaient.

D'abord, les six hommes et le mousse firent une manœuvre d'ensemble pour prendre le vent. Puis, lorsque la brise eut gonflé les voiles teintes en rouge et marquées de grossières figures, les six hommes s'assirent et commencèrent à fumer tranquillement. Le mousse, à cheval sur la proue, se mit à chantonner une chanson de son pays.

Talamonte l'aîné, en lançant sur l'eau un long jet de salive et en remettant dans sa bouche sa fameuse pipe, dit :

— Le temps ne se maintiendra pas au beau.

A cette prophétie, tous regardèrent vers le large, sans rien dire. C'étaient des marins robustes et endurcis aux hasards de la mer. Ils avaient souvent navigué vers les îles Dalmates, vers Zara, vers Trieste, vers Spalatro ; ils connaissaient bien la route. Plusieurs gardaient aussi un agréable souvenir des fruits des îles et de ce vin de Dignano qui a le parfum de la rose.

Le patron du lougre était Ferrante La Selvi. Les deux frères Talamonte, Cirù, Massacese et Gialluca, tous natifs de Pescara, composaient l'équipage. Le mousse s'appelait Nazareno.

Comme il y avait pleine lune, les hommes s'attardèrent sur le pont. La mer était semée de barques de pêche. De temps en temps, des barques passaient à côté du lougre, et les

1. Écrit en avril 1885 : publié dans *San Pantaleone*, 1886.

matelots échangeaient quelques paroles familières. La pêche, semblait-il, allait bien. Lorsqu'on eut dépassé les barques et que la mer devint déserte, Ferrante et Talamonte descendirent dans la cabine pour se reposer, Massacese et Gialluca, après avoir achevé leurs pipes, firent de même. Cirù resta de quart sur le pont.

Avant de descendre, Gialluca montra au camarade un point de son cou, en disant :

— Regarde donc ce que j'ai là.

Massacese regarda et répondit :

— Une affaire de rien. Fais pas attention.

C'était une rougeur pareille à celle que produit une piqûre d'insecte, et au milieu de la rougeur, il y avait un petit bouton.

Gialluca ajouta :

— Ça me fait mal.

Dans la nuit, le vent changea et la mer commença de grossir. Le lougre se mit à danser sur les vagues ; il était entraîné vers l'orient, perdait sa route. Pendant la manœuvre, Gialluca poussait par instants un petit cri, parce que chaque mouvement brusque de la tête lui causait une vive douleur.

Ferrante La Selvi demanda :

— Qu'est-ce que tu as?

A la lueur de l'aube, Gialluca fit voir son mal. La rougeur s'était étendue sur la peau, et, au centre, on apercevait la pointe d'une petite tumeur.

Après examen, Ferrante dit, lui aussi :

— Une affaire de rien. Fais pas attention.

Gialluca prit un mouchoir et s'enveloppa le cou. Puis il se mit à fumer.

Le lougre, secoué par les lames et poussé par le vent contraire, dérivait vers l'est. Le bruit de la mer couvrait les voix. De temps à autre, une lame se brisait sur le pont avec un grondement sourd.

Vers le soir, la bourrasque s'apaisa, et la lune émergea de l'eau comme une coupole de feu. Mais le vent était tombé. Dans l'accalmie, le lougre resta en panne, les voiles détendues. Par intervalles soufflait une petite brise.

Gialluca se lamentait de douleur. Les camarades, n'ayant plus rien à faire, songèrent à s'occuper de son mal. Chacun indiquait un remède différent. Cirù, en sa qualité de plus ancien, prit l'initiative et proposa un emplâtre de miel et de farine. Il avait quelques vagues connaissances médicales, parce qu'à terre sa femme exerçait simultanément la médecine et l'art magique, et guérissait les maladies par les drogues et par le grimoire. Mais on manquait de farine et de miel, et le biscuit n'aurait eu aucune efficacité.

Alors Cirù prit un oignon et une poignée de grain ; il écrasa le grain, hacha l'oignon, composa l'emplâtre. Au contact de ce mé-lange, Gialluca sentit croître sa douleur. Un quart d'heure après, il arracha de son cou le bandage et jeta le tout à la mer, saisi d'une impatience irritée. Pour vaincre la souffrance, il se mit au gouvernail et pendant longtemps il tint la barre. Le vent s'était levé, les voiles palpitaient gaiement. Dans la nuit claire, on distinguait à l'horizon une petite île, sans doute Pelagosa, semblable à un nuage posé sur les eaux.

Le matin, Cirù, qui désormais faisait son affaire de traiter le mal de Gialluca, voulut examiner la tumeur. L'enflure s'était élargie ; elle occupait une grande partie du cou ; elle avait pris une forme nouvelle et une couleur plus foncée, qui, sur la pointe centrale, tournait au violet.

— Oh ! qu'est-ce que c'est que ça? s'écriat-il, perplexe, avec une intonation de voix qui fit tressaillir le malade.

Et il appela Ferrante, les deux Talamonte, tous les camarades.

Les opinions furent diverses. Ferrante imagina un mal terrible, qui peut-être étoufferait Gialluca. Gialluca, les yeux démesurément ouverts, un peu pâle, écoutait les pronostics.

Le ciel s'était couvert de brouillards ; la mer avait un aspect sinistre, et des bandes de mouettes regagnaient la côte à tire-d'aile, en poussant des cris. Cela fit qu'une sorte de terreur lui pénétra l'âme.

Enfin Talamonte le jeune dit sentencieusement :

— C'est une pustule maligne.

Les autres approuvèrent :

— Eh ! eh ! cela se pourrait bien.

En effet, le jour suivant, des sérosités sanguinolentes soulevèrent la pellicule de la tumeur, qui creva. Et toute la région malade prit l'aspect d'un nid de guêpes, d'où le pus coulait en abondance. L'inflammation et la suppuration s'approfondissaient, s'étendaient avec rapidité.

Gialluca, dans sa terreur, invoqua saint Roch qui guérit les plaies. Il promit dix livres, vingt livres de cire. Agenouillé au milieu du pont, il tendait les bras vers le ciel, prononçait ses vœux avec un geste tragique, nommait son père, sa mère, sa femme, ses enfants. Autour de lui, à chaque invocation, les camarades faisaient le signe de la croix, d'un air grave.

Ferrante La Selvi, qui sentait venir un grain, cria d'une voix rude un commandement, dans le tumulte de la mer. Le lougre s'inclina tout entier sur le flanc. Massacese, les Talamonte, Cirù se précipitèrent à la manœuvre. Nazareno grimpa le long d'un mât. En moins de rien, les voiles furent amenées ; on ne garda que les deux focs. Et le lougre, roulant panne sur panne, commença une course désordonnée à la cime des flots.

— Saint Roch ! saint Roch ! criait Gialluca avec une ferveur croissante, ému aussi par le vacarme d'alentour, courbé sur les genoux et sur les mains pour résister au roulis.

Par instants, une lame plus forte déferlait

s'exposer aux embruns, voir les hommes, respirer le vent.

Ferrante, surpris de cette pâleur, lui demanda :

— Mais qu'as-tu donc?

Et les autres matelots, sans quitter leur poste, se mirent à discuter sur les remèdes, d'une voix haute, en criant presque, pour dominer le fracas de la bourrasque. Ils s'ani-

ACENOUILLÉ AU MILIEU DU PONT, IL TENDAIT LES BRAS VERS LE CIEL.

sur la proue ; l'eau balayait le pont d'un bout à l'autre.

— Descends ! lui cria Ferrante.

Gialluca descendit dans la cabine. Il sentait une chaleur cuisante, une sécheresse sur toute sa peau ; et la peur du mal lui serrait la poitrine. Sous le pont, dans la lumière affaiblie, les formes des choses prenaient des apparences singulières. On entendait les coups sourds des lames contre les flancs du lougre et les craquements de toute la charpente.

Une demi-heure après, Gialluca remonta sur le pont, aussi défait que s'il fût sorti de la tombe. Il aimait mieux être en plein air,

maient. Chacun avait sa méthode. Des docteurs n'auraient pas raisonné avec plus d'assurance. La discussion leur faisait oublier le péril.

Deux ans auparavant, Massacese avait été témoin d'une opération faite dans un cas analogue par un vrai médecin sur le flanc de Giovanni Margadonna. Le médecin avait coupé ; puis, pour brûler la plaie, il l'avait frottée avec des morceaux de bois enduits d'un liquide fumant ; et finalement, avec une espèce de cuiller, il avait enlevé la chair brûlée qui présentait une apparence de marc de café. Margadonna avait eu la vie sauve.

Massacese s'exaltait ; il répétait, comme un chirurgien que rien n'apitoie :

— Il faut couper ! Il faut couper !

Et avec la main, dans la direction du malade, il faisait le geste de couper.

Cirù partagea l'avis de Massacese. Les deux Talamonte adhérèrent à leur tour. Ferrante La Selvi secouait la tête. Enfin Cirù fit à Gialluca la proposition. Mais Gialluca ne voulut point consentir. Et Cirù lui cria avec un emportement brutal dont il ne fut pas maître :

— Eh bien, meurs !

Gialluca pâlit davantage et regarda son camarade avec des yeux élargis par l'épouvante.

La nuit tombait. Dans l'obscurité, il semblait que la mer hurlât plus fort. Les lames, en passant dans la lumière projetée par le fanal d'avant, jetaient des lueurs. La terre était loin. Pour résister aux coups de mer, les matelots se cramponnaient aux cordages. Ferrante manœuvrait le gouvernail, et, de temps à autre, il jetait une parole dans la tempête.

— Descends, Gialluca !

Mais une étrange répugnance pour la solitude empêchait Gialluca de descendre, tout travaillé qu'il fût par son mal. Lui aussi, il se cramponnait aux cordages, les dents serrées de douleur. Chaque fois qu'un paquet de mer arrivait, les matelots baissaient la tête et poussaient un cri, tous ensemble, comme font les ouvriers qui, dans le travail, combinent un effort commun.

La lune, sortant des nuages, diminua l'horreur. Mais la mer resta mauvaise toute la nuit.

Au matin, Gialluca, éperdu, dit aux camarades :

— Coupez !

D'abord les camarades se concertèrent gravement, tinrent une sorte de conseil délibératif. Ensuite ils examinèrent la tumeur, devenue aussi grosse qu'un poing d'homme. Les escarres qui naguère donnaient au mal l'apparence d'un nid de guêpes ou d'un crible, ne formaient plus qu'un unique ulcère.

Massacese dit :

— Allons, du courage !

C'était lui qui devait remplir la fonction de chirurgien. Il essaya sur son ongle le fil des couteaux, et finit par choisir celui de Talamonte l'aîné, parce qu'il était affilé de frais.

Il répéta :

— Allons, du courage !

Une sorte de frémissement d'impatience les agitait, lui et les autres.

Maintenant le malade semblait accablé d'une stupeur profonde, les yeux fixés sur le couteau, la bouche à demi ouverte, les mains pendantes le long du corps, comme un idiot.

Cirù le fit asseoir, enleva le bandage ; et ses lèvres produisirent instinctivement un bruit qui exprimait le dégoût.

Tous se penchèrent sur la plaie, silencieux, attentifs.

Massacese dit :

— Comme ceci, et comme ceci.

Et avec la pointe du couteau, il indiquait la manière dont il faudrait entailler.

Soudain Gialluca éclata en larmes. Tout son corps était secoué par les sanglots.

— Courage, courage ! répétaient les matelots en le tenant par les bras.

Massacese commença l'opération. Au premier contact de la lame, Gialluca poussa un hurlement ; puis il serra les mâchoires, et on n'entendit plus qu'une sorte de mugissement étouffé.

Massacese coupait lentement, mais d'une main ferme, avec le bout de la langue hors de la bouche, comme c'était son habitude lorsqu'il voulait conduire une besogne avec attention. Mais le lougre avait un terrible roulis, et l'incision se faisait d'une façon irrégulière ; le couteau pénétrait tantôt moins tantôt plus profondément. Un coup de mer fit enfoncer la lame dans les chairs saines. Gialluca hurla une seconde fois et se débattit tout sanglant, comme une bête entre les mains des bouchers. Il ne voulait plus se laisser faire.

— Non, non, non !

— Ne bouge pas ! ne bouge pas ! criait Massacese derrière lui, obstiné à finir son œuvre, de crainte que l'incision interrompue n'aggravât encore le danger.

La mer, toujours grosse, grondait autour du bateau, sans relâche. Des nuées en forme de trombes montaient de l'extrême horizon et envahissaient le ciel déserté par les oiseaux. Parmi ce fracas, sous cette lumière, une excitation étrange s'emparait de ces hommes. Dans la lutte qu'ils soutenaient pour maintenir le blessé, ils se sentaient involontairement pris de colère.

— Ne bouge pas !

Massacese fit encore quatre ou cinq entailles, rapidement, au petit bonheur. Un sang mêlé de matières blanchâtres ruisselait par les blessures. Ils en étaient tous maculés, sauf Nazareno qui, tremblant, se tenait sur l'avant, dans l'épouvante de cet atroce spectacle.

Ferrante La Selvi s'aperçut que le bateau était en péril, et il cria un commandement à pleins poumons :

— Mollis les écoutes ! Vire de bord !

Les deux Talamonte, Massacese, Cirù exécutèrent la manœuvre. Le lougre reprit

ILS EXAMINÈRENT LA TUMEUR.

sa course en tanguant. Dans le lointain, on apercevait Lissa. De longues stries lumineuses jaillissant à travers les nuées, tombaient du soleil sur les eaux et changeaient selon les vicissitudes du ciel.

Ferrante demeura à la barre. Les autres revinrent près de Gialluca. Il fallait nettoyer les incisions, brûler, mettre de la charpie.

A présent l'opéré était dans une prostration profonde. Il paraissait ne plus rien comprendre. Il regardait ses camarades avec des yeux éteints, déjà troubles, comme ceux des animaux qui vont mourir. De temps à autre il répétait, comme s'il se fût parlé à lui-même :

— Je suis mort ! Je suis mort !

Cirù, avec un peu d'étoupe grossière, essayait de nettoyer ; mais il avait la main lourde, irritait la blessure. Pour suivre jusqu'au bout l'exemple du chirurgien de Margadonna, Massacese aiguisait attentivement des morceaux de bois de sapin. Les deux Talamonte s'occupaient du goudron : car c'était le goudron qu'on avait choisi pour brûler la plaie. Mais il n'y avait pas moyen d'allumer de feu sur le pont, que l'eau inondait à chaque instant. Les deux Talamonte descendirent dans la cabine.

Massacese cria à Cirù :

— Lave avec de l'eau de mer !

Cirù suivit le conseil. Gialluca se soumettait à tout, en poussant une plainte continue et en claquant des dents. Son cou était devenu énorme, tout rouge, comme violacé par endroits. Autour des entailles on voyait déjà poindre quelques taches brunâtres. Le malade avait de la difficulté à respirer, à avaler, et la soif le tourmentait.

— Recommande-toi à saint Roch, dit Massacese, qui avait fini d'aiguiser les morceaux de bois et qui attendait le goudron.

Le lougre, poussé par le vent, déviait maintenant vers le nord, du côté de Sebenico, et perdait l'île de vue. Mais, quoique les lames fussent encore fortes, la bourrasque semblait tirer à sa fin. Le soleil brillait en plein ciel, parmi des nuées couleur de rouille.

Les deux Talamonte apportèrent un vase plein de goudron fumant.

Alors, pour renouveler le vœu fait au saint, Gialluca se mit à genoux. Tous se signèrent du signe de la croix.

— O saint Roch, sois mon sauveur ! Je te promets une lampe d'argent, et de l'huile pour toute l'année, et trente livres de cierges. O saint Roch, sois mon sauveur ! J'ai une femme et des enfants... Pitié, miséricorde, ô mon bon saint Roch !

Gialluca tenait ses mains jointes ; il parlait d'une voix qu'on ne reconnaissait plus. Ensuite il se rassit et dit simplement à Massacese :

— Fais.

Massacese enroula un peu d'étoupe autour des morceaux de bois, les plongea un à un dans le goudron bouillant, et en frotta successivement la plaie. Pour rendre la brûlure plus profonde et plus efficace, il versa même du liquide dans les blessures, Gialluca ne poussa pas une lamentation. Les autres frissonnaient à la vue de ce supplice.

De son poste, Ferrante La Selvi dit en secouant la tête :

— Vous l'avez tué !

Ils descendirent dans la cabine Gialluca à demi mort, l'arrangèrent sur une couchette. Nazareno fut laissé à la garde du malade. On entendait sur le pont le cri guttural de Ferrante commandant la manœuvre et les pas précipités des matelots. La *Trinité* virait de bord, avec des craquements. Soudain Nazareno s'aperçut qu'une voie d'eau venait de se déclarer ; il appela. Les matelots descendirent en tumulte. Ils criaient tous ensemble et travaillaient avec furie à aveugler la crevasse. On aurait dit que le bateau allait sombrer.

Malgré sa prostration physique et morale, Gialluca se redressa sur sa couchette, s'imaginant qu'on était sur le point de couler à pic, et il s'accrocha désespérément à l'un des Talamonte. Il suppliait comme une femme :

— Ne m'abandonnez pas ! Ne m abandonnez pas !

Ils le calmèrent, le réinstallèrent. Il avait peur, maintenant ; il balbutiait des mots dépourvus de sens ; il pleurait ; il ne voulait pas mourir. Comme l'inflammation croissante avait envahi tout le cou et toute la nuque, comme elle gagnait même le tronc, peu à peu, et que l'enflure devenait de plus en plus énorme, il sentait un étranglement. Sans cesse il ouvrait a bouche toute grande pour aspirer l'air.

— Portez-moi là-haut ! L'air me manque ! Ici, je vais mourir...

Ferrante rappela les hommes sur le pont. Le lougre courait des bordées pour tâcher de reprendre sa route, et la manœuvre était difficile. La barre en main, le patron épiait le vent et donnait les ordres nécessaires. A mesure que le soir approchait, les flots s'apaisaient.

Au bout de quelque temps, Nazareno remonta sur le pont, tout bouleversé, criant :

— Gialluca se meurt ! Gialluca se meurt !

Les matelots coururent, et ils trouvèrent leur camarade déjà mort sur la couchette, tout en désarroi, les yeux ouverts, la face tuméfiée, comme un homme étranglé.

Talamonte l'aîné dit :

— Et maintenant ?

Les autres se turent, un peu ébahis devant le cadavre.

Ils remontèrent en silence sur le pont. Talamonte répétait :

— Et maintenant ?

Le jour abandonnait les eaux avec lenteur. Le calme descendait dans l'atmosphère. Les voiles se dégonflèrent pour la seconde fois, et le bâtiment resta en panne. On apercevait l'île de Sota.

Réunis l'avant, les matelots discutaient sur l'événement. Une vive inquiétude étreignait les âmes. Massacese était pâle et pensif. Il fit observer :

— Ne va-t-on pas croire que c'est nous autres qui l'avons fait mourir ? N'allons-nous pas avoir des ennuis ?

La même crainte tourmentait déjà l'esprit de ce hommes superstitieux et méfiants. Ils répondirent :

— Tu as raison.

Massacese insista :

— Eh bien ! que faut-il faire?

Talamonte l'aîné dit simplement :

— Il est mort, n'est-ce pas? Jetons-le à la mer. Nous ferons croire que nous l'avons perdu pendant la tourmente... Pour sûr, c'est ce qu'il y a de mieux.

— Mettons-le dans un sac.

Ils prirent un sac ; mais, comme le cadavre n'y entrait qu'à moitié, ils lièrent le sac aux genoux, et les jambes restèrent dehors. Instinctivement, en accomplissant la funèbre opération, ils regardaient autour d'eux. Aucune voile n'était en vue. Après la bourrasque, l'Adriatique avait une ondulation

ILS SOULEVÈRENT LE CADAVRE.

Les autres approuvèrent. On appela Nazareno.

— Toi, tu sais... muet comme un poisson.

Et, d'un geste menaçant, ils lui scellèrent le secret dans l'âme.

Ensuite ils descendirent pour prendre le cadavre. Déjà les chairs exhalaient une odeur fétide ; chaque secousse faisait dégoutter de matières purulentes.

Massacese dit :

égale et large. Dans le fond, on apercevait l'île de Solta, toute d'azur.

Massacese dit :

— Mettons aussi une pierre...

Ils choisirent une pierre dans le lest, et l'attachèrent aux pieds de Gialluca.

Massacese dit :

— Allons-y !

Ils soulevèrent le cadavre à la hauteur de la lisse et le firent passer par-dessus bord. L'eau se referma en bouillonnant ; d'abord le corps descendit avec une oscillation lente ; puis, il disparut.

Les matelots revinrent à l'avant et attendirent que le vent donnât. Ils fumaient sans rien dire. A chaque instant Massacese faisait un geste inconscient, comme cela arrive aux hommes qui réfléchissent.

Le vent s'éleva. Les voiles palpitèrent une seconde et se gonflèrent. La *Trinité* partit dans la direction de Solta. Après deux heures de bonne route, on doubla le chenal.

La lune illuminait le rivage. La mer avait la tranquillité d'un lac. Deux navires sortaient du port de Spalatro et venaient à contrebord. Leurs équipages chantaient.

En entendant la chanson, Cirù dit :

— Tiens ! Ils sont de Pescara !

En voyant les figures et les chiffres inscrits sur les voiles, Ferrante dit :

— Ce sont les lougres de Raymond Callare...

Et il poussa un appel.

Ses compatriotes lui répondirent par de grands cris. L'un des bateaux était chargé de figues sèches et l'autre de petits ânes.

Lorsque le second bateau fut à quelques brasses de la *Trinité*, on échangea des saluts.

Une voix cria :

— Ohé, Giallù !... Où donc est Gialluca?

Massecese répondit :

— Nous l'avons perdu en mer pendant la tourmente. Dites-le à sa mère.

Diverses exclamations partirent du bateau chargé d'ânes. Puis on se dit adieu.

— Adieu ! Adieu ! A Pescara ! A Pescara !

Et, en s'éloignant, les équipages reprirent leur chanson sous la clarté de la lune.

SAINT PANTALÉON[1]

I

Le sable de la grande place scintillait comme de la pierre ponce en poudre. Toutes les maisons du pourtour, blanchies à la chaux, s'éclairaient d'étranges clartés métalliques et ressemblaient aux parois d'un four immense qui va s'éteindre. Dans le fond, l'église réverbérait sur ses pilastres de pierre l'illumination des nuages et devenait d'un rouge de granit ; les vitraux rayonnaient comme si un incendie eût éclaté dans la nef ; les images saintes, avec leurs couleurs et leurs attitudes, avaient des apparences d'êtres vivants. Sous la splendeur de ce phénomène crépusculaire insolite, la masse du monument prenait un air de domination plus hautain sur les maisons des habitants de Raduse.

Les rues déversaient sur la place un torrent d'hommes et de femmes, qui vociféraient et gesticulaient. La terreur superstitieuse grandissait démesurément dans les âmes; toutes ces imaginations incultes étaient hantées par d'épouvantables visions de châtiment divin. Les commentaires, les controverses violentes, les supplications lamentables, les récits décousus, les prières, les vociférations se fondaient en une rumeur profonde d'ouragan prêt à se déchaîner. Depuis plusieurs jours déjà, ces rougeurs sanglantes s'attardaient dans le ciel après le coucher du soleil, envahissaient le calme de la nuit, jetaient un flamboiement tragique sur le sommeil des campagnes, provoquaient les hurlements des chiens.

Quelques personnes qui, jusqu'alors, s'étaient entretenues à voix basse devant l'église, serrées autour d'un pilier du péristyle, se mirent à crier en agitant les bras :

— Giacobbe ! Giacobbe ! Giacobbe !

A cet appel, un homme sortit du grand portail et se dirigea vers le groupe. C'était un homme si long et si maigre qu'on l'aurait cru malade de fièvre étique, chauve au sommet du crâne, couronné sur la nuque et sur les tempes de longs cheveux roux. Ses petits yeux caves,

1. Écrit en juin 1884 ; publié dans *San Pantaleone*, 1886.

de couleur incertaine, un peu convergents vers la racine du nez, avaient une flamme de passion farouche. Lorsqu'il articulait les mots, la brèche faite à sa mâchoire supérieure par la perte de deux dents incisives donnait une bizarre apparence de sénilité faunesque aux mouvements de sa bouche et de son menton pointu, semé d'une barbe rare. Tout son corps n'était qu'une misérable charpente osseuse, mal cachée par l'étoffe des habits ; sur ses mains, sur ses poignets, sur le revers de ses bras, sur sa poitrine, la peau était couverte de figures bleuâtres, de tatouages faits au moyen d'une pointe d'aiguille, avec de la poudre d'indigo, en mémoire des sanctuaires visités, des grâces reçues, des vœux accomplis.

Lorsque ce fanatique eut rejoint le groupe

GIACOBBE

auprès du pilier, il y eut un brouhaha de questions posées avec angoisse.

— Eh bien?... Qu'a dit don Consolo ? On fera sortir le bras d'argent?... Seulement le bras?... Tout le buste ne vaudrait-il pas mieux?... A quelle heure Pallura doit-il rapporter les cierges?... Il en rapportera cent livres?... Il n'en rapportera que cent livres ? Quand commencera-t-on à sonner les cloches?... Eh bien? Eh bien?...

La clameur grandissait autour de Giacobbe. De toutes parts on se pressait vers l'église ; la foule affluait de toutes les rues, inondait la place. Et Giacobbe, en répondant aux questionneurs, parlait très bas, comme s'il eût révélé des secrets terribles, comme s'il eût été

porteur d'oracles venus du bout du monde. « Il avait vu en l'air, dans un nuage de sang, d'abord une main menaçante, puis un voile noir, puis une épée et une trompette... »

— Raconte ! Raconte !

Un désir avide d'entendre des choses merveilleuses s'emparait des âmes. On le pressait de parler encore. On se regardait les uns les autres. Et le récit volait de bouche en bouche à travers la foule compacte.

II

La grande plaie rougeoyante montait lentement de l'horizon vers le zénith et tendait à envahir toute la coupole céleste. Il semblait qu'une vapeur de métal en fusion ondoyât sur la ville entière, et, dans les lueurs décroissantes du crépuscule, les rayons jaunes et les rayons violets s'entre-croisaient avec un tremblement irisé. Une longue raie de lumière plus intense fuyait vers la rue qui conduisait au bord de l'eau ; dans le fond, entre les troncs hauts et sveltes des peupliers, on entrevoyait la rivière qui dardait des flammes, et, plus loin, un morceau de paysage asiatique, où de vieilles tours sarrasines, pareilles à des îlots de roc, dressaient dans le brouillard leur profil incertain. Les émanations suffocantes du foin fauché imprégnaient l'atmosphère, et, par moments, cela ressemblait à une odeur de vers à soie pourris sur les feuilles. Des vols d'hirondelles sillonnaient l'espace avec des cris perçants et ne se lassaient pas d'aller et venir entre les toits et la berge ?

Les rumeurs de la foule étaient coupées d'attentes silencieuses. Le nom de Pallura courait sur toutes les bouches ; il y avait çà et là des explosions d'impatience irritée. La charrette n'apparaissait pas encore dans la rue qui conduisait à la rivière. Puisque les cierges manquaient, don Consolo tardait à exposer les reliques, à faire les exorcismes ; et le péril était imminent. Une panique envahissait cette cohue qui, tassée comme un troupeau de bétail, n'osait plus lever les regards vers le ciel. Les femmes commencèrent à éclater en sanglots ; et, au bruit de leurs pleurs, une consternation sans bornes accabla et stupéfia toutes les consciences.

Enfin les cloches s'ébranlèrent ; et, comme le campanile était bas, les frémissements sourds du bronze effleurèrent les têtes. Entre un coup de cloche et un autre, une sorte d'ululation prolongée montait dans le ciel en feu.

— Saint Pantaléon ! Saint Pantaléon !

C'était la clameur immense et unanime

de désespérés qui demandaient de l'aide. Tous, à genoux, les mains tendues, la face blême, ils imploraient :

— Saint Pantaléon !

Sur le seuil de l'église, entre la fumée de deux encensoirs, don Consolo parut, étincelant dans sa chasuble violette, brodée d'or. Il tenait haut le saint bras, et il exorcisait l'air en prononçant la formule latine

— *Ut fidelibus tuis aeris serenitatem concedere digneris, te rogamus, audi nos !*

L'apparition de la relique provoqua dans la foule un délire d'attendrissement. Les larmes coulaient de tous les yeux, et, à travers le voile des larmes, les yeux voyaient, ô miracle ! une irradiation céleste émaner des trois doigts levés pour l'acte de bénir. Dans l'air embrasé, le saint bras semblait plus grand ; les rayons crépusculaires allumaient un chatoiement de flammes dans les pierres précieuses ; le parfum dispersé de l'encens se propageait déjà jusqu'aux narines des dévots.

— *Te rogamus, audi nos !*

Lorsque le bras fut rentré et que les cloches se turent, il y eut une minute de silence qui permit d'entendre un tintement rapproché de sonnailles dans la rue de la rivière. Et alors ce fut une poussée soudaine vers l'endroit d'où venait le bruit, et cent voix répétèrent :

— Voici Pallura avec les cierges ! Voici Pallura qui arrive ! C'est Pallura !

La charrette s'avançait en grinçant sur le sable, au trot d'une lourde jument grise dont le grand *corno* de cuivre poli brillait sur la croupe comme une demi-lune radieuse. Quand Giacobbe et les autres accoururent vers elle, la bête pacifique s'arrêta en soufflant fort des naseaux. Et Giacobbe, qui s'était approché le premier, vit tout de suite, au fond de la charrette, le corps renversé et sanglant de Pallura ; et il se mit à hurler vers la foule en agitant les bras :

— Il est mort ! Il est mort !

III

La funeste nouvelle se répandit comme un éclair. Les gens s'écrasaient autour de la charrette, tendaient le cou pour apercevoir quelque chose ; et, frappés à l'improviste par cette seconde catastrophe, dominés par l'instinct de curiosité féroce qui saisit l'homme à la vue du sang, ils ne pensaient plus aux menaces d'en haut.

— Il est mort?

— Comment est-il mort?

Pallura gisait dans la voiture, sur le dos, avec une large plaie au milieu du front, avec une oreille déchirée, avec des éraflures au bras, aux flancs, sur une côte. Un ruisseau de sang tiède coulait dans la cavité des yeux, descendait jusqu'au menton, jusqu'au cou, maculait la chemise, faisait des caillots noirâtres et luisants sur la poitrine, sur le cuir de la ceinture et plus bas encore, sur la culotte. Giacobbe, toujours courbé sur le corps, demeurait immobile ; autour de lui, la foule était dans l'attente. Une sorte de lueur aurorale éclairait les visages anxieux. Dans le silence, la chanson des grenouilles montait du bord de la rivière, et les chauves-souris passaient et repassaient en rasant les têtes.

Brusquement, Giacobbe se redressa avec une tache sanglante sur la joue et cria :

— Il n'est pas mort ! Il respire !

Une rumeur sourde courut dans la foule ; les plus rapprochés avancèrent la tête, pour voir ; les plus éloignés commencèrent à perdre patience et à pousser des clameurs. Deux femmes apportèrent des carafes d'eau ; une autre femme apporta des bandes de toile ; un jeune homme présenta une gourde pleine de vin. On lava le visage du blessé ; on arrêta le sang qui coulait du front ; on maintint la tête haute. Ensuite des voix s'élevèrent pour demander la cause de l'accident. Les cent livres de cierges avaient disparu ; à peine retrouvait-on quelques débris de cire dans les interstices des planches, au fond de la charrette.

Au milieu du tumulte, les opinions s'échauffaient, s'exaspéraient, s'entre-choquaient. Et comme les Radusiens avaient une vieille haine héréditaire contre les habitants de Mascalico, bourg situé sur l'autre bord de la rivière, Giacobbe dit d'une voix âpre et venimeuse :

— Qui sait si nos cierges n'ont pas servi à saint Gonzalve?

Ce fut l'étincelle qui allume l'incendie. Tout d'un coup, l'esprit de clocher se réveilla en cette population abrutie depuis des siècles par le culte aveugle et farouche de son unique idole. Le mot du fanatique vola de bouche en bouche. Sous les rougeurs tragiques du crépuscule, la cohue houleuse prit l'apparence d'une borde de sauvages mutinés.

Toutes les gorges hurlaient le nom du saint comme un cri de guerre. Les plus forcenés lançaient des imprécations du côté de Mascalico, en agitant les bras et en tendant les poings. Puis tous ces visages, qu'enflammaient la fureur et la lumière, ces faces larges et puissantes, auxquelles des cercles d'or pendus aux oreilles et de hautes touffes de cheveux dressées sur le front donnaient un étrange aspect de barbarie, se tournèrent vers le blessé et s'attendrirent de commisération. Il y eut autour de la charrette un empressement de femmes compatissantes, qui voulaient rappeler le moribond à la vie ; cent mains charitables s'offrirent pour renouveler les bandages sur les blessures, pour baigner la face d'eau fraîche, pour approcher des lèvres blêmes la gourde de vin, pour arranger sous la tête un oreiller plus doux.

— Pallura, pauvre Pallura, pourquoi ne nous réponds-tu point?

L'agonisant était couché sur le dos, paupières closes, bouche entr'ouverte, les joues et le menton estompés d'un duvet brun, beau de cette gracieuse beauté de la jeunesse encore reconnaissable sous les contractions que la douleur imprimait à ses traits. Un filet de sang coulait de dessous le bandage et descendait du front vers la tempe ; de petites bulles d'écume rougeâtre se formaient aux coins de la bouche ; une sorte de sifflement étouffé et intermittent s'échappait de la gorge, pareil au râle de l'agonie. Autour de lui, les soins, les questions, les regards fébriles devenaient plus pressants. De temps à autre, la jument secouait la tête et hennissait vers l'écurie. Une atmosphère lourde, comme à l'approche d'un ouragan, pesait sur tout le pays.

Alors, du côté de la place, on entendit des cris déchirants, des cris de mère qui, dans le silence soudain de toutes les autres voix, parurent plus perçants. Et une femme obèse, que la graisse étouffait, fendit la foule et s'approcha de la charrette, en criant. Trop lourde pour pouvoir y monter, elle s'abattit sur les pieds de son fils, avec des mots d'amour qu'entrecoupaient des sanglots, avec des éclats de voix si brisés et si glapissants, avec une expression de douleur si terriblement bizarre que toutes les personnes présentes eurent un frisson et détournèrent la tête.

— Zaccheo ! Zaccheo ! Mon âme ! Ma joie !…

La pauvre femme criait, criait toujours, et baisait les pieds du blessé, et le tirait à elle vers la terre.

Le blessé fit un mouvement, eut une contorsion spasmodique de la bouche, ouvrit les yeux vers le ciel ; mais sans doute il ne vit rien : car une sorte de pellicule humide lui voilait le regard. De grosses larmes commençaient à jaillir du coin de ses paupières et à ruisseler sur ses joues et sur son cou ; sa bouche restait tordue; au sifflement étouffé de sa gorge, on comprit qu'il faisait un vain effort pour parler.

— Parle, Pallura ! Qui t'a frappé? Parle, parle !

Il y avait dans ces questions un frémissement de colères, un foisonnement de fureurs, une tempête encore contenue de vengeances. Là haine héréditaire bouillonnait dans toutes les âmes.

— Parle ! Qui t'a frappé? Dis-le-nous ! Dis-le-nous !

L'agonisant ouvrit une seconde fois les yeux ; et, comme on lui tenait les deux mains serrées, ce chaud et vivifiant contact fit peut-être que ses esprits se réveillèrent un instant, que son regard s'éclaira, qu'un balbutiement vague lui monta aux lèvres avec une surabondance d'écume plus sanglante. On ne comprenait pas encore ce qu'il voulait dire. Le silence devint si profond qu'on percevait la respiration haletante de la foule ; et une flamme s'alluma au fond des prunelles, parce que tous les esprits attendaient le même mot.

— Ma… Ma… Ma… scalico…

— Mascalico ! Mascalico ! hurla Giacobbe, toujours penché, l'oreille tendue, prêt à saisir au vol les syllabes affaiblies qui sortiraient de cette bouche de moribond.

Un grondement immense suivit le cri de Giacobbe. Tout d'abord, la foule eut comme un remous confus de tempête. Puis, lorsqu'une voix, dominant le tumulte, eut jeté un appel aux armes, la foule curieuse se dispersa. L'unique pensée qui talonnait tous ces hommes, la pensée soudaine qui avait traversé tous les esprits comme un éclair, c'était d'empoigner la première chose venue pour frapper. Sous la grande clarté fauve du crépuscule, parmi les senteurs électriques qui émanaient de la campagne angoissée, une sorte de fatalité homicide pesait sur toutes les consciences.

IV

Et la phalange armée de faux, de serpes, de haches, de pioches, de fusils, se rassembla sur la place, devant l'église.

Tous criaient :

— Saint Pantaléon !

Don Consolo, épouvanté par le vacarme, s'était réfugié dans une stalle, derrière l'autel. Une bande de fanatiques, sous la conduite de Giacobbe, se rua vers la grande chapelle, força les grilles de bronze et descendit dans la crypte où était conservé le buste du saint. Trois lampes alimentées d'huile d'olive brûlaient doucement, dans l'air humide du sanctuaire ; l'idole chrétienne, derrière une glace, montrait sa tête argentée qui scintillait, au milieu d'un grand disque en forme de soleil ; et les murailles disparaissaient sous la richesse des offrandes.

Quand l'idole, portée sur les épaules de quatre hercules, apparut enfin entre les pilastres du péristyle et s'illumina comme d'une lumière d'aurore, il y eut chez ce peuple impatient un long souffle de passion, un frémissement semblable à une rafale de joie qui aurait volé sur les têtes. Et la colonne se mit en marche, avec l'énorme buste du saint qui oscillait au-dessus de la foule et qui fixait devant lui le regard de ses orbites vides.

Cependant, sur le fond uniforme et blafard du ciel embrasé, des météores passaient par instants avec un sillon de feu ; des groupes de nuages subtils se détachaient des bords de la zone ardente, flottaient paresseusement dans l'espace, et se dissolvaient. En arrière, le pays de Raduse avait l'apparence d'un monticule de cendre sous lequel couverait un brasier, et, en avant, les lointains de la campagne se perdaient dans une pénombre phosphorescente. La grande chanson des grenouilles emplissait la solitude de ses sonorités.

Sur la route de la rivière, la charrette de Pallura mit obstacle à la marche. Elle était vide, mais elle gardait encore en plusieurs endroits des traces de sang. De subites imprécations de colère rompirent le silence. Giacobbe cria :

— Mettons-y le saint !

Et le buste, posé sur les banquettes, fut traîné à force de bras vers le gué. La procession guerrière traversa ainsi le finage. Sur les rangs serrés couraient des éclairs métalliques ; la rivière envahie dardait des jets de feu, et, rouge comme un torrent de lave, flamboyait entre les peupliers, là-bas, près des tours quadrangulaires. Sur une petite hauteur on apercevait Mascalico endormi dans un bosquet d'oliviers. On entendait çà et là des aboiements de chiens se répondant avec une persistance furieuse. A la sortie du gué, la colonne abandonna le grand chemin, coupa en ligne droite à travers champs, précipita sa marche. Les porteurs avaient repris sur leurs épaules le buste d'argent, qui se dressait au-dessus des têtes, parmi les blés hauts, odorants, constellés de lucioles.

Tout à coup, un berger qui gardait les moissons dans sa cabane de paille fut saisi d'une terreur folle en apercevant tout ce peuple armé, et il s'enfuit vers la colline en hurlant à tue-tête :

— Au secours ! Au secours !

Ses cris faisaient écho dans les oliviers.

Alors les hommes de Raduse s'élancèrent en avant. Entre les troncs d'arbres, entre les roseaux secs, le saint d'argent chancelait, rendait des tintements sonores en se heurtant aux branches, et, sur le point de choir, s'illuminait de gerbes d'éclairs. Dix, douze, vingt coups de fusil, dans une lueur de foudre, tombèrent comme une grêle cinglante sur les maisons closes. On entendit le cliquetis des balles ; puis des exclamations ; puis on entendit un soulèvement tumultueux ; des portes s'ouvrirent, d'autres se fermèrent ; il y eut des fracassements de vitres ; il y eut des vases de fleurs qui se brisèrent en morceaux sur la chaussée. Derrière la troupe des assaillants, la fumée blanche montait dans l'air tranquille et faisait une tache sur l'incandescence du ciel. Inconscients, emportés par une fureur bestiale, tous criaient :

— A mort ! A mort !

Un groupe de fanatiques formait une garde autour de saint Pantaléon, et, parmi les faux tournoyantes et les serpes brandies, ils proféraient d'atroces injures contre saint Gonzalve :

— Le gueux ! Le voleur ! Nos cierges ! Nos cierges !

D'autres groupes donnaient l'assaut aux portes des maisons, les enfonçaient à coups de hache. Et, lorsque les portes sautaient de leurs gonds et tombaient en éclats, les partisans de saint Pantaléon se ruaient à l'intérieur en hurlant, pour massacrer. Les femmes se réfugiaient dans les coins, demi-nues, demandant grâce ; pour se défendre contre les coups, elles prenaient les armes à pleines mains et se coupaient les doigts ; puis elles roulaient tout de leur long sur le plancher, parmi des monceaux de draps et de couvertures où s'écrasaient leurs chairs molles.

De haute taille, agile, fauve comme un kangourou, Giacobbe, qui dirigeait l'attaque s'arrêtait à chaque minute pour faire par-dessus les têtes, avec une grande faux à foin, des gestes de commandement. Puis il s'élançait en avant, intrépide, sans chapeau, pour la gloire de saint Pantaléon. Plus de trente hommes le suivaient, et ils avaient tous la sensation confuse et obtuse de marcher au milieu d'un incendie, sur un terrain mouvant, sous une voûte brûlante qui allait s'écrouler.

Mais bientôt les défenseurs accoururent de toutes parts : des hommes robustes, bronzés comme des mulâtres, sanguinaires, qui se battaient avec de longs couteaux à loquet et qui visaient au ventre et à la gorge, en accompagnant chaque coup de cris gutturaux. Peu à peu la mêlée reculait vers l'église. Déjà les flammes éclataient aux toits de deux ou trois maisons. Une troupe de femmes et d'enfants s'enfuyait à toutes jambes entre les oliviers, les yeux aveuglés par la terreur panique.

Alors, débarrassés des larmes et des lamentations, les hommes engagèrent la lutte corps à corps avec plus de férocité. Sous le ciel couleur de rouille, le sol se jonchait de cadavres. La mort coupait les outrages aux dents de ceux qui succombaient, et, dans le tumulte, on continuait à entendre le cri répété des Radusiens :

— Nos cierges ! Nos cierges !

Mais la porte de l'église résistait, énorme, en cœur de chêne étoilé de clous. Les gens de Mascalico lui faisaient un rempart contre les heurts et contre les haches. Le saint d'argent, impassible en sa blancheur, oscillait au plus fort de la mêlée, toujours porté sur les

taient en lions et faisaient des prodiges sur les degrés de pierre, Giacobbe, s'éclipsant sans qu'on s'en aperçût, tourna autour de l'église, pour découvrir un passage non défendu qui

LES PORTEURS AVAIENT REPRIS LE BUSTE D'ARGENT.

épaules des quatre hercules qui, sanglants des pieds à la tête, s'obstinaient à rester debout. Le vœu suprême des assaillants, c'était d'installer leur idole sur l'autel de l'ennemi.

Or, tandis que les gens de Mascalico se bat-

donnerait accès dans le sanctuaire. Il remarqua une baie peu élevée au-dessus du sol, y grimpa, se trouva d'abord arrêté par les hanches dans l'ouverture trop étroite; mais il se démena si bien qu'il réussit à faire glisser son long corps par le trou. Le cordial parfum de l'encens flottait dans la solitude de la demeure divine. Lui, dans l'ombre, à tâtons, guidé par le tapage de la bagarre extérieure, trébuchant contre les chaises, se cognant le visage et les mains, marcha vers la porte. Déjà les haches furieuses attaquaient le cœur de chêne avec un résonnement sourd. Il saisit un morceau de fer et se mit à forcer les serrures, haletant, suffoqué par une angoisse palpitante qui diminuait ses forces, avec des éblouissements dans les yeux, avec des blessures qui l'endolorissaient et qui lui baignaient la peau d'une coulée tiède.

— Saint Pantaléon ! Saint Pantaléon !

C'étaient les cris des assaillants qui, du dehors, sentaient la porte céder peu à peu et redoublaient les poussées et les coups de hache.

A travers le bois de la porte, Giacobbe entendait la chute lourde des corps qui s'abattaient, le coup sec du couteau qui clouait un homme par les reins. Et dans cette âme sauvage s'allumait un grand sentiment, pareil à l'exaltation divine du héros qui sauve sa patrie.

V

Après un dernier effort, la porte céda. Les Radusiens se précipitèrent avec un immense hurlement de victoire, foulant aux pieds les cadavres, traînant leur saint d'argent vers l'autel. Une réverbération de lueurs mobiles avait envahi subitement l'obscurité de la nef, faisait étinceler en l'air l'or des candélabres et les tuyaux de l'orgue. Une seconde bataille s'engagea dans l'église, sous cette clarté roussâtre qui s'allumait et s'éteignait tour à tour au gré de l'incendie qui dévorait les maisons voisines. Les corps enlacés culbutaient sur les dalles, ne lâchaient plus prise, roulaient ensemble dans des étreintes de rage, se heurtaient de tous côtés et agonisaient sous les banquettes, sur les marches des chapelles, dans les coins des confessionnaux. Les voûtes recueillies de la maison divine répercutaient distinctement le bruit glacial du fer qui pénètre dans les muscles ou qui glisse sur les os, le gémissement bref et coupé de l'homme atteint dans un organe vital, le craquement de la boîte crâniennne lorsqu'elle se brise sous le choc, le rugissement de celui qui ne veut pas mourir, le rire atroce de celui qui réussit à tuer. Et un doux parfum d'encens évaporé flottait sur ce carnage.

Mais un cercle d'ennemis défendait l'approche de l'autel, et l'idole d'argent n'avait pas encore eu la gloire d'y parvenir. Giacobbe se battait avec sa faux, couvert de blessures, sans céder un pouce du degré qu'il avait été le premier à conquérir. Le saint n'avait plus que deux porteurs, et son énorme tête d'argent vacillait, avec d'étranges titubations de masque aviné. Les hommes de Mascalico avaient la fureur du désespoir.

Alors il advint que saint Pantaléon dégringola sur les dalles, avec un tintement clair et sonore. Et, comme Giacobbe s'élançait pour le relever, un grand diable d'homme fit choir le combattant d'un coup de serpe sur l'échine. Deux fois Giacobbe se remit sur pieds ; mais deux nouveaux coups le rejetèrent à bas. Il avait la face, la poitrine et les mains inondées de sang, et, malgré tout, il s'obstinait à lutter encore. Cette terrible opiniâtreté vitale exaspéra les ennemis ; trois, quatre, cinq bouviers furieux le frappèrent ensemble au ventre, lui firent sortir les entrailles. Le fanatique tomba à la renverse, frappa de la nuque le buste d'argent, eut un soubresaut pour se retourner sur le ventre, retomba la face contre le métal, les bras étendus en avant, les jambes raidies.

Saint Pantaléon était perdu.

LE HÉROS[1]

Déjà les grands étendards de saint Gonzalve étaient sortis sur la place et se balançaient pesamment en l'air, soutenus par le poing d'hommes taillés en hercules, au teint hâlé, au cou gonflé de force, qui se faisaient un jeu de les porter.

Depuis la victoire gagnée sur les Radusiens, la population de Mascalico célébrait la fête de septembre avec une magnificence nouvelle. Les âmes brûlaient d'une merveilleuse ardeur de dévotion. Le pays tout entier faisait hommage à son patron des richesses de la récolte récente. Dans les rues, les femmes avaient tendu d'une fenêtre à l'autre leurs courtepointes nuptiales. Les hommes avaient enguirlandé de verdure les baies des portes et tapissé de fleurs le seuil des maisons. Comme la brise soufflait, il y avait dans les rues un ondoiement immense, qui éblouissait et enivrait la foule.

La procession continuait à se dérouler sous le porche de l'église et à s'allonger sur la place.

Devant l'autel où était tombé saint Pantaléon, huit hommes, les privilégiés, attendaient le moment d'enlever la statue de saint Gonzalve. Ils s'appelaient Giovanni Curo, l'Ummalido Mattala, Vinzenzio Guanno, Rocco de Céuzo, Benedetto Galante, Biagio de Clisci, Giovanni Senzapaura. Ils se tenaient debout, silencieux, gênés par la dignité de leur fonction, avec les idées un peu brouillées dans la tête. Ils étaient extrêmement robustes ; ils avaient dans les yeux une flamme de fanatisme ; ils portaient aux oreilles deux cercles d'or, comme les femmes. De temps à autre, ils se palpaient les poignets et les biceps, comme pour en mesurer la vigueur, ou ils échangeaient entre eux un sourire dérobé.

La statue du patron, en bronze creux, noirâtre, avec une tête et des mains d'argent, était énorme et très pesante.

Mattala dit :

— Y sommes-nous?

Autour d'eux, on se bousculait pour voir. Les verrières de l'église bruissaient à chaque

1. Écrit en juillet 1884 : publié dans *San Pantaleone*, 1886.

coup de vent. La nef s'emplissait d'une fumée d'encens et de benjoin. Tour à tour, on entendait et on cessait d'entendre les sons de la musique. Dans ce brouhaha dévot, une sorte d'exaltation aveugle grandissait au cœur des huit hommes. Ils étaient prêts ; il tendirent les bras.

Mattala dit :

— Un !... Deux !... Trois !...

Et ils combinèrent leur effort pour enlever de l'autel la statue du saint. Mais le poids était excessif, et la statue manqua de chavirer à gauche. Les hommes n'avaient pas encore pu disposer leurs mains autour de la base, de façon à empaumer solidement. Ils s'arc-boutaient, en tâchant de résister. Mais Biagio de Clisci et Giovanni Curo, moins adroits, lâchèrent tout, et la statue s'inclina de leur côté avec violence. L'Ummalido poussa un cri.

— Prenez garde, prenez garde ! vociférait la foule autour d'eux, à la vue du saint en péril.

Le grand vacarme qui venait de la place empêchait d'entendre les voix.

L'Ummalido était tombé à genoux, la main droite prise sous le bronze. Dans cette position, sans se relever, il tenait les yeux fixés sur sa main prisonnière, des yeux dilatés, pleins d'épouvante et de douleur ; mais il ne criait plus. Quelques gouttes de sang avaient éclaboussé l'autel.

Une seconde fois, ses camarades firent effort, tous ensemble, pour soulever la masse écrasante. Ce n'était pas chose facile. Dans l'angoisse de la souffrance l'Ummalido tordait la bouche ; et, à ce spectacle, les femmes frissonnaient.

Enfin on réussit à soulever la statue ; et l'Ummalido put retirer sa main broyée, sanglante, n'ayant plus de forme.

— Va-t'en chez toi ! V'a-t'en chez toi ! lui criait-on en le poussant vers la porte de l'église.

Une femme ôta son tablier et le lui offrit pour s'en faire un bandage. L'Ummalido refusa. Il ne disait rien ; il regardait un groupe d'hommes en train de gesticuler autour de la statue et de se disputer.

— C'est à moi que cela revient !

— Non ! C'est à moi !

— Non, non ! C'est à moi !

Cicco Ponno, Mattia Scafarola et Tommaso de Clisci étaient en concurrence pour remplacer l'Ummalido dans la fonction de huitième porteur.

L'Ummalido s'approcha des hommes qui se disputaient. Sa main broyée pendait le long de son flanc et, avec l'autre main, il s'ouvrait un passage.

Il dit simplement :

— La place m'appartient.

Et il avança l'épaule pour soutenir le patron de la paroisse. Il serrait les dents, réprimant sa douleur avec une volonté farouche.

Mattala lui demanda :

— Que veux-tu faire?

Il répondit :

— Je ferai ce qu'il plaira à saint Gonzalve.

Et il se mit en marche avec les autres.

La foule le regardait passer, stupéfaite.

A chaque instant, quelqu'un, voyant la blessure dégouttante de sang et déjà noirâtre, lui demandait au passage :

— Qu'as-tu donc, l'Ummalido?

Il ne répondait pas. Il marchait devant lui, gravement, mesurant son pas sur le rythme de la musique, avec un peu de confusion dans les idées, sous les amples courtepointes qui battaient au vent, parmi la cohue de plus en plus compacte.

Dans un carrefour, il tomba tout à coup. Le Saint s'arrêta un moment, oscilla au milieu d'une bousculade momentanée, puis se remit en marche. Mattia Scafarola prit la place restée vide. Deux parents relevèrent l'homme évanoui et le portèrent dans une maison voisine.

Anna de Céuzo, vieille femme habile dans l'art de soigner les blessures, regarda le membre informe et sanglant, puis secoua la tête.

— Je n'y peux rien, dit-elle.

Son art ne lui fournissait aucune ressource pour un cas de cette sorte.

L'Ummalido, qui venait de recouvrer ses esprits, n'ouvrit pas la bouche. Assis, il contemplait tranquillement sa blessure. Sa main pendait, les os broyés, perdue sans remède.

Deux ou trois vieux paysans vinrent voir le blessé. Chacun d'eux, par le geste ou par la parole, exprima le même sentiment.

L'Ummalido demanda :

— Qui a porté le Saint?

Ils répondirent :

— C'est Mattia Scafarola.

Il demanda encore :

— Que fait-on, à cette heure ?

Ils répondirent :

— On chante les vêpres en musique.

Les paysans lui dirent adieu et partirent aux vêpres. Un grand carillon arrivait de l'église paroissiale.

Un parent plaça auprès du blessé un seau d'eau fraîche et lui dit :

— Baignes-y ta main. Nous reviendrons un peu plus tard. Nous allons entendre les vêpres.

L'Ummalido resta seul. Le carillon devenait plus fort et plus rapide. La lumière du jour commençait à décroître. Un olivier, tourmenté par le vent, battait de ses rameaux la fenêtre basse.

L'Ummalido, toujours assis, commença à plonger sa main, progressivement. A mesure que le sang et les caillots tombaient, le désastre apparaissait plus affreux.

L'Ummalido pensa :

— Tout est inutile. La main est perdue. Saint Gonzalve, je te l'offre.

Il prit un couteau et sortit de la maison. Les rues étaient désertes. Tous les dévots s'étaient rendus à l'église. Au-dessus des toits couraient les nuages violacés des crépuscules de septembre, ces nuages qui ont des figures de bêtes.

Dans l'église, au son des instruments, la foule entassée chantait en chœur, à des intervalles réguliers. Une chaleur intense se dégageait des corps humains et de la flamme des cierges. La tête d'argent de saint Gonzalve scintillait en l'air comme un phare.

L'Ummalido entra. Au milieu de la stupéfaction générale, il s'achemina jusqu'à l'autel. Là, d'une voix claire, en tenant le couteau dans la main gauche, il prononça :

— Saint Gonzalve, je te l'offre.

Et il se mit à tailler autour du poignet droit, lentement, sous les yeux de tout le peuple qui frissonnait d'horreur. Peu à peu, la main informe se détachait, dans un flot de sang. Une seconde, elle resta suspendue par les dernières fibres ; puis elle tomba dans le plateau de cuivre placé aux pieds du patron pour recueillir les dons pécuniaires.

Alors l'Ummalido releva son moignon sanglant et répéta d'une voix claire :

— Saint Gonzalve, je te l'offre.

ANNALES D'ANNE[1]

I

Luc Minella, né en 1789, à Ortone, dans une des maisons de Porte Caldare, fut matelot. Très jeune encore, il navigua pendant quelque temps entre la rade d'Ortone et les ports de la Dalmatie, sur le lougre *Santa Liberata*, qui transportait des bois, du blé et des fruits secs. Puis l'envie lui vint de changer de patron ; il se mit au service de Don Roch Panzavacante, se réembarqua sur une tartane et fit pour le commerce des oranges et des citrons maints voyages au promontoire de Rote, qui est une grande et délicieuse éminence sur la côte italique, toute couverte d'une forêt d'orangers et de citronniers.

Vers l'âge de vingt-sept ans, il s'enflamma d'amour pour Françoise Nobile, qu'il épousa quelques mois plus tard.

Luc était un homme de petite taille, trapu, avec une douce barbe blonde autour d'un visage coloré ; et il portait aux oreilles des cercles d'or, ainsi que les femmes. Il aimait le vin et le tabac ; il professait une ardente dévotion pour saint Thomas apôtre ; et, parce qu'il était superstitieux de nature et enclin à l'étonnement, il racontait d'étranges et merveilleuses aventures arrivées dans les pays d'outre-mer et parlait des populations dalmates et des îles de l'Adriatique comme de tribus et de terres très voisines du pôle.

Françoise était une femme d'une jeunesse déjà mûre, avec la carnation fleurie et la mollesse de traits qu'ont les femmes d'Ortone. Elle aimait l'église, les exercices religieux, les pompes du culte, la musique des triduums ; elle vivait avec une grande simplicité de mœurs ; et, comme elle avait l'intelligence faible, elle croyait les choses les plus incroyables et louait en toute occasion le Seigneur.

Anne naquit de leur mariage, et ce fut au mois de juin 1817. Comme l'accouchement était difficile et qu'on craignait un malheur, le sacrement du baptême fut administré sur le ventre de la mère, avant que l'enfant eût vu le jour. Après un long travail, la délivrance s'accomplit. La créature but le lait au sein maternel et grandit en santé et en joie. Vers le soir, lorsque la tartane devait revenir de Rote avec un chargement, Françoise descendait à la Marine, son nourrisson sur les bras ; et Luc, en débarquant, avait la chemise tout embaumée par les fruits du Midi. Quand ils remontaient ensemble vers la ville haute, ils s'arrêtaient un moment à l'église et s'y agenouillaient. Dans les chapelles brûlaient déjà les lampes votives ; et au fond, derrière les sept grilles de bronze, le buste de l'apôtre luisait comme un trésor. Leurs prières appelaient la bénédiction céleste sur la tête

1. Écrit en mai 1885 : publié dans *San Pantaleone*, 1886.

de leur fille. A la sortie, lorsque la mère mouillait le front d'Anne avec l'eau du bénitier, les cris enfantins se répercutaient longuement sous les nefs, sonores comme de grandes conques d'un métal pur.

L'enfance d'Anne s'écoulait doucement, sans aucun épisode notable. Au mois de mai 1823, costumée en chérubin, avec une couronne de roses et un voile blanc, elle suivit la procession, confondue parmi le chœur des anges, en tenant un petit cierge dans la main. A l'église, Françoise voulut la soulever dans ses bras pour lui faire baiser le saint protecteur. Mais, à cause de la poussée que faisaient les autres mères portant les autres chérubins, un des

LUC.

cierges mit le feu au voile d'Anne e la flamme enveloppa soudain ce corps tendre. La peur propagea dans la foule une bousculade, et chacun s'efforçait d'être le premier à sortir. Malgré la terreur qui lui paralysait presque les mains, Françoise réussit à arracher les vêtements enflammés ; elle serra contre sa poitrine la fillette nue et évanouie, et, en s'élançant à la suite des fuyards, elle invoquait avec de grands cris le nom de Jésus.

Anne fut longtemps et dangereusement malade de ses brûlures. Étendue dans le lit, avec sa mignonne figure blême, silencieuse comme si elle était devenue muette, elle avait dans ses grands yeux ouverts et fixes une expression d'inconsciente stupeur plutôt que de souffrance. Depuis cette époque, toute commotion trop vive lui donnait une crise nerveuse.

Lorsque le temp était doux, la famille descendait au bateau, pour le repas du soir. Françoise allumait le feu sous la tente et faisait cuire les poissons ; l'appétissante odeur des aliments se répandait le long du Môle, mêlée au parfum venu des bosquets de la villa Onofrii. La mer s'étendait devant les dîneurs, si calme qu'on entendait à peine le ressac entre les roches ; et l'air était si limpide qu'on apercevait dans l'éloignement la pointe de Saint-Vit, avec l'entassement de ses maisons. Luc se mettait à chanter avec les camarades ; Anne s'occupait à aider sa mère. Après le repas, lorsque la lune montait dans le ciel, les matelots appareillaient pour prendre le large. Et c'était alors que Luc, échauffé par le vin et la nourriture, repris par le besoin instinctif de récits merveilleux, commençait à parler des lointains rivages. — Il y avait au delà de Rote une montagne tout habitée par des singes et par des *hommes de l'Inde*, très haute, avec des plantes qui produisaient des pierres précieuses... — Sa femme t sa fille l'écoutaient en silence, étonnées. Puis les voiles se déployaient le long des mâts, lentement, toutes marquées de figures noires et de symboles religieux, pareilles à de vieux étendards. Et Luc s'en allait.

En février 1826, Françoise accoucha d'un enfant mort.

Au printemps de 1830, Luc voulut conduire Anne au promontoire. Elle entrait alors dans l'adolescence. Le voyage fut heureux. Ils rencontrèrent au large un navire marchand, un grand navire qui faisait route à force de voiles, d'immenses voiles blanches. Les dauphins nageaient dans le sillage ; tout autour, l'eau, mollement agitée, scintillait, comme s'il eût flotté à la surface des tapis de plumes de paon. Anne suivit longuement, avec des yeux pleins de stupeur, le navire qui fuyait dans le lointain. Et puis une sorte de nuage azuré s'éleva sur la ligne de l'horizon : c'était la montagne aux doux fruits. Les côtes de la Pouille se dessinaient peu à peu sous le soleil. Le parfum des oranges commençait à se répandre dans l'air plein d'allégresse. En descendant à terre, Anne fut saisie d'une joie profonde, et elle se mit à regarder curieusement les plantations et les gens du pays. Son père l'emmena chez une femme qui n'était plus jeune et qui bégayait un peu en parlant. Ils y demeurèrent deux jours. Une fois, Anne vit son père baiser leur hôtesse sur la bouche ; mais elle ne comprit pas. Au retour, la tartane était chargée d'oranges, et la mer était toujours calme.

Anne conserva de ce voyage un souvenir qui ressemblait à un songe. Et, comme elle était naturellement taciturne, elle raconta peu de chose à ses compagnes qui la pressaient de questions.

II

La même année, au mois de mai, l'archevêque d'Orsogne assista aux fêtes de l'Apôtre. L'église était toute tendue de draperies rouges et de feuillages d'or ; devant les grilles de bronze brûlaient onze lampes d'argent, que les orfèvres avaient ouvragées par dévotion ; et, tous les soirs, l'orchestre jouait un oratorio solennel, avec un beau chœur de voix angéliques. Le samedi, on devait exposer le buste de l'Apôtre. Les pèlerins arrivaient de toutes parts, du littoral et de l'intérieur ; ils gravissaient la côte en chantant et en portant à la main leurs offrandes, devant l'immensité de la mer.

Le vendredi, Anne fit sa première communion. L'archevêque était un vieillard vénérable et doux ; lorsqu'il élevait la main pour bénir, l'améthyste de son anneau pastoral resplendissait, pareille à un œil divin. A peine Anne eut-elle senti sur sa langue l'hostie eucharistique, sa vue se troubla, parce qu'un flot soudain de bonheur avait inondé ses cheveux, suave comme un bain tiède et parfumé. Un murmure courait derrière elle dans la foule ; et, à côté d'elle, d'autres jeunes vierges recevaient le sacrement, la face penchée sur la marche de l'autel avec une grande componction.

Le soir de ce jour, Françoise voulut, selon la coutume des fidèles, dormir sur le pavé de la basilique, en attendant l'exposition matinale du saint. Elle était enceinte de sept mois et très fatiguée par sa grossesse. Les pèlerins gisaient amoncelés sur les dalles ; leurs corps exhalaient une chaleur qui montait dans l'air. Par moments, quelques paroles confuses s'échappaient d'une bouche, dans l'inconscience du sommeil ; les petites flammes tremblaient et se reflétaient sur l'huile des lampes suspendues entre les arceaux ; et, dans le vide des larges portes ouvertes, la nuit printanière scintillait d'étoiles.

Françoise fut deux heures sans pouvoir dormir, parce que les exhalaisons des dormeurs lui donnaient la nausée. Mais, résolue à persister et à souffrir pour le bien de son âme, elle finit par céder à la fatigue et courba la tête. Vers l'aube, elle se réveilla. L'impatience de l'attente croissait dans l'âme des assistants, et les nouveaux venus augmentaient la presse. Tous brûlaient du désir d'être les premiers à voir l'Apôtre. On ouvrit la grille extérieure, et le clair grincement des gonds résonna dans le silence, se répercuta dans tous les cœurs. On ouvrit la seconde grille, puis la troisième puis la quatrième, la cinquième, la sixième, la dernière. Et alors

ce fut comme si une trombe d'ouragan s'était abattue sur la foule. Les hommes se précipitèrent en masse vers le tabernacle ; des cris aigus jaillirent dans l'air ébranlé par la poussée ; dix, quinze personnes succombèrent à l'écrasement et à l'étouffement. Une prière tumultueuse monta.

Les morts furent tirés hors de l'église. Le cadavre de Françoise, contus et livide, fut rapporté à sa famille. Beaucoup de curieux se pressèrent pour le voir, et les parents gémissaient de compassion.

Lorsque Anne aperçut sa mère étendue sur le lit, le visage tout violacé et souillé de sang, elle tomba par terre sans connaissance. Ensuite pendant plusieurs mois, elle fut tourmentée par des accès de mal caduc.

III

Dans l'été de 1835, Luc partit pour un port de la Grèce, sur le lougre *Trinité* appartenant à Jean Camaccióne. Comme il avait dans l'esprit une secrète intention, il vendit son mobilier avant de prendre la mer, et il pria ses parents de recueillir Anne chez eux jusqu'à son retour. Au bout de quelque temps, le lougre, après avoir fait escale à la baie de Rote, revint avec une cargaison de figues sèches et de raisin de Corinthe. Luc ne faisait plus partie de l'équipage, et le bruit courut qu'il était resté au pays des oranges avec une femme amoureuse.

Anne se rappela l'hôtesse bégayante de jadis. Alors une grande tristesse descendit sur sa vie. La maison de ses parents était située au bas de la rue Orientale, dans le voisinage du Môle. Les matelots y venaient boire dans une chambre basse, où leurs chansons retentissaient presque tout le jour parmi la fumée des pipes. Elle passait au milieu des buveurs en portant les carafes pleines ; et son premier instinct de pudeur s'éveillait à ce contact continuel, à cette incessante communion de vie avec des hommes brutaux. A tout moment elle était obligée de subir les plaisanteries malhonnêtes, les rires cruels, les gestes équivoques, la méchanceté des équipages aigris par les fatigues de la navigation. Elle n'osait pas se plaindre, parce qu'elle mangeait son pain dans la maison des autres. Mais ce supplice de toutes les heures l'hébétait : une imbécillité lourde opprimait peu à peu son intelligence affaiblie.

Par une inclination naturelle de son cœur, elle aimait les animaux. Il y avait un âne très vieux, relégué sous un hangar de chaume et d'argile, derrière la maison. Chaque jour, le paisible quadrupède apportait de Saint-Apollinaire au cabaret des charges de vin ; et, quoique ses dents commençassent à jaunir et ses sabots à s'exfolier, quoique son cuir fût déjà racorni et n'eût presque plus de poils, parfois encore, à l'aspect d'un bouquet de chardons, il redressait les oreilles et se mettait à braire allégrement, dans une attitude juvénile.

Anne emplissait le ratelier de fourrage et l'abreuvoir d'eau. Lorsque la chaleur était forte, elle venait se mettre à l'ombre sous le hangar. L'âne triturait les brins de paille sous ses mâchoires laborieuses ; et elle, avec un rameau feuillu, faisait œuvre de charité en lui débarrassant l'échine des mouches importunes. De temps à autre, l'âne tournait sa tête oreillarde, avec un plissement mou des lèvres, qui découvrait ses gencives, dans un rougeâtre sourire animalesque de gratitude, avec un mouvement oblique de l'œil dans l'orbite, qui découvrait le globe jaunâtre et veiné de bleu comme une vésicule de fiel. Les mouches tourbillonnaient sur le fumier avec un bourdonnement lourd ; ni de la terre ni de la mer ne venait aucun bruit, aucune voix ; et alors l'âme de la jeune fille s'emplissait d'une vague sensation de paix.

En avril 1842, Pantaléon, l'homme qui conduisait l'âne au voyage quotidien, mourut d'un coup de couteau. Dès lors, Anne fut chargée de cette fonction. Elle partait au petit jour et rentrait vers midi ; ou bien elle partait vers midi et rentrait à la nuit tombante. La route contournait une colline ensoleillée, couverte d'olivaies, descendait dans un terrain mis en pâture et remontait à travers un vignoble jusqu'aux fermes de Saint-Apollinaire. L'âne marchait devant, les oreilles basses, avec peine ; une frange verte, tout usée et déteinte, lui battait les côtes et les cuisses ; sur le bât luisaient quelques morceaux de lames de laiton.

Lorsque l'animal s'arrêtait pour reprendre haleine, Anne lui donnait sur le cou de petites tapes caressantes et l'excitait de la voix : car elle avait pitié de cette décrépitude. A tout moment, elle arrachait aux haies une poignée de feuilles qu'elle lui tendait, pour le réconforter ; et elle avait un attendrissement lorsqu'elle sentait sur la paume de sa main le mouvement mou des lèvres qui recevaient l'offrande. Les haies étaient fleuries, et les fleurs des épines blanches exhalaient une odeur d'amandes amères.

Sur la lisière de l'olivaie était une grande citerne et, près de la citerne, un long conduit de pierre où les vaches venaient s'abreuver. Tous les jours Anne faisait halte en cet endroit : l'âne et elle s'y désaltéraient avant de continuer leur route. Une fois, elle y rencontra le vacher, qui était natif de Toffo, et qui avait le regard un peu de travers

et la bouche en bec de lièvre. L'homme lui dit bonjour, et ils se mirent à causer ensemble des pâturages et de l'eau, puis des sanctuaires et des miracles. Anne écoutait avec bénignité et avec de fréquents sourires. Elle était maigre et blanche ; elle avait des yeux très limpides, une bouche trop grande, des cheveux châtains relevés sans raie en arrière. On voyait sur son cou les cicatrices rougeâtres des brûlures et le battement continuel des artères palpitantes.

A partir de ce jour, les entretiens se renouvelèrent. Les vaches étaient éparses dans l'herbe, et les unes ruminaient, couchées, les autres paissaient debout. Ces mouvantes formes pacifiques augmentaient la tranquillité de la solitude pastorale. Anne, assise sur le bord de la citerne, raisonnait avec simplicité ; et l'homme au bec de lièvre semblait épris d'amour. Une fois, par une refloraison soudaine et spontanée du souvenir, elle lui raconta la navigation à la montagne de Rote ; et, comme l'éloignement du temps induisait sa mémoire en erreur, elle disait avec un accent de vérité des choses merveilleuses. Ébahi, l'homme écoutait sans battre des paupières. Lorsqu'elle se tut, le silence et la solitude d'alentour parurent à tous deux plus profonds, et ils restèrent pensifs. Les vaches, guidées par l'habitude, venaient à l'abreuvoir ; et le groupe des pis ballottait entre leurs jambes, gonflé de lait par la pâture. Lorsqu'elles avançaient le museau dans le conduit, l'eau diminuait sous leurs aspirations lentes et régulières.

IV

Dans les derniers jours de juin, l'âne tomba malade. Depuis près d'une semaine, il ne prenait plus ni nourriture ni boisson. Les voyages furent interrompus. Un matin, en descendant au hangar, Anne vit la bête toute repliée sur la litière, dans un affaissement pitoyable. Une toux rauque et opiniâtre secouait de temps à autre cette grande carcasse mal recouverte de cuir ; au-dessus des yeux s'étaient formées deux cavités profondes, pareilles à des orbites vides ; et les yeux ressemblaient à de grosses ampoules pleines de pus. Lorsque l'animal entendit la voix d'Anne, il essaya de se relever ; mais son corps vacillait sur ses jambes, son cou retombait de ses épaules saillantes, ses oreilles pendillaient avec des mouvements involontaires et désordonnés de jouet énorme qui serait disloqué aux jointures. Un liquide muqueux lui coulait des narines en filaments qui s'allongeaient parfois jusqu'aux genoux. Les taches dénudées du milieu du poil avaient une couleur bleuâtre et incertaine d'ardoise. Les blessures éparses sur le garot saignaient.

A ce spectacle, Anne sentit son cœur se serrer d'une angoisse compatissante ; et comme, tant par nature que par habitude, elle n'éprouvait aucune répugnance physique au hésitait, secoué par les sursauts d'une nouvelle quinte ; puis il finit par se mettre en marche sur la pente douce qui descendait au rivage. En face, dans la nativité du jour, les eaux blanchissaient ; et, du côté de la Penna, des calfats goudronnaient une carène. Lors-

ANNE, ASSISE SUR LE BORD DE LA CITERNE, RAISONNAIT AVEC SIMPLICITÉ.

contact de la matière immonde, elle s'approcha pour toucher l'animal. Elle lui soulevait d'une main la mâchoire inférieure, de l'autre l'épaule ; et elle essayait ainsi de lui faire avancer les pattes, dans l'espoir que l'exercice aurait quelque vertu salutaire. D'abord l'âne que Anne lui ôta l'appui de ses mains et tira la corde du licou, l'âne manqua des pieds de devant et s'abattit comme une masse. La grande machine osseuse eut un craquement intérieur de rupture ; la peau du ventre et des flancs résonna sourdement et palpita ; les jambes firent le geste de courir ; un peu de sang sortit des gencives heurtées et se répandit entre ses dents.

Alors Anne se mit à crier, en courant vers la maison. Mais les calfats étaient survenus, et, à l'aspect de l'âne gisant, ils riaient et plaisantaient. Un d'eux frappa du pied le ventre du moribond. Un autre l'empoigna par les oreilles, lui souleva la tête et le laissa re-

gnes, supportant les vexations avec beaucoup de patience chrétienne. En 1845, elle eut un violent retour de mal caduc ; quelques mois plus tard, les accès disparurent. A cette époque, la foi religieuse devint en elle plus profonde et plus ardente. Tous les matins et tous les soirs, elle montait à la basilique ; et elle avait coutume de s'agenouiller dans un coin obscur, derrière un grand pilier de marbre sur lequel un bas-relief d'un grossier travail figurait la fuite de la Sainte Famille en Égypte. Peut-être, d'abord, avait-elle choisi ce coin par sympathie pour le petit âne docile qui transportait vers les pays idolâtres l'enfant Jésus et sa Mère. Quand elle avait plié les genoux dans l'ombre, une quiétude d'amour lui descendait sur l'âme ; et la prière s'épanchait purement de son cœur comme d'une source naturelle : car elle priait, non par espérance d'obtenir des biens dans la vie terrestre, mais par aveugle volupté d'adoration. Chez elle, le désir d'un état meilleur, cet universel désir des hommes, était allé s'éteignant à mesure que son intelligence décroissait et que l'habitude de sa condition simplifiait les besoins de son être. Elle priait, la tête penchée sur une chaise ; et, comme les fidèles, en entrant et en sortant, allongeaient la main vers le bénitier et faisaient le signe de la croix, il lui arrivait de tressaillir lorsqu'elle sentait sur ses cheveux tomber une goutte d'eau bénite.

tomber pesamment sur le sol. Les yeux de la bête se fermèrent ; quelques frissons parcoururent le ventre, dans la blancheur du poil dont ils ouvrirent les épis comme un souffle ; une des jambes de derrière battit deux ou trois fois dans le vide. Puis tout s'immobilisa, si ce n'est que l'épaule, où il y avait une ulcération, fut prise d'un tremblement léger, pareil au tremblement volontaire que provoquait naguère dans la chair vivante l'importunité d'un insecte. Quand Anne revint, elle trouva les calfats en train de tirer la charogne par la queue et de chanter un *Requiem* avec des voix d'âne qui brait.

Cela fit qu'Anne se trouva dans la solitude. Longtemps encore elle vécut chez ses parents, et elle s'y fana, employée à d'humbles beso-

V

La première fois qu'Anne vint à Pescaire, ce fut en 1851, pour la fête du Rosaire, qui se célèbre le premier dimanche d'octobre. Afin d'accomplir un vœu, elle partit à pied d'Ortone avec un petit cœur d'argent enveloppé dans un foulard de soie. Elle s'achemina religieusement le long de la mer : car, à cette époque, la route provinciale n'était pas encore ouverte, et un bois de pins occupait une large étendue de terres vierges. La journée paraissait belle, malgré les houles marines qui grandissaient et les vapeurs en forme de trombes qui montaient à l'extrême horizon. Anne s'avançait, absorbée dans des pensées pieuses. Sur le soir, comme elle était au lieu appelé les Salines, tout à coup la pluie tomba, d'abord doucement, puis en grande abondance ; de sorte que, ne pouvant trouver aucun abri aux environs, elle eut les vêtements tout trempés. Plus loin, l'eau coulait dans le lit de l'Alento, et, pour passer à gué, elle ôta ses chaussures. Dans le voisinage de Villelongue, la pluie cessa ; le bois de pins renaissait dans l'atmosphère rassérénée et pleine d'une odeur d'encens. Anne rendit grâces au Seigneur et poursuivit son chemin sur le rivage, mais d'un pas plus rapide, parce qu'elle sentait l'humidité malsaine la pénétrer jusqu'aux os, et que, prise de frisson, elle commençait à claquer des dents.

A Pescaire, elle eut un accès subit de fièvre paludéenne et elle fut recueillie par charité dans la maison de Donna Christine Basile. De son lit, en entendant les cantiques de la procession solennelle, en voyant les cimes des bannières qui ondulaient à la hauteur de la fenêtre, elle se mit à réciter des prières et à implorer la guérison. Lorsque la Vierge passa, elle ne put apercevoir que la couronne gemmée ; et, pour adorer, elle prit sur ses oreillers l'attitude de l'agenouillement.

Au bout de trois semaines, elle guérit ; et, comme Donna Christine lui avait offert de la garder, elle resta en qualité de servante. Elle eut pour logement une petite chambre qui regardait sur la basse-cour. Les parois étaient blanchies à la chaux ; un vieux paravent couvert de figures profanes masquait un des coins ; et, entre les solives du plafond, une multitude d'araignées tissaient en paix leurs toiles laborieuses. Il y avait sous la fenêtre une étroite toiture en saillie ; et, au-dessous s'étendait la basse-cour peuplée de volatiles paisibles. Sur la toiture, dans un tas de terre retenu par cinq tuiles, un pied de tabac végétait. Le soleil s'attardait en cet endroit depuis les premières heures de la matinée jusqu'aux premières heures de l'après-midi. Chaque été, le pied de tabac donnait des fleurs.

Dans cette vie nouvelle, dans cette maison nouvelle, Anne se sentit peu à peu soulagée et revivifiée. Son goût inné pour l'ordre se développa. Elle vaquait à tous ses devoirs, tranquillement et sans souffler mot. Sa crédulité aux choses surnaturelles grandit aussi d'une façon démesurée. Deux ou trois légendes s'étaient formées jadis sur deux ou trois endroits de la maison Basile. Dans la *chambre jaune* du second étage, inhabité, vivait l'âme de Donna Isabelle. Dans un cabinet de débarras d'où un escalier descendait en coude jusqu'à une porte condamnée depuis longtemps, vivait l'âme de Don Samuel. Ces deux noms exerçaient une fascination étrange sur les nouveaux venus et répandaient dans toute la vieille bâtisse une sorte de solennité conventuelle. Et puis, comme la cour était environnée de toits nombreux, les chats se réunissaient en conciliabules sur la terrasse et miaulaient avec une inquiétante douceur pour demander à Anne les reliefs du repas domestique.

En mars 1853, le mari de Donna Christine mourut d'une maladie de vessie, après de longues semaines de torture. C'était un homme craignant Dieu, casanier et charitable ; il était chef d'une Confrérie de bourgeois pieux ; il lisait des ouvrages théologiques et savait jouer sur le clavecin quelques airs simples des vieux maîtres napolitains. Lorsque le viatique arriva, magnifique par le nombre des prêtres et par la richesse des ornements, Anne se mit à genoux sur le seuil de la porte et commença une prière à haute voix. La chambre s'emplit d'une vapeur d'encens traversée par l'irradiation du ciboire et par l'irradiation des encensoirs qui oscillaient comme des lampes allumées. On entendit des sanglots ; puis les voix du clergé s'élevèrent pour recommander au Très-Haut l'âme du défunt. Anne, ravie par la solennité de ce sacrement, perdit toute horreur de la mort et pensa dorénavant que, pour les chrétiens, la mort est une migration douce et joyeuse.

Durant un mois entier, Donna Christine tint closes toutes les fenêtres de la maison. Elle continuait de pleurer son mari à l'heure du dîner et à l'heure du souper ; elle faisait en son nom des aumônes aux mendiants, et, plusieurs fois par jour, avec une queue de renard, elle époussetait le clavecin, comme si c'eût été une relique, en poussant des soupirs. C'était une femme de quarante ans qui commençait à prendre de l'embonpoint, fraîche encore dans ses formes que la stérilité avait conservées. Et, vu qu'elle héritait du défunt une grosse fortune, les cinq célibataires les plus mûrs du pays se mirent à lui tendre des pièges et à user de manœuvres séductrices pour l'induire à un second mariage. Les champions étaient : Don Ignace Cespa, doucereux personnage de sexe ambigu, avec une face de vieille commère grêlée par la petite vérole, avec une chevelure imprégnée d'huiles cosmétiques, avec les doigts chargés de bagues et les oreilles traversées par de minuscules cercles d'or ; Don Paul Nervegna, docteur en droit, beau parleur et rusé matois, qui avait toujours les lèvres crispées comme par la mastication de l'herbe sardonique et dont le front portait une sorte d'excroissance rougeâtre, impossible à dissimuler ; Don Philène d'Amelio, le nouveau chef de la Confrérie, plein d'onction et de componction, un peu chauve,

avec un front fuyant en arrière et des yeux
opaques de brebis ; Don Pompée Pepe,
gaillard jovial, ami du vin, des femmes et du
loisir, copieux en toute sa corpulence et plus
copieux au visage, sonore dans le rire et dans
le discours ; Don Fiore Ussorio, homme
d'esprit batailleur, grand liseur d'ouvrages
politiques et citateur triomphant d'exem-
ples historiques dans toutes les discussions,
pâle d'une pâleur terreuse, avec un mince
collier de barbe autour des mâchoires et une
bouche qu'il contractait bizarrement en ligne
oblique. A ceux-là se joignait, auxiliaire de
la résistance de Donna Christine, l'abbé
Egidius Cennamele, qui voulait capter l'héritage au profit de l'église, et qui, avec une as-
tuce bien couverte, opposait mille obstacles
aux séducteurs.

Cette grande joute dura longtemps, avec
une infinité de vicissitudes. Et le principal
théâtre des hostilités fut la salle à manger,
pièce rectangulaire, tapissée d'un papier fran-
çais représentant à la française les aventures
d'Ulysse naufragé dans l'île de Calypso.
Presque tous les soirs, les champions se réunissaient autour de l'illustre veuve, et ils y
jouaient au jeu de la brisque et au jeu de
l'amour, alternativement.

VI

Anne, témoin candide, introduisait les
visiteurs, étendait le tapis sur la table, et, vers
le milieu de la soirée, apportait les petits
verres pleins d'un rossolis verdâtre, composé
par les religieuses avec des drogues spéciales.
Une fois, dans l'escalier, elle entendit Don
Fiore Ussorio et l'abbé Cennamele qui se disputaient ; et, dans la chaleur de la dispute,
Don Fiore lâchait une injure contre l'abbé, qui
répondait à voix basse. Cette irrévérence lui
ayant paru monstrueuse, elle considéra dès lors
Don Fiore comme une homme diabolique ; et,
lorsqu'elle le voyait paraître, elle faisait un
rapide signe de croix et murmurait un *Pater*.

Au printemps de 1856, un jour qu'elle
battait le linge de la lessive sur la grève de la
Pescara, elle vit une flotte de barques franchir
l'embouchure et naviguer lentement contre
la force de l'eau. Le soleil resplendissait ; les
deux rives se reflétaient dans l'eau, se
rejoignant au fond ; quelques branches vertes
et quelques touffes de joncs nageaient au milieu du courant vers la mer, comme de pacifiques symboles ; et les barques, presque toutes
portant la mitre de saint Thomas peinte
en signe de reconnaissance dans un coin
de leur voile, remontaient ainsi le beau fleuve
sanctifié par la légende de saint Cettée Libé-
rateur. A ce spectacle, les souvenirs du pays

natal se réveillèrent chez Anne avec un
tumulte soudain : et, en pensant à son père,
elle fut envahie par une immense tendresse.

Ces barques étaient des tartanes d'Ortone,
qui venaient du promontoire de Reto avec
un chargement d'oranges. Aussitôt les ancres
jetées, Anne s'approcha des matelots ; et elle
les considérait avec une curiosité bienveil-
lante et palpitante, sans rien dire. Un d'eux,
frappé de cette insistance, la regarda et l'in-
terpella familièrement.

— Que cherches-tu? Que veux-tu?

Alors Anne tira l'homme à l'écart et lui
demanda s'il n'aurait pas vu par hasard, au
pays des oranges, son père Luc Minella.

— Vous ne l'avez pas vu? Est-il encore
avec *cette femme ?*

L'homme répondit que Luc était mort
depuis quelque temps.

— Il était vieux. On ne peut pas vivre
toujours.

Anne contint ses larmes, voulut savoir tous
les détails. Et l'homme lui donna tous les
détails. « Luc s'était marié avec *cette femme*,
et il avait eu d'elle deux fils. L'aîné naviguait
sur un lougre et venait quelquefois à Pescaire
pour le commerce. » Anne tressaillit ; un
trouble indéterminé, une sorte d'égarement
confus lui emplissait l'âme. En présence de ce
fait trop complexe, elle ne parvenait pas à
retrouver l'équilibre et la lucidité de son juge-
ment. Elle avait donc deux frères? Devait-elle
les aimer ? Devait-elle chercher à les voir?
Que devait-elle faire maintenant?

Irrésolue elle revint à la maison. Et depuis,
le soir, lorsque les barques entraient dans le
fleuve, elle allait souvent le long du quai, pour
regarder les matelots. Quelque lougre apportait de la Dalmatie un chargement de petits
ânes et de chevaux nains ; les bêtes frappaient
du sabot, en reprenant terre; l'air résonnait de
braiements et de hennissements. Au passage,
Anne tapotait avec sa main les grosses têtes des
petits ânes.

VII

Vers cette époque, le fermier lui fit don d'une
tortue. Ce nouvel hôte, lent et taciturne, fut
l'objet de son affection et de ses soins, aux
heures de loisir. La tortue cheminait d'un
bout de la chambre à l'autre, en soulevant
avec peine la pesante masse de son corps sur
ses pattes semblables à des moignons oli-
vâtres ; et, comme elle était jeune, les plaques
de sa cuirasse dorsale, jaunes avec des taches
noires, prenaient parfois au soleil une transparence d'ambre limpide. Sa tête couverte
d'écailles, aplatie sur le museau, s'avançait
en tâtonnant avec une mansuétude peureuse ;
et, parfois, cette tête ressemblait à celle d'un

vieux serpent décrépit, qui sortirait d'une carapace de crustacé. Anne appréciait surtout les bonnes mœurs de l'animal : silence, frugalité, modestie, amour de la maison. Elle lui donnait pour nourriture des feuilles de salade, des racines, des vers, et elle restait en extase à observer le mouvement des petites mandibules de corne, dentelées sur les deux bords. Émue alors d'un sentiment presque maternel, elle encourageait l'animal avec de douces paroles et choisissait pour lui les herbes les plus tendres et les plus savoureuses.

Une idylle fleurit sous les auspices de la tortue. Le fermier, qui venait plusieurs fois par jour à la maison, s'arrêtait sur la terrasse pour causer avec Anne. Et, comme c'était un homme humble d'esprit, dévot, prudent et juste, il prenait plaisir à voir dans l'âme de cette fille le reflet de ses pieuses vertus. Aussi l'habitude fit-elle insensiblement naître entre eux une familiarité amicale. Anne avait déjà quelques cheveux blancs sur les tempes et, sur tout le visage une candeur placide. Zachiel, le fermier, était un peu plus âgé qu'elle ; il avait une grosse tête au front saillant, et des yeux doux et ronds de lapin. Pour causer, ils s'asseyaient d'habitude sur la terrasse. Au-dessus d'eux, entre les toits, le ciel ressemblait à une coupole lumineuse ; et, de temps à autre, un vol de pigeons domestiques, blancs comme le Paraclet, traversait la paix céleste. Leurs entretiens roulaient sur les récoltes, sur la bonté des terroirs, sur les règles simples de la culture ; et ils étaient pleins d'expérience et de rectitude.

Comme Zachiel, par une vanité instinctive et ingénue, se plaisait quelquefois à faire étalage de son savoir devant cette fille ignorante et crédule, elle conçut pour lui une estime et une admiration sans bornes. Elle apprit de lui que la terre est divisée en cinq parties, et qu'il existe cinq races d'hommes : la blanche, la jaune, la rouge, la brune et la noire. Elle apprit que la terre est de forme ronde, que Romulus et Rémus eurent pour nourrice une louve, et qu'à l'approche de l'automne les hirondelles passent la mer pour aller en Égypte, où régnaient autrefois les Pharaons. « Mais les hommes n'ont donc pas tous une même couleur, à l'image et à la ressemblance de Dieu? Comment pouvons-nous marcher sur une boule? Qu'est-ce que c'était, les rois Pharaons? » Elle ne réussissait pas à comprendre, et elle restait l'esprit perdu. Mais, depuis lors, elle considéra les hirondelles avec révérence et les tint pour des oiseaux doués d'humaine sagesse.

Un jour, Zachiel lui montra une Histoire Sainte de l'Ancien Testament, illustrée de figures. Anne suivait des yeux, avec lenteur, en écoutant les explications. Elle vit Adam et Ève parmi les lièvres et les cerfs, Noé demi-nu et à genoux devant un autel, les trois anges d'Abraham, Moïse sauvé des eaux ; plus loin, elle vit avec joie un Pharaon qui regardait la verge de Moïse changée en serpent, la reine de Saba, la fête des Tabernacles, le martyre des Macchabées. L'épisode de l'ânesse de Balaam l'emplit d'émerveillement et de tendresse. L'épisode de la coupe de Joseph dans le sac de Benjamin la fit éclater en larmes. Et elle se représentait les Israélites cheminant dans un désert tout couvert de cailles, sous une rosée qui s'appelait la manne, et qui était blanche comme la neige et plus douce que le pain.

Après l'Histoire Sainte, Zachiel, pris d'une singulière ambition, se mit à lui lire les *Emprises des princes de France depuis Constantin empereur jusqu'à Roland comte d'Anglante*. Alors un grand tumulte bouleversa l'esprit de la pauvre fille ; les batailles des Philistins et des Syriaques se confondirent dans sa mémoire avec les batailles des Sarrasins ; Holopherne se confondit avec Rizieri, le roi Saül avec le roi Mambrin, Éléazar avec Balante, Noémi avec Galéane. La fatigue l'empêchait de suivre le fil des narrations, et elle ne s'y retrouvait que par intervalles, lorsqu'elle entendait passer dans la voix de Zachiel les syllabes de quelque nom préféré. Ses préférences étaient pour Dusoline et pour le duc Bovetto, qui conquit toute l'Angleterre par amour pour la fille du roi de Frise.

C'était le commencement de septembre. L'atmosphère rafraîchie par les pluies récentes allait s'imprégnant d'une paisible clarté automnale. La chambre d'Anne devint le lieu des lectures. Un jour, Zachiel, assis, lisait, *Comment Galéane, fille du roi Galafre, s'éprit d'amour pour Mainetto et voulut avoir de lui la guirlande d'herbe*. Comme le récit était simple et champêtre et comme la voix du liseur s'attendrissait d'accents nouveaux, Anne écoutait avec une attention visible. La tortue se traînait parmi les feuilles de salade, paresseusement ; le soleil, frappant sur la fenêtre, illuminait une grande toile d'araignée ; et les dernières fleurs rosées du tabac s'apercevaient à travers la trame subtile des fils d'or.

Lorsque le chapitre fut fini, Zachiel déposa le livre et, regardant la femme, sourit d'un de ces sourires niais qui lui plissaient à tout propos les tempes et les coins de la bouche. Puis il commença un vague discours, avec la timidité de celui qui parle sans savoir comment arriver au point voulu. Finalement, il osa. — N'avait-elle jamais songé au mariage? — Anne ne répondit point à cette question. Ils gardèrent tous deux le silence ; et ils avaient tous deux dans l'âme une confuse sensation de douceur, quelque chose comme un réveil inconscient de leur jeunesse ensevelie, comme un appel de l'amour à leur humanité ; et cela les troublait comme les vapeurs d'un vin trop fort qui seraient montées à leur cerveau débile.

d'olive et à la dernière migration des hirondelles. Un lundi, avec la permission de Donna Christine, Zachiel conduisit Anne à la ferme où se trouvait le moulin. Ils sortirent à pied

VIII

Ils échangèrent pourtant une tacite promesse de mariage, beaucoup plus tard, en octobre, à la première nativité de l'huile

par la Porte du Sel et prirent la route de la côte, en tournant le dos à la rivière. Depuis le jour de l'histoire de Galéane et de Mainetto, ils éprouvaient vis-à-vis l'un de l'autre une sorte d'appréhension, un mélange de crainte, de pudeur et de respect. Ils avaient perdu leur belle familiarité de jadis ; ils causaient peu ensemble, et toujours avec une certaine réserve hésitante, avec des sourires indécis, sans jamais se regarder au visage, confus parfois d'une subite expansion de rougeur, attardés aux timides enfantillages de l'innocence.

Ils marchèrent d'abord sans rien dire, chacun suivant l'un des deux sentiers étroits et secs que le passage des piétons avait frayés à droite et à gauche de la route ; et ils étaient séparés par la largeur de la chaussée fangeuse où les roues des voitures avaient tracé de profondes ornières. Une libre joie vindémiale emplissait les campagnes, et les chants de la vinée se répondaient à travers la plaine. Zachiel se tenait un peu en arrière, et, pour rompre le silence, il prononçait de temps à autre quelque phrase sur la température, sur les vignes, sur la récolte des olives. Anne regardait curieusement les buissons rouges de baies, les champs labourés, l'eau des fossés ; et elle sentait peu à peu naître en son âme une vague allégresse, comme lorsque, après un long intervalle, on retrouve la jouissance de sensations déjà connues. A l'endroit où le chemin tournait pour s'engager sur la côte, parmi les riches olivaies de Saint-Damien, une éclosion de clairs souvenirs lui fit revoir Saint-Apollinaire, l'âne et le vacher. Et soudain elle sentit comme un reflux de tout son sang vers son cœur. Alors advint en son âme une chose singulière. Cet épisode oublié de sa jeunesse se coordonna dans sa mémoire avec une lucidité merveilleuse ; l'image des lieux se représenta devant elle, et, au milieu de ce décor illusoire, avec un trouble nouveau dont elle ignorait la cause, elle revit l'homme au bec de lièvre et réentendit sa voix.

La ferme approchait ; le vent soufflait dans les arbres, en faisant tomber les olives mûres ; une zone de mer sereine se découvrait de la hauteur. Maintenant Zachiel marchait à côté d'Anne, et il la regardait de temps en temps, avec une pieuse supplication de tendresse.

— A quoi donc pensez-vous ?

Anne se retourna, presque effrayée, comme si elle eût été prise en faute.

— Je ne pense à rien.

Ils arrivèrent au moulin, où les gens de la ferme pressuraient la première récolte, celle des olives tombées précocement de l'arbre. La chambre des meules était basse et obscure : à la voûte, brillante de salpêtre, des lanternes de cuivre pendaient et fumaient ; une jument, les yeux bandés, tournait d'un pas régulier une meule gigantesque, et des paysans, vêtus de longues tuniques pareilles à des sacs, bras nus et jambes nues, musculeux, huileux, versaient le liquide dans des jarres, dans des buquets, dans des cruches.

Anne se mit à considérer ce travail attentivement ; et, comme Zachiel donnait des ordres aux ouvriers et circulait parmi les machines en examinant la qualité des olives avec l'assurance grave d'un juge, elle sentit croître l'admiration qu'il lui inspirait. Puis, lorsqu'elle vit Zachiel prendre un grand pot rempli et verser dans la cruche cette huile pure et lumineuse, en louant la grâce de Dieu, elle fit le signe de la croix, toute saisie de vénération pour la richesse de la terre.

Cependant les deux femmes de la ferme s'avançaient vers la porte du moulin, chacune avec un nourrisson dans les bras, chacune avec une grappe de beaux enfants qu'elle traînait derrière ses jupes. Arrêtées sur le seuil, elles se mirent à causer paisiblement ; et, comme la visiteuse cherchait à caresser les petits, chacune se félicitait de sa propre fécondité et causait de ses couches avec une riante honnêteté de paroles. La première avait eu sept enfants, la seconde en avait eu onze. C'était la volonté de Jésus ; et puis, la campagne avait besoin de bras...

Puis la conversation prit un tour plus intime. Albarose, l'une des mères, fit à Anne beaucoup de questions. — N'avait-elle jamais eu d'enfants ? — Anne, en répondant qu'elle ne s'était pas mariée, ressentit pour la première fois une sorte d'humiliation et de regret devant cette maternité puissante et chaste. Ensuite, laissant tomber ce discours, elle étendit la main vers le marmot le plus proche. Les autres la regardaient avec de grands yeux, des yeux qui semblaient avoir emprunté une limpide couleur végétale au spectacle continuel des choses vertes. L'odeur des olives broyées se répandait dans l'air et venait dans la gorge exciter le palais. Les groupes des travailleurs apparaissaient et disparaissaient sous la lueur rouge des lanternes.

Zachiel, qui jusqu'alors avait surveillé le mesurage de l'huile, se rapprocha des causeuses, et Albarose l'accueillit avec la bonne humeur sur le visage. — Don Zachiel voulait-il tarder longtemps encore à prendre femme ? — Cette demande le fit sourire, non sans un peu de confusion ; et il jeta une œillade dérobée vers Anne, qui continuait à caresser le marmot sauvage et qui feignait de n'avoir pas entendu. Albarose, avec une bénévole malice de paysanne, tout en réunissant par un visible clignement de ses yeux bovins la tête d'Anne et celle de Zachiel, insistait sur ses allusions.

— Ils feraient un couple béni de Dieu. Qu'attendaient-ils ? — Les ouvriers, qui venaient d'interrompre le travail pour prendre leur repas, formaient un cercle autour d'eux. Et le couple, plus troublé encore par la présence de tant de témoins, demeurait silencieux, dans une attitude incertaine entre le sourire effaré et

la modestie pudique. Quelques jeunes gens de
l'assistance, égayés par la figure amoureusement contrite de Don Zachiel, poussaient
leurs voisins du coude. La jument hennit de
faim.

Quand le repas fut servi, une activité dili-
gente envahit la grande famille rustique. Dans
la cour, à ciel ouvert, sous les pacifiques
oliviers qui semblaient d'argent sur l'azur de
la mer lointaine, les hommes étaient assis
autour de la table. Les plats de légumes
fumaient, assaisonnés d'huile nouvelle ; le
vin scintillait dans les vases aux formes simples et liturgiques ; et la nourriture frugale
disparaissait rapidement dans les bouches des
travailleurs.

Anne se sentait maintenant comme assaillie par un tumulte d'allégresse ; et elle se
sentait aussi liée tout d'un coup aux deux
femmes par une sorte de familiarité tendre.
Elles la conduisirent dans l'intérieur de la
maison. Les chambres, quoique très vieilles,
étaient vastes et lumineuses ; sur les murs,
les images sacrées alternaient avec les rameaux pascals ; des provisions de porc salé
pendaient au plafond ; les couches conju-
gales se dressaient, larges et hautes, avec
les berceaux à côté; tout exhalait une sérénité de concorde inaltérable. Anne, consi-
dérant ce bel ordre, souriait timidement à
une douce pensée intérieure ; et, à une certaine
minute, elle fut prise d'une étrange émotion
comme si toutes ses vertus latentes de ména-
gère et de mère, comme si tous ses instincts
de nourrice ava'ent frémi dans un soulèvement imprévu.

Lorsque les femmes redescendirent dans la
cour, les hommes étaient encore autour de la
table et Zachiel causait avec eux. Albarose
prit un petit pain de froment, le fendit au
milieu, l'arrosa d'huile, le saupoudra de sel et
l'offrit à Anne. L'huile nouvelle, extraite
du fruit depuis quelques instants, remplissait
la bouche d'un arome savoureux, un peu âpre ;
et Anne, mise en appétit, mangea tout le
pain. Elle but aussi un coup de vin. Puis,
comme le soir tombait, elle reprit avec Zachiel
le chemin de la côte.

Derrière eux, les gens de la ferme se mirent
à chanter. Beaucoup d'autres chants s'élevèrent de la campagne et se déployèrent dans
le crépuscule avec l'ampleur lente d'un psaume
grégorien. Le vent soufflait entre les oliviers,
plus humide ; des lueurs mourantes, d'un
rose violacé, s'attardaient diffuses dans le
ciel.

Anne marchait la première, d'un pas rapide,
rasant les arbres. Zachiel la suivait, en pensant aux paroles qu'il voulait lui dire. Depuis
qu'ils se trouvaient seuls, ils éprouvaient
tous les deux une émotion enfantine, presque

une frayeur. A un certain moment, Zachiel
appela Anne par son prénom : et elle se
retourna, humble palpitante. — Que voulait-
il? — Zachiel ne dit plus rien ; il fit deux pas
et vint se placer à côté d'elle. Ils pour-
suivirent ainsi leur chemin en silence, jusqu'au
bas de la côte, où la route les sépara. Comme
à l'aller, ils reprirent chacun leur sentier, lui
à droite, elle à gauche de la chaussée. Et ils
rentrèrent par la Porte du Sel.

IX

Par suite de son irrésolution native, Anne
différait continuellement le mariage. Des
doutes religieux la tourmentaient. Elle avait
ouï dire que les vierges seules seraient admises
à faire cercle autour de la mère de Dieu dans
le Paradis. Devait-elle renoncer à cette douceur céleste pour un bien terrestre? Alors une
plus vive ardeur de dévotion la gagna. Toutes
les fois qu'elle était libre, elle allait à l'église
du Rosaire ; là, elle s'agenouillait devant le
grand confessionnal de chêne et se tenait immobile, dans l'attitude de la prière. L'église était
simple et pauvre ; le pavé était semé de dalles
mortuaires ; une lampe unique de métal commun brûlait devant l'autel. Et, au fond de
son âme, Anne regrettait le faste de sa basilique, la solennité des cérémonies, les onze
lampes d'argent, les trois autels de marbre
précieux.

Dans la Semaine sainte de 1857, il survint
un grand événement. Entre la Confrérie, com-
mandée par Don Philène d'Amélio, et l'abbé
Cennamele, soutenu par la garde paroissiale,
la guerre éclata au sujet d'un différend pour
la procession de Jésus mort. Don Philène
prétendait que le cortège, organisé par les
confrères, partît de l'église de la Confrérie ;
l'abbé prétendait que le cortège partît de
l'église paroissiale. Cette guerre émut et souleva la bourgeoisie entière et aussi les milices du
roi de Naples casernées dans la forteresse. Il y
eut des tumultes populaires ; il y eut, dans
les rues encombrées, des rassemblements de
foule fanatique ; il y eut des patrouilles en
armes, qui firent la ronde pour empêcher
les désordres. D'innombrables députés des
deux camps obsédèrent le comte-archevêque
de Chiéti ; beaucoup d'argent fut dépensé
pour corrompre les consciences ; un bruit
sourd de mystérieuses conjurations se répandit dans la ville. Les haines avaient pour foyer
la maison de Donna Christine. En ces jours
de lutte, Don Fiore Ussorio s'illustra par
d'admirables stratagèmes et par des audaces
inouïes. Don Paul Nervegna eut un grave
épanchement de bile. Don Ignace Cespa mit
vainement en œuvre tout son art doucereux

de conciliation et tous ses sourires melliflus.
La victoire fut disputée avec un implacable
acharnement, jusqu'à l'heure rituelle de la procession funèbre. Le peuple frémissait d'impatience ; le commandant des milices, dévoué
u parti de l'abbé, menaçait de châtier les
scélérats de la Confrérie. La révolte était sur le
oint d'éclater. Et tout à coup voici qu'arriva sur la place un soldat à cheval, porteur
d'un message épiscopal qui donnait la victoire
à la congrégation.

Alors la procession se déroula dans les
es jonchées de fleurs, avec une magnificence
nsolite. Un chœur de cinquante voix virgi-
ales chanta les hymnes liturgiques de la Pas-
on, et dix thuriféraires encensèrent toute la
cité. Les baldaquins, les bannières, les cierges
emplirent l'assistance d'émerveillement, par
eur richesse inouïe. L'abbé, déconfit, ne parut
oint ; et à sa place Don Pascal Carabba,
and coadjuteur, revêtu des ornements abba-
iaux, suivit avec beaucoup de solennité dans
a démarche le cercueil de Jésus.

Au fort du débat, Anne avait fait des vœux
our la victoire de l'abbé. Mais la somptuosité
e la cérémonie lui donna un éblouissement ;
ne sorte de stupeur l'envahit devant un si
eau spectacle ; et, lorsque Don Fiore Ussorio
assa, portant au poing un cierge énorme, elle
prouva pour lui un sentiment de grati-
ude. Enfin, lorsque le dernier groupe du cor-
ège eut défilé devant elle, elle se mêla à la
cohue fanatique des hommes, des femmes et
enfants, et elle se mit à suivre, presque sans
oucher terre, les yeux obstinément fixés sur
a couronne de la *Mater dolorosa* qui dominait
a foule. En l'air, tendus d'un balcon à l'autre,
es riches draps faisaient une succes-
sion de voûtes ; aux maisons des boulangers
pendaient de rustiques formes d'agneaux en
pâte de froment ; par endroits, dans les carre-
fours, aux croisements des rues, un brasier
ardent répandait une fumée d'aromates.

La procession ne passa point sous les fenêtres de l'abbé. Par moments, une sorte de
remous confus courait le long des files,
comme si le groupe d'avant-garde avait rencontré un obstacle et ce qui produisait ce remous,
c'était une contestation entre le porte-croix de
la Confrérie et le lieutenant des milices, lesquels avaient reçu chacun des ordres différents pour l'itinéraire à suivre. Comme le
lieutenant ne pouvait user de violence sans
commettre un sacrilège, ce fut le porte-croix
qui remporta la victoire. Les membres de la
congrégation exultaient ; le major bouillait
de colère ; le peuple était plein de curiosité.

Quand la procession, dans le voisinage de
l'arsenal, tourna pour rentrer à l'église
Saint-Jacques, Anne prit une ruelle oblique
et fut en quelques pas sous le grand portail.

Elle s'y agenouilla. Vers elle s'avançait, en
tête du cortège, le porteur du crucifix gigantesque ; puis venaient les porteurs de bannières, qui s'aidaient du front ou du menton
pour tenir droites les longues hampes, en
conservant l'équilibre par un savant jeu des
muscles. Ensuite, comme au milieu d'un nuage
d'encens, marchaient les autres groupes,
chœurs angéliques, pénitents en cagoule,
vierges, bourgeois, clergé, milice. C'était un
beau spectacle. Une sorte de terreur mystique étreignait l'âme de la femme à genoux.

Dans le vestibule, selon la coutume, se présenta un acolyte muni d'un large plateau d'argent pour recevoir les cierges. Anne regardait.
Et alors il advint que le major, en grommelant
entre les dents d'âpres paroles contre la Confrérie, jeta avec violence son cierge dans le
plateau et tourna le dos d'un air de menace.
Tout le monde resta ébahi, et dans le silence
soudain on entendit cliqueter le sabre de
celui qui s'éloignait. Seul Don Fiore
Ussorio eut la témérité de sourire.

X

Ces faits occupèrent longtemps l'activité vocale des bourgeois et occasionnèrent
des désordres. Comme Anne avait été témoin
du scandale, plusieurs personnes s'adressèrent
à elle pour avoir des renseignements ; et elle
répétait toujours son récit avec les mêmes
mots, sans se lasser.

Depuis lors, sa vie se dépensa tout entière
entre les pratiques religieuses, les travaux
domestiques et l'amour de la tortue.

Aux premières tiédeurs d'avril, la tortue
sortit de sa léthargie. Un jour, de dessous la
carapace, la tête serpentine déboucha tout à
coup, branlante et débile, tandis que les
jambes étaient encore plongées dans la torpeur. Les petits yeux demeurèrent à demi ca-
chés sous la paupière. Et l'animal, qui n'avait
peut-être plus conscience d'être captif, finit
par se mouvoir d'une allure paresseuse et
incertaine, avec un tâtonnement des pattes
sur le sol, pressé par le besoin de trouver sa
nourriture, comme dans le sable de la forêt
natale.

A l'aspect de ce réveil, Anne fut envahie
d'une ineffable tendresse et se mit à regarder,
les yeux humides de larmes. Puis elle
prit la tortue, la déposa sur son lit, lui offrit
quelques feuilles vertes. La tortue hésitait à
toucher aux feuilles, mais elle ouvrait les
mâchoires et montrait une langue charnue
comme celle d'un perroquet. Les téguments
du cou et des jambes ressemblaient à des mem-
branes flasques et jaunâtres de cadavre.
Anne, en voyant cela, sentit son cœur se serrer

d'une grande compassion ; et elle excita la bête bien-aimée à restaurer ses forces, aussi caressante qu'une mère pour son enfant convalescent. Elle fit des onctions d'huile sur la cuirasse osseuse ; et, comme le soleil frappait dessus, les plaques nettoyées prenaient un éclat plus beau.

Ces soins occupèrent les mois du printemps. Mais Zachiel, à qui le renouveau conseillait d'être plus hardi en amour, redoubla si bien ses tendres supplications qu'il finit par obtenir d'Anne une promesse solennelle. Le mariage devait être célébré le jour qui précéderait la Nativité de Jésus-Christ.

Il y eut alors un refleurissement d'idylle. Pendant qu'Anne travaillait à l'aiguille pour le trousseau nuptial, Zachiel lisait à haute voix l'Histoire du Nouveau Testament. Les noces de Cana, les prodiges de Capharnaüm, le mort de Naïm, la multiplication des pains et des poissons, la délivrance de la fille de la Chananéenne, les dix lépreux, l'aveugle né, la résurrection de Lazare, tous ces récits miraculeux lui ravirent l'âme. Et elle pensa longuement à Jésus qui entrait dans Jérusalem à cheval sur une ânesse, tandis que les peuples étendaient devant lui leurs vêtements et semaient le chemin de rameaux.

Les pieds de thym plantés dans un pot de terre embaumaient la chambre. Parfois la tortue s'approchait de la couseuse et touchait avec sa bouche la lisière des toiles ou mordillait le rebord saillant des chaussures d'Anne. Un jour, comme Zachiel lisait la parabole de l'Enfant Prodigue, il sentit tout à coup quelque chose qui lui remuait entre les jambes, et, par un mouvement involontaire de répulsion, il donna un coup de pied. La tortue reçut le coup, alla battre contre la muraille et resta le ventre en l'air. L'écaille dorsale s'était rompue en plusieurs endroits, et un filet de sang apparaissait sur une des jambes que l'animal agitait en vain pour reprendre sa position primitive.

Le malheureux amant eut beau se montrer atterré et inconsolable de ce malheur ; désormais Anne s'enferma dans une sorte de sévérité défiante, ne parla plus, ne voulut plus écouter la lecture. Et ainsi l'Enfant Prodigue resta pour toujours sous les chênes, à garder les porcs de son maître.

XI

Dans la grande inondation d'octobre 1857, Zachiel mourut. La petite maison qu'il habitait au faubourg des Capucins, hors de la Porte Julienne, fut envahie par les eaux. Les eaux couvrirent toute la campagne, depuis la col-line de Roland jusqu'à la colline de Castella-mare ; et, comme elles avaient traversé de vastes terrains argileux, elles étaient sanglantes, ainsi que dans l'antique légende. Çà et là les cimes des arbres émergeaient sur les tourbillons de ce sang bourbeux. Par intervalles passaient vertigineusement, devant la forteresse des troncs énormes avec toutes leurs racines, des meubles, des objets impossibles à reconnaître, des bandes de bestiaux encore vivants, qui hurlaient, disparaissaient, reparaissaient, se perdaient dans le lointain. Les troupeaux de bœufs surtout offraient un spectacle atroce : leurs gros corps blanchâtres se bousculaient l'un l'autre, leurs têtes se dressaient désespérément hors de l'eau, leurs corne s'enchevêtraient furieusement dans la folie d l'épouvante. Comme le vent d'est balayait l mer, les flots regorgeaient à l'embouchure Le lac salé de la Palate et les estuaires s réunirent au fleuve. La forteresse devint un île perdue.

Les routes de l'intérieur furent submer-gées ; chez Donna Christine, le niveau d l'eau monta jusqu'à moitié de l'escalier. L fracas grandissait de minute en minute ; o entendait le tocsin sonner dans l'éloignement Au fond des prisons, les forçats hurlaient.

Anne crut à quelque châtiment du Très Haut et eut recours à la sauvegarde de prières. Le second jour, lorsqu'elle monta a haut du colombier, elle ne vit d'abord qu des eaux et des eaux, tout autour, sous le nuées ; puis elle aperçut des chevaux affolés qui galopaient frénétiquement sur les escar pes de Saint-Vital. Elle descendit boule versée, hébétée ; la persistance du fracas e l'obscurcissement de l'air lui firent perdr toute notion du lieu et du temps.

Quand l'inondation commença de décroître les gens de la campagne arrivèrent en vill au moyen de chaloupes. Hommes, femmes e enfants avaient sur le visage et dans les yeu une stupéfaction douloureuse. Ils racon taient tous d'affreuses choses. Et un bouvie des Capucins se rendit chez Donna Christin pour lui annoncer que Don Zachiel *s'en éta allé à la mer.* Le bouvier fit de cette mort u récit très simple. Il dit que, dans le voisinag des Capucins, des femmes avaient lié leu nourrissons à la cime d'un grand arbre pou les sauver de l'eau, et que les tourbillo avaient déraciné l'arbre entraînant ave lui cinq petites créatures. Don Zachi était sur son toit avec d'autres chrétiens, e groupe compact et hurlant ; et le toit all être submergé ; et des cadavres d'anima des bran hes rompues venaient déjà he ter les malheureux. Enfin lorsque l'arb aux nourrissons vint assaillir le groupe, l violence du choc fut si terrible, qu'apr le passage, il ne resta plus trace ni du toit ni des chrétiens.

Anne écouta sans une larme, et, dans son esprit frappé, le récit de cette mort, avec cet arbre aux cinq nourrissons, avec ces hommes entassés sur un toit, avec ces cadavres de bêtes qui venaient se heurter contre eux, fit naître une sorte de superstitieux émerveillement, semblable à celui qu'y avaient suscité jadis certaines narrations de l'Ancien Testament. Elle remonta d'un pas lent à sa chambre et elle essaya de se recueillir. Un soleil discret brillait sur le devant de la fenêtre ; la tortue dormait dans un coin, rentrée sous sa carapace; un gazouillement de moineaux montait des tuiles de l'appentis. Toutes ces choses naturelles, cette tranquillité coutumière de la vie environnante, la rassérénèrent peu à peu. Et enfin, du fond de cette accalmie momentanée de la conscience, la douleur surgit, claire ; et elle pencha la tête sur sa poitrine avec une grande défaillance de cœur.

Alors une sorte de remords lui poignit l'âme: le remords d'avoir gardé si longtemps contre Zachiel cette sorte de rancune muette ; et les souvenirs, l'un après l'autre, vinrent la tourmenter. Maintenant les vertus du défunt prenaient dans sa mémoire une splendeur religieuse. Et, comme le flot de sa douleur grossissait, elle se leva, se jeta sur son lit. Et ses sanglots résonnaient, mêlés au gazouillement des petits oiseaux.

Ensuite, lorsque les larmes cessèrent, la quiétude de la résignation commença de lui descendre dans le cœur; et elle pensa que toutes les choses de la terre sont caduques, et que nous devons nous conformer à la volonté de Dieu. L'onction de ce simple acte de renoncement répandit sur son âme une abondance de douceur. Elle se sentit libre de toute inquiétude ; elle trouva le repos dans l'humilité et l'assurance de la foi. Et dès lors sa règle de conduite se résuma en cet unique précepte : « Que la souveraine volonté du Seigneur, toujours juste, toujours adorable, soit accomplie en toutes choses, soit louée et exaltée durant toute l'éternité. »

XII

Ainsi fut ouvert à la fille de Luc le vra chemin du Paradis. Et la marche du temps n'eut plus pour elle d'autre mesure que le retour des solennités religieuses. Lorsque la rivière rentra dans son lit, quantité de processions parcoururent la ville et les campagnes pendant plusieurs jours consécutifs. Anne les suivit toutes avec le peuple, en chantant le *Te Deum*. Les vignes d'alentour étaient dévastées ; le sol était détrempé ; l'air,

imprégné de vapeurs blondes, avait une transparence lumineuse, comme au printemps dans les marais.

Puis ce fut la fête de la Toussaint ; puis ce fut la fête des Morts. Des messes solennelles furent célébrées pour les victimes de l'inondation. A Noël, Anne voulut faire une crèche ; elle acheta un Jésus de cire, une Marie, un saint Joseph, le bœuf, l'âne, les rois mages et les pasteurs. En compagnie de la fille du sacristain, elle alla ramasser de la mousse dans les fossés du chemin creux. Les terres, grasses de limon, reposaient sous la cristalline sérénité du ciel hivernal ; la ferme d'Albarose se voyait sur la colline, entre les oliviers ; nulle voix ne troublait le silence. Anne se baissait pour détacher avec son couteau les touffes de mousse rencontrées, et le contact des herbes froides lui violaçait légèrement les mains. De temps à autre, en apercevant une touffe plus verte, elle laissait échapper une exclamation de joie. Lorsque le panier fut plein, elle s'assit avec sa compagne sur le rebord du fossé. Ses regards montèrent lentement le sentier de l'olivaie et s'arrêtèrent aux murailles blanches de la ferme, qui ressemblait à un édifice claustral. Alors elle inclina la tête, assaillie par une pensée. Puis, tout à coup, elle se tourna vers sa compagne. — N'avait-elle jamais vu pressurer les olives? — Et elle se mit à lui expliquer l'opération du détrit ge, avec une grande prolixité de paroles ; et, à mesure qu'elle parlait, de nouveaux souvenirs émergeaient peu à peu du fond de son âme, venaient spontanément à sa bouche, l'un après l'autre, et passaient dans sa voix avec un petit tremblement.

Ce fut sa dernière faiblesse. En avril 1858, un peu après Pâques, elle tomba malade. Une douloureuse inflammation pulmonaire l'obligea de garder le lit presque un mois durant. Soir et matin, Donna Christine venait la visiter dans sa chambre. Une vieille servante, qui faisait profession publique d'assister les malades, lui administrait les remèdes. Ensuite la tortue égaya les jours de la convalescence. Et comme l'animal, exténué par le jeûne, avait la peau toute sèche et parcheminée, Anne, qui se voyait amaigrie et qui se sentait affaiblie, éprouvait cette sorte de satisfaction intérieure que nous éprouvons lorsque nous partageons une même souffrance avec la personne aimée. Une tiédeur molle s'élevait des tuiles couvertes de lichen vers les convalescentes ; dans la basse-cour, les coqs chantaient ; et, un matin, deux hirondelles entrèrent à l'improviste, battirent des ailes autour de la chambre et s'enfuirent.

La première fois qu'Anne retourna à l'église après sa guérison, c'était la Pâque des roses. A l'entrée, elle aspira avec délices le

8

parfum de l'encens. Elle marcha lentement, le long de la nef, pour retrouver la place où elle avait coutume de s'agenouiller avant sa maladie, et elle se sentit prise d'une joie soudaine lorsqu'elle aperçut enfin, parmi les dalles mortuaires, celle qui portait au milieu un certain bas-relief tout usé. Elle y plia les genoux et se mit en prière. La foule augmentait. Il y eut un moment de la cérémonie où deux acolytes descendirent du chœur avec deux bassins d'argent pleins de roses et se mirent à semer les fleurs sur les têtes prosternées, tandis que l'orgue jouait un hymne d'allégresse. Anne, perdue dans l'extase que lui donnaient la béatitude du mystère célébré et la sensation vaguement voluptueuse

se débanda en jetant armes et bagages dans les eaux de la rivière. Des troupes de citoyens parcoururent les rues avec de joyeuses acclamations libérales. Lorsque Anne apprit que l'abbé Cennamele s'était enfui précipitamment, elle jugea que les ennemis de l'Église avaient triomphé, et ce lui fut une grande douleur.

Ensuite, pendant longtemps, sa vie s'écoula en paix. Le bouclier de la tortue s'élargit et s'épaissit ; chaque année, le pied de tabac grandit fleurit et mourut ; chaque automne les sages hirondelles partirent pour le royaume des Pharaons.

En 1865, la grande lutte des prétendants se termina enfin par la victoire de Don Phi-

UNE VIEILLE SERVANTE LUI ADMINISTRAIT LES REMÈDES.

de sa guérison, continuait à courber la tête. Des roses vinrent tomber sur elle, et leur frôlement la fit frémir. Jamais en toute sa vie la pauvre fille n'avait rien éprouvé de plus doux que ce frémissement de sensualité mystique, suivi d'une défaillante langueur.

Aussi la Pâque des roses fut-elle désormais sa fête préférée. Nul épisode notable ne marqua le retour périodique de cette fête.

En 1860, la ville fut troublée par de graves agitations. Souvent, la nuit, on entendait des roulements de tambours, des alarmes de sentinelles, des coups de fusil. Chez Donna Christine, les cinq prétendants manifestèrent une ardeur plus vive et plus entreprenante. Anne ne s'étonna de rien : elle vivait dans un recueillement profond, sans se soucier ni des événements publics ni des événements domestiques, s'acquittant de ses devoirs avec une exactitude machinale.

Au mois de septembre, la forteresse de Pescaire fut évacuée, et la milice bourbonienne

lène d'Amelio. Les noces furent célébrées au mois de mars avec de solennelles réjouissances, et, pour apprêter les victuailles précieuses des banquets, on eut recours à deux capucins, frère Victor et frère Bénigne. C'étaient les deux moines qui, après la suppression de la communauté, restaient pour la garde du couvent. Frère Victor était un sexagénaire vermillonné, que le jus de la vigne tenait en santé et en joie. Un petit bandage vert couvrait son œil droit, malade ; mais il avait l'œil gauche pétillant d'une subtile malice. Depuis sa jeunesse il exerçait l'art phamaceutique ; et, comme il était expert à cuisiner, les notables le faisaient venir dans les grandes occasions. A l'ouvrage, il avait des gestes brusques qui faisaient sortir ses bras velus hors des larges manches ; sa barbe remuait tout entière à chaque mouvement de sa bouche ; sa voix se brisait en intonations criardes. Frère Bénigne, au contraire, était un vieillard émacié, avec une tête de chèvre d'où pendait une barbiche blonde, avec des yeux jaunâtres pleins de soumission. Il cultivait le jardin, et, en faisant la quête, il portait de maison en maison les herbes comestibles. Lorsqu'il aidait son compagnon, il prenait des attitudes modestes. Il boitait d'un pied ; il parlait le doux idiome d'Ortone, sa patrie ; et, peut-être en mémoire de la légende de saint Thomas, il s'écriait à chaque instant : — *Par les Turcs !* — en caressant de la main son crâne poli.

Anne était attentive à leur présenter les plats, les ustensiles, les chaudrons de cuivre. Il lui semblait maintenant que la présence des deux moines communiquait à la cuisine une sorte de solennité religieuse. Elle s'appliquait à observer tous les actes de frère Victor, saisie de cet émoi qu'éprouvent les simples à l'aspect des hommes doués de quelque vertu supérieure. Elle admirait, par exemple, le geste infaillible avec lequel le grand capucin saupoudrait les ragoûts de certaines drogues dont il avait le secret, de certaines épices à lui particulières. Mais l'humilité, l'aménité, la jovialité modeste de frère Bénigne la conquirent insensiblement. Et le lien de la patrie commune, et celui, plus sensible encore, de l'idiome commun, les attachèrent d'amitié l'un à l'autre.

Quand ils causaient ensemble, les souvenirs du passé pullulaient sur leurs lèvres. Frère Bénigne avait connu Luc Minella, et il se trouvait dans la basilique lorsque Françoise Nobile était morte au milieu des pèlerins. — *Par les Turcs !* — Il avait même aidé au transport du cadavre jusque dans le faubourg de Porte Caldare, et il se rappelait que la défunte portait sur elle une robe de soie jaune et de beaux colliers d'or…

Anne devint triste. Dans sa mémoire, jusqu'à ce moment, le fait était resté vague, confus, presque incertain : c'était peut-être la longue stupeur inerte, survenue après les premiers accès du mal caduc qui lui en avait atténué dans le cerveau l'impression primitive. Mais, quand frère Benigne affirma que la défunte était en paradis, parce que tous ceux qui meurent pour cause de religion vont rejoindre les saints, Anne éprouva une douleur indicible et sentit pousser subitement dans son âme une immense adoration pour la sainteté de sa mère.

Alors, par un besoin de remémorer les lieux de son pays natal, elle se mit à discourir sur a basilique de l'Apôtre, avec minutie, en précisant la forme des autels, la position des chapelles, le nombre des ornements, les peintures de la coupole, les attitudes des personnages, les divisions du pavé, la couleur des vitraux. Frère Bénigne l'aidait avec mansuétude ; et, comme il était allé à Ortone quelques mois auparavant, il raconta les choses nouvelles qu'il y avait vues. — L'archevêque d'Orsogne avait donné à la basilique un ciboire d'or avec incrustations de pierres précieuses. La Confrérie du Saint-Sacrement avait remplacé toutes les boiseries et tous les cuirs des stalles. Donna Blandine Onofrii avait offert un assortiment complet d'ornements sacerdotaux : chasubles, dalmatiques, étoles, chapes et surplis.

Anne écoutait avidement, et le désir de voir les choses nouvelles, de revoir les choses anciennes, commençait à la tourmenter. Lorsque le capucin se tut, elle lui dit, d'un air moitié joyeux et moitié timide :

— La fête de mai approche. Si nous y allions ?

XIII

Au commencement du mois de mai, avec la permission de Donna Christine, Anne fit ses préparatifs de départ. Une inquétude lui vint au sujet de la tortue. — Devait-elle la laisser ? Devait-elle l'emporter ? — Elle fut longtemps indécise ; et enfin elle résolut de l'emporter, pour être plus tranquille. Elle plaça la bête dans un panier, avec ses hardes et avec les boîtes de fruits confits que Donna Christine envoyait à Donna Véronique Monteferrante, abbesse du monastère de Sainte-Catherine.

Vers l'aube, Anne et frère Bénigne se mirent en route. Au départ, Anne marchait d'un pas dégagé, gaiement ; ses cheveux, déjà presque tous blanchis, luisaient, relevés sous le foulard. Le frère clopinait appuyé sur un bâton, et les besaces vides pendaient sur ses épaules.

Lorsqu'ils arrivèrent au bois de pins, ils firent une première halte. En ce matin printanier, le bois, noyé dans son propre parfum, ondulait voluptueusement entre la sérénité du ciel et la sérénité de la mer. Les troncs versaient des larmes de résine. Les merles sifflaient. Toutes les sources de la vie semblaient ouvertes sur la transfiguration de la terre.

Anne s'assit sur l'herbe ; elle offrit au capucin du pain et des fruits ; puis elle se mit à parler de la fête prochaine, avec des pauses, en mangeant. La tortue grattait de ces pattes antérieures le bord du panier, et, dans l'effort, sa tête timide de serpent s'avançait et se retirait. Aussitôt qu'Anne l'eut aidée à descendre, la bête s'achemina sur la mousse vers un buisson de myrte, avec moins de lenteur ; peut-être avait-elle senti s'élever confusément en elle la joie de la liberté primitive, et, parmi la verdure, sa carapace semblait plus belle.

Alors frère Bénigne fit diverses réflexions morales et loua la Providence, qui donne à la tortue une maison et qui lui donne aussi le sommeil durant la saison de l'hiver. Anne raconta plusieurs anecdotes qui attestaient chez la tortue une grande candeur et une grande rectitude ; puis elle ajouta :

— Que peut-elle bien penser?

un ordre diligent. Anne regardait, et ce spectacle réveillait en elle les croyances ingénues de son enfance. Elle parla d'habitations merveilleuses que les fourmis creusent sous terre. Le frère dit avec un accent de foi ardente : « Dieu soit loué ! » Et ils demeurèrent tous les deux pensifs, sous les arbres verts, adorant Dieu dans leur cœur.

ILS DEMEURÈRENT TOUS LES DEUX PERPLEXES.

Et un moment après :

— Que peuvent penser les animaux?

Le frère ne répondit pas. Ils demeurèrent tous les deux perplexes.

Une file de fourmis descendait par l'écorce d'un pin et s'allongeait sur le sol ; chaque fourmi traînait un fragment de nourriture, et l'innombrable famille vaquait au travail avec

Ils arrivèrent à Ortone vers une heure de l'après-midi. Anne vint frapper à la porte du monastère et demanda à voir l'abbesse. On entrait par une petite cour au milieu de laquelle il y avait un puits noir et blanc. Le parloir était une chambre basse, avec quelques chaises autour ; les grilles en occupaient deux parois ; un crucifix et des images garnissaient les deux autres. Tout de suite Anne fut saisie de vénération pour la paix solennelle qui régnait en ce lieu. Lorsque la mère Véronique apparut à l'improviste derrière les grilles, haute et sévère sous la robe monacale, elle éprouva un trouble indicible, comme devant l'apparition d'une figure surnaturelle. Puis, ranimée par le bon sourire de l'abbesse, elle accomplit en peu de mots son message, déposa les boîtes dans le guichet de la roue; et elle attendit. La mère Véronique lui parla avec bénignité en la regardant de ses grands yeux châtains, lui donna une image de la Vierge, lui tendit à travers la grille, pour la baiser, sa main fine et longue; et elle disparut.

Anne s'en alla, tremblante d'émotion. Au moment où elle passait dans le vestibule, elle entendit un chœur lointain de litanies, un chant qui venait peut-être de quelque chapelle souterraine, très monotone et très doux. Et, lorsqu'elle remit le pied dans la rue, il lui sembla qu'elle laissait derrière elle un jardin de béatitude.

Elle se dirigea ensuite vers la rue Orientale, à la recherche de ses parents. Sur la porte de la vieille maison, il y avait une femme inconnue, adossée au chambranle. Anne s'approcha d'elle avec timidité et lui demanda des nouvelles de la famille de Françoise Nobile. La femme l'interrompit : « Pourquoi? Pourquoi? Que voulait-elle? » d'une voix rude et avec un regard inquisiteur. Ensuite, quand Anne eut expliqué qui elle était, le femme lui livra passage.

Presque tous ses parents étaient morts ou émigrés. Il ne restait à la maison qu'un vieillard infirme, l'oncle Mingo, qui avait épousé en secondes noces la fille de Splendeur, et qui vivait avec elle presque dans la misère. D'abord le vieux ne reconnut point Anne. Il était assis sur un haut siège d'église, dont

l'étoffe rougeâtre pendait en lambeaux; il tenait posées sur les bras de ce siège des mains tordues et tuméfiées par une goutte monstrueuse; ses pieds battaient le sol avec un mouvement rythmique et il avait les muscles du cou, les genoux et les coudes agités par un tremblement continuel de paralysie. Il dévisagea l'arrivante, en faisant effort pour tenir ouvertes ses paupières enflammées. Et il finit par se ressouvenir.

Tandis qu'Anne allait exposant sa propre situation, la fille de Splendeur, qui flairait la monnaie, caressait dans son esprit l'espé-

LA MÈRE VÉRONIQUE LUI TENDIT SA MAIN.

rance d'une spoliation; et, en vertu de cette espérance, elle prenait un visage plus affable. Aussitôt qu'Anne eut terminé, cette fille lui offrit l'hospitalité pour la nuit; elle prit le panier aux hardes, qu'elle rangea; elle promit d'avoir soin de la tortue; finalement elle se lamenta et s'apitoya sur les infirmités du vieux et sur la misère de la maison, non sans verser des larmes. Anne sortit, l'âme pleine de reconnaissance et de pitié ; et elle remonta la rue vers le carillon de la basilique, avec la sensation que son cœur se dilatait davantage à mesure qu'elle approchait.

Autour du palais Farnèse la foule regorgeait, tumultueuse ; et cette grande relique de pierre dominait les têtes, parée de tentures, magnifiée par le soleil. Anne traversa la cohue en longeant les étalages des orfèvres qui façonnent des objets sacrés et des ex-voto. Toute cette scintillation argentée de formes liturgiques lui dilatait l'âme d'allégresse, et, devant chaque étalage, elle faisait le signe de la croix comme devant un autel. Lorsqu'elle arriva à la porte de la basilique, lorsqu'elle

IL DÉVISAGEA L'ARRIVANTE.

entrevit les cierges allumés, lorsqu'elle entendit confusément les cantiques de la liturgie, elle ne put contenir davantage la véhémence de sa jubilation et elle s'avança jusqu'à la chaire, d'un pas presque vacillant. Là, ses genoux plièrent sous elle ; les larmes jaillirent de ses yeux hallucinés. Et elle resta sur place, en contemplation devant les candélabres, devant l'ostensoir, devant tous les objets qui étaient sur l'autel, la tête vide parce qu'elle n'avait plus rien mangé depuis le matin. Une langueur immense s'insinuait dans ses veines : sa conscience défaillait en une sorte d'anéantissement.

Sur elle, le long de la nef centrale, les lampes de verre formaient une triple couronne de feux. Dans le fond, quatre cierges massifs flamboyaient à côté du tabernacle.

XIV

Pendant les cinq jours de la fête, Anne vécut de la même façon : toujours à l'église, depuis le grand matin jusqu'à la fermeture des portes, très fervente, enivrée de cet air chaud qui lui mettait dans les sens une torpeur béate et dans l'âme un bonheur plein d'humilité. Les oraisons, les génuflexions, les salutations, toutes ces formules, tous ces gestes rituels, incessamment répétés, l'avaient en quelque sorte rendue obtuse pour tout ce qui n'était pas affaire de religion.

Cependant Rosaria, la fille de Splendeur, exploitait Anne en excitant sa compassion par de fausses doléances et par le pitoyable spectacle du vieux paralytique. C'était une femme méchante, habile à gruger les gens, adonnée à l'ivrognerie ; elle avait toute la figure semée de pustules couperosées et de dartres, les cheveux grisonnants, le ventre obèse. Liée au paralytique par la communauté des vices et par le mariage, elle avait dissipé rapidement avec lui les ressources de la maison, déjà maigres, en buvant et en faisant ripaille. Et tous deux maintenant, tombés dans la misère, envenimés par les privations, tourmentés par la soif du vin et des liqueurs fortes, cassés par les infirmités séniles, ils expiaient leur long péché.

Spontanément, dans un élan charitable, Anne fit don à Rosaria de tout l'argent qu'elle avait mis de côté pour les aumônes, de tous les vêtements qui ne lui servaient pas ; elle se dépouilla de ses boucles d'oreilles, de ses deux anneaux d'or, de son collier de corail ; et elle promit de nouveaux secours. Après quoi elle reprit le chemin de Pescaire avec frère Bénigne, en remportant la tortue dans son panier.

Chemin faisant, à mesure que s'éloignaient les maisons d'Ortone, une grande tristesse descendait sur son âme. Des bandes de pèlerins s'en allaient par d'autres routes en chantant, et leurs chants flottaient avec lenteur dans le ciel, monotones et prolongés. Anne les écoutait ; et un désir infini la pressait de les rejoindre, de les suivre, de mener ainsi une vie errante, de courir de sanctuaire en sanctuaire et de région en région pour exalter les miracles de chaque saint, les vertus de chaque relique, les bontés de chaque Marie.

— Ils vont à Cocullo, dit frère Benigne en indiquant du bras un pays lointain.

Et ils se mirent à parler de saint Dominique, qui protège les hommes contre la morsure des serpents et les semailles contre les chenilles. Puis ils parlèrent d'autres saints. — A Bugnara, sur le Pont du Rivo, plus de cent bêtes de somme, tant chevaux qu'ânes et mulets, avec des charges de froment, vont en procession à la Madone des Neiges ; les fidèles chevauchent sur les charges, la tête couronnée d'épis, avec des baudriers de pâte, et ils déposent au pied de l'image les dons céréaux. A Bisenti, un essaim de jeunes filles, avec des corbeilles de blé sur la tête, conduisent par les rues un âne dont la croupe porte une corbeille plus grande ; et elles entrent

sur le seuil, puis se relève lentement et suit le saint, parmi les applaudissements du peuple ; parvenu au milieu de l'église, il rejette ses excréments, et de cette matière fumante les fidèles tirent des présages pour l'agriculture.

Anne et frère Bénigne s'entretenaient de ces usages religieux quand ils arrivèrent à l'embouchure de l'Alento. La rivière, grossie

dans l'église de la Madone des Anges pour y faire leur offrande, en chantant. A Torricella Peligna, les hommes et les enfants, couronnés de roses et de baies rosées, montent en pèlerinage à la Madone des Roses, sur une roche où le pied de Samson est empreint. A Loreto Aprutino, un bœuf blanc, engraissé pendant un an par une abondante pâture, marche en pompe derrière la statue de saint Zopit ; il est couvert d'une housse vermeille et chevauché par un enfant : lorsque le saint rentre dans l'église, le bœuf s'agenouille

par les crues du printemps, coulait entre les bryones qui n'étaient pas fleuries encore. Et le capucin parla de la Madone de l'Incoronata, où, pour la fête de saint Jean, les fidèles ceignent leur tête de bryone et vont la nuit à la rivière du Gizio pour *passer l'eau* en grande allégresse.

Anne se déchaussa pour traverser à gué. Elle sentait à présent dans son âme une infinie vénération d'amour pour toutes les choses, pour les arbres, pour les herbes, pour les animaux, pour tout ce que ces usages catholiques avaient sanctifié. Et, du fond de son ignorance et de sa simplesse, l'instinct de l'idolâtrie surgissait maintenant dans sa plénitude avec une facilité naturelle.

Quelques mois après son retour, une épidémie cholérique éclata dans la contrée, et la mortalité fut grande. Anne donna ses soins aux malades pauvres. Frère Bénigne mourut, et Anne en eut beaucoup de douleur. En 1866, quand revinrent les fêtes de Pâques, elle voulut prendre congé de ses maîtres et rentrer pour toujours dans son pays, parce qu'elle voyait toutes les nuits en rêve saint Thomas qui lui ordonnait de partir. Elle prit sa tortue, ses hardes et ses épargnes ; elle baisa en pleurant les mains de Donna Christine ; et, cette fois, elle partit sur une charrette, en compagnie de deux sœurs quêteuses.

A Ortone, elle se logea dans la maison de l'oncle paralytique ; elle coucha sur une paillasse ; elle ne se nourrit que de pain et de légumes. Elle consacrait aux pratiques religieuses toutes les heures de la journée, avec une ferveur extraordinaire ; et son intelligence perdait de plus en plus toute faculté qui n'était pas celle de contempler les mystères chrétiens, d'adorer les symboles, d'imaginer le paradis. Elle était toute ravie dans l'amour de Dieu, toute saisie de cette divine passion que les prêtres expriment toujours par les mêmes signes et par les mêmes paroles. Elle ne comprenait que cet unique langage ; elle n'avait que cet unique asile, tiède et solennel, où son cœur se dilatait dans une pieuse sécurité de béatitude, où ses yeux se mouillaient dans une ineffable suavité de larmes.

Elle endura pour l'amour de Jésus toutes les misères domestiques ; elle fut douce et soumise ; elle ne proféra jamais ni plainte, ni reproche, ni menace. Rosaria lui soutira peu à peu toutes ses économies ; et ensuite elle commença à lui faire souffrir la faim, à la molester, à l'appeler de noms déshonnêtes, à persécuter la tortue avec une insistance féroce. Désormais, le vieux paralytique ne faisait plus qu'émettre une sorte de beuglement rauque, en ouvrant une bouche où la langue tremblotait et de laquelle coulait sans cesse un filet de salive. Un jour que sa femme, insatiable, buvait devant lui une liqueur et s'esquivait en lui refusant le verre, il fit un effort, se leva de sa chaise, se mit à marcher vers elle ; il avait les jambes flageolantes et posait les pieds sur le sol avec une involontaire percussion rythmique. Tout à coup, sa marche s'accéléra, son buste se pencha en avant : il sautillait à petits pas précipités, comme sous la poussée d'une force propulsive irrésistible. Et enfin il tomba sur le seuil à plat ventre, foudroyé...

XV

Alors Anne, affligée, prit la tortue et vint demander asile à Donna Véronique Monteferrante. Comme, dans les derniers temps, la pauvre fille rendait déjà quelques services au monastère, l'abbesse miséricordieuse lui donna l'office de converse.

Bien qu'Anne n'eût pas reçu les ordres, elle revêtit l'habit monacal : tunique noire, guimpe, cornette aux larges bords blancs. Sous ce costume, il lui sembla qu'elle était sanctifiée. Et, dans les premiers jours, lorsque les bords de la cornette battaient autour de sa tête avec un frémissement d'ailes, c'était un tressaillement et un bouleversement de tout son être. Et quand les bords, frappés par le soleil, lui renvoyaient sur le visage une vive lueur de neige, elle se croyait subitement illuminée par un éclair mystique.

Peu à peu avec le cours du temps, ces hallucinations augmentèrent de fréquence et de gravité. Quelquefois l'oreille de la malade était frappée de sons angéliques, de lointains échos d'orgue, de rumeurs et de voix imperceptibles aux oreilles d'autrui. Des figures lumineuses apparaissaient devant elle, dans l'ombre. Des odeurs la ravissaient.

Alors une sorte de stupeur mêlée d'inquiétude commença de se répandre dans le monastère, comme si quelque occulte divinité y eût été présente, comme si quelque événement surnaturel y eût été imminent. Par précaution, la nouvelle converse fut dispensée de tout travail servile. Chacune de ses attitudes, chacune de ses paroles, chacun de ses regards furent observés et commentés avec superstition. Peu à peu, une légende de sainteté étendit son voile d'or autour de la vieille fille.

Au commencement de février 1873, la voix d'Anne devint bizarre, rauque, profonde. Et, quelques jours après, Anne perdit soudain la faculté de la parole.

Ce phénomène imprévu effraya les religieuses. Rassemblées autour de la converse, elles considéraient avec un frisson de terreur ses poses extatiques, les mouvements vagues de sa bouche aphone, l'immobilité de ses yeux qui, tout à coup, versaient des torrents de larmes. Les traits de la malade, émaciés par les longs jeûnes, avaient pris une pureté d'ivoire ; et le glauque réseau de ses veines et de ses artères transparaissait si visible, saillait avec de si forts reliefs, palpitait d'une façon si continue que, devant cette vibration manifeste de la vitalité interne, les sœurs étaient prises d'un malaise étrange, d'une horreur un peu semblable à celle qu'on éprouve devant un corps humain dont les tissus ont été dénudés par l'écorchement.

A l'approche du mois de Marie, les Bénédictines s'occupèrent avec une amoureuse diligence de parer leur oratoire. Éparses dans le jardin claustral tout fleuri de roses et sous les orangers jaunes de fruits, elle cueillaient la moisson du renouveau pour la déposer au pied de l'autel. Anne, qui avait retrouvé le calme, descendait elle aussi, pour aider à la pieuse besogne; et, de temps à autre, elle traduisait par des gestes les pensées que son aphonie persistante l'empêchait d'exprimer. Une mollesse tiède et insidieuse gagnait toutes ces épouses du Seigneur, dans leur lente promenade parmi les sources du parfum enivrant. Un portique fuyait le long du jardin ; et, de même qu'en l'âme de ces vierges les parfums réveillaient des images assoupies, de même le soleil, se glissant sous les arceaux bas, ravivait dans l'enduit du mur des restes d'or byzantin.

L'oratoire fut prêt pour le jour du premier office pascal. La cérémonie eut lieu après vêpres. Une sœur monta dans l'orgue. A l'improviste, les tuyaux harmoniques versèrent sur toutes les choses un frémissement de passion ; les fronts s'inclinèrent ; les encensoirs jetèrent des fumées de benjoin ; les petites flammes des cierges palpitèrent au milieu des couronnes de fleurs. Puis ce fut l'envolée des psaumes, des litanies pleines de symboliques appellations et de suppliantes tendresses. Tandis que les voix montaient avec une force croissante, Anne, dans l'immense transport de sa ferveur, poussa un cri. Frappée de ce prodige, elle tomba à la renverse, agita les bras, voulut se relever. Les litanies s'interrompirent. Parmi les sœurs, les unes, comme pétrifiées, demeuraient immobiles ; les autres portaient secours à la malade. Le miracle éclatait, inopiné, éblouissant, suprême.

Peu à peu, la stupeur, le chuchotement inquiet, les perplexités se changèrent en une allégresse sans limites, en une furie d'adoration. Anne, à genoux, encore absorbée dans le ravissement du miracle, n'avait peut-être pas conscience de ce qui advenait autour d'elle. Mais, lorsque les cantiques reprirent avec plus de véhémence, elle chanta. Sur l'onde tombante du chœur sa note émergeait, par instants : car les religieuses diminuaient la force de leurs propres voix pour écouter cette voix unique qui venait d'être recouvrée par la grâce divine. Et, dans les cantiques, la Vierge fut tour à tour l'encensoir d'or qui exhalait les parfums les plus suaves, la lampe qui éclairait jour et nuit le sanctuaire, l'urne qui enfermait la manne céleste, le buisson qui brûlait sans se consumer, la tige de Jessé qui portait la plus belle de toutes les fleurs.

Bientôt le bruit du miracle se répandit du monastère dans tout le pays d'Ortone, et du pays d'Ortone dans toutes les régions limitrophes, grossissant pendant le voyage. Et le monastère fut tenu en grand honneur. Donna Blandine Onofrii, la magnifique, offrit à la Madone de l'oratoire une robe de brocart d'argent et un précieux collier de turquoises rapporté de Smyrne. Les autres dames d'Ortone offrirent des présents de moindre importance. L'archevêque d'Orsogne vint faire en grande pompe une visite congratulatoire, et il adressa une allocution d'une édifiante éloquence à la converse « qui, par la pureté de sa vie, s'était rendue digne des dons célestes ».

Depuis cette époque, la folie de la pauvre fille alla croissant, avec de longs intervalles d'imbécillité inerte. Et il semblait que de sa personne rayonnât sur toute la communauté une influence profonde : car plusieurs d'entre ses compagnes manifestèrent des troubles graves, et, chez toutes, la dévotion atteignit le comble de la ferveur.

En août 1876, de nombreux phénomènes survinrent, qui paraissaient plus certainement encore procéder de causes divines. La malade, lorsque le soir approchait, tombait dans une extase immobile, d'où elle sortait au bout de quelque temps par une sorte de secousse. Et, debout, toujours dans la même attitude, elle commençait à parler, d'abord avec lenteur, puis de plus en plus vite, comme sous l'obsession d'un invisible esprit. Son discours n'était qu'un flot tumultueux de mots, de phrases, de périodes entières, qu'elle avait apprises autrefois et qui maintenant lui revenaient du fonds de son inconscience, fragmentés et combinés sans règle. Les formes du dialecte natal se mêlaient aux formes des prières rituelles, s'insinuaient dans les hyperboles du langage biblique ; et de monstrueuses alliances de syllabes, des accords inouïs de sons résultaient de ce désordre. Mais le tremblement sourd de la voix, mais les changements subits de l'inflexion, le ton qui montait et descendait tour à tour, la spiritualité de cette figure extatique, le mystère de l'heure, tout concourait à subjuguer les âmes des assistantes.

Ces effets se répétèrent quotidiennement avec une régularité périodique. Au crépuscule, les lampes s'allumaient dans l'oratoire, les religieuses s'agenouillaient en cercle, et la représentation sacrée commençait. Aussitôt que la malade entrait en extase, les préludes vagues de l'orgue ravissaient les âmes dans une sphère supérieure. La lumière des lampes se répandait d'en haut, faible, prêtant aux apparences des choses une incertitude aérienne et une mourante douceur. A un moment donné, l'orgue se taisait. La respiration de l'illuminée devenait plus profonde ;

ses bras se raidissaient de telle sorte qu'aux
poignets décharnés les tendons vibraient
comme les cordes d'un instrument. Puis,
d'un bond, elle sautait sur pieds et croisait
les bras sur la poitrine, raidie dans l'attitude

ils disparurent tout à fait, laissant le corps
de la converse dans un état de faiblesse
pitoyable. Plusieurs années s'écoulèrent, pendant lesquelles la pauvre idiote vécut en
d'atroces souffrances, les membres ren-

SA VOIX RÉSONNAIT DANS LE SILENCE.

mystique des cariatides d'un baptistère. Et
sa voix résonnait dans le silence, tantôt douce,
tantôt lugubre, tantôt presque mélodieuse,
toujours incompréhensible.

Au début de l'année 1877, ces accès devin-
rent moins fréquents ; ils ne se présentèrent
plus que deux ou trois fois par semaine. Puis

dus inertes par des tortures articulaires. Elle
ne prenait plus aucun soin de propreté ; elle
se nourrissait uniquement de panade et d'un
peu d'herbes ; elle portait autour du cou, sur
la poitrine, une quantité de petites croix, de
reliques, d'images, de couronnes ; elle balbutiait en parlant, parce qu'elle n'avait plus de

dents; ses cheveux tombaient et ses yeux étaient déjà troubles, comme ceux de vieilles bêtes qui vont mourir.

Un jour de mai, tandis qu'elle était à souffrir sous le portique où on l'avait apportée et

Mais, pour les religieuses, la maladie et l'imbécillité d'Anne étaient une de ces épreuves suprêmes de martyre auxquelles le Seigneur appelle ses élus pour les sanctifier et les glorifier ensuite dans son paradis ; et elles

ANNE AGONISAIT.

qu'autour d'elle les sœurs cueillaient des roses pour Marie, la tortue, qui traînait encore sa vie pacifique et innocente dans le jardin claustral, passa devant elle. La vieille décrépite vit cette forme se mouvoir et s'éloigner peu à peu. Aucun souvenir ne s'éveilla dans sa conscience. La tortue se perdit sous les buissons de thym.

entouraient l'idiote de soins et de vénération.

Pendant l'été de 1881, plusieurs syncopes présagèrent la mort. Consumé par le marasme, ce misérable organisme ne gardait plus rien d'humain. Des déformations lentes avaient vicié la position normale des membres; des tumeurs grosses comme des pommes faisaient saillie sous un flanc, sur une épaule, derrière la nuque.

Le matin du 10 septembre, vers huit heures, un tremblement de terre ébranla Ortone jusqu'aux fondations. Nombre d'édifices s'écroulèrent ; d'autres eurent leurs toits et leurs murs endommagés ; d'autres s'inclinèrent et s'affaissèrent. Et toutes les bonnes gens d'Ortone, avec des pleurs, avec des cris, avec des invocations, avec de grands appels aux saints et aux madones, se précipitèrent hors des portes de la ville et se rassemblèrent dans la plaine de Saint-Roch, par crainte de plus graves dangers. Les religieuses, prises de panique, enfreignirent la clôture et se précipitèrent échevelées dans la rue. Quatre d'entre elles emportaient Anne sur une table. Elles se dirigèrent toutes vers la plaine, vers ceux qui étaient saufs.

Lorsqu'elles arrivèrent en vue du peuple, des clameurs unanimes s'élevèrent, parce que la présence des religieuses sembla de bon augure. Partout aux alentours gisaient des malades, des vieillards impotents, des enfants au maillot, des femmes stupéfiées par l'épouvante. Un splendide soleil matinal illuminait les têtes affolées, la mer, les vignobles ; et les marins accouraient du bas de la plage en cherchant leurs femmes, en criant les noms de leurs enfants, essoufflés par la montée, la voix rauque ; et de Caldare commençaient à venir des troupeaux de brebis et de bœufs avec leurs pâtres, des bandes de dindons avec leurs gardeuses, des chevaux : car tous avaient peur de la solitude, et, dans le [...] de métal.

désastre, hommes et bêtes se traitaient en amis.

Anne, déposée à terre sous un olivier, sentait sa mort prochaine et poussait des plaintes faibles et balbutiantes, parce qu'elle ne voulait pas mourir sans les sacrements. Les religieuses l'entouraient, tâchant de la réconforter. Les assistants la regardaient avec compassion. Or, à l'improviste, le bruit courut parmi le peuple que le buste de l'Apôtre venait de sortir par la porte Caldare. L'espérance renaissait ; des chants rogatoires remontaient vers le ciel. Aussitôt qu'on vit dans le lointain scintiller une lueur, les femmes s'agenouillèrent, et, les cheveux épars, éplorées, elles commencèrent à se traîner sur les genoux au devant de cette lueur, en psalmodiant.

Anne agonisait. Soutenue par deux sœurs, elle entendit les prières, entendit la bonne nouvelle ; et peut-être, dans une illusion suprême, entrevit-elle l'Apôtre qui venait : car sur sa face cave passa comme un sourire de joie. Quelques bulles de salive apparurent sur ses lèvres ; une ondulation brusque parcourut ses membres inférieurs, de haut en bas et de bas en haut, très visible ; ses paupières se rabattirent sur ses yeux rougis de sang extravasé ; sa tête rentra dans ses épaules. Et ce fut ainsi qu'elle rendit l'âme.

Lorsque la lueur se fut rapprochée des femmes en adoration, on distingua dans le soleil la forme d'un cheval qui, selon l'usage, portait, pivotant sur la sellette, une banderole

TABLE

Pour paraître le 1er Mai 1913, le N° 78 :

NOUVELLE COLLECTION ILLUSTRÉE
CALMANN-LÉVY

L'ouvrage complet, **95** centimes. Relié **1** fr. **50**

GYP

Tante Joujou

Illustrations de **MAURICE TOUSSAINT.**

NOUVELLE COLLECTION ILLUSTRÉE
CALMANN-LÉVY

Imp. L. POCHY, 52, rué du Château — 28-13